Eva Breunig

Das Tor nach Edoney

Eva Breunig

Das Tor nach Edoney

Schulte & Gerth

*Für meine Schülerinnen
Lisa und Ivi,
die beide ein besonderes Geschenk sind –
jede auf ihre Art.*

© 2002 Gerth Medien, Asslar
Best.-Nr. 815 800
ISBN 3-89437-800-X
1. Auflage 2002
Umschlaggestaltung: Hanni Plato
Satz: Die Feder GmbH, Wetzlar
Druck und Verarbeitung: Ebner & Spiegel, Ulm
Printed in Germany

Das Unglückskind

Es konnte keinen Zweifel geben: der Unsichtbare hatte wieder zugeschlagen. Diesmal war der Brunnen im Dorf der Zwerge vergiftet worden. Das sah ihm ähnlich!

Händeringend war der Zwergenkönig zu Nick gekommen und hatte ihn um seine Hilfe gebeten.

„Draggo und ich werden der Sache nachgehen!", versprach Nick lässig, während er die Flanke seines Feuer speienden Flugdrachen tätschelte.

„Danke! Vielen Dank!", murmelte der König und rückte seine zierliche silberne Krone zurecht.

„Hurra!", riefen die Zwerge erleichtert und warfen ihre kleinen Kappen und Mützen in die Höhe. „Nick, unser Held!"

Nick schwang sich auf den Rücken des orangefarbenen Drachen, der sogleich seine silbern schimmernden Schwingen ausbreitete und sich in die Lüfte erhob. Immer kleiner wurde das Zwergendorf unter ihnen.

In welcher Gestalt ihm der Unsichtbare wohl diesmal entgegentreten würde? Als hinterlistiger Duke of Darkwood? Als der Blutrünstige Baron? Oder würde er womöglich im Verborgenen agieren und sich gar nicht zeigen? Er war schwer zu fassen, darum hieß er ja auch der Unsichtbare.

Schon schwebten sie über die saftig-grünen Wiesen dahin, über eine Herde von wolligen braunen Bumuks, die friedlich grasten, auf den nahen Wald zu.

Nick war der Einzige, der es wagte, sich mit dem Unsichtbaren anzulegen. Aus vielen Abenteuern war er schon siegreich hervorgegangen, und auch diesmal ...

„Autsch!"

Ein Rippenstoß von Nicks rechtem Nachbarn Albert beendete seinen Höhenflug unsanft. Mit einem Schlag verwandelte der lässige Held sich in einen schmächtigen elfjährigen Jungen mit braunen Wuschellocken und Sommersprossen. Natürlich saß er auch nicht mehr auf dem Rücken eines fliegenden Drachen, sondern in seiner Schulbank, und Frau Müller sah ihn durchbohrend an und trommelte ungeduldig mit den Fingern auf den Lehrertisch.

„Also, Nick? Was war das für ein Tier?", fragte sie in einem Tonfall, der befürchten ließ, dass sie diese Frage schon mindestens ein- bis zweimal gestellt hatte.

„Ein Bumuk!", platzte Nick heraus, denn das war einfach das erste Tier, das ihm in den Sinn kam.

Die Klasse lachte. Nicks unerwartete Antworten waren immer ein Grund zur Heiterkeit. Frau Müller musste ebenfalls ein Grinsen unterdrücken. Aber sie hatte sich schnell wieder unter Kontrolle und fragte in strengem Ton: „So, so, ein *Bumuk*, ja? Würdest du uns freundlicherweise erklären, was für ein Tier *das* sein soll?"

Nick wurde rot bis in seine braunen Locken hinein und versuchte, den Kopf durch den Halsausschnitt seines Pullovers nach innen zu ziehen – was ihm natürlich nicht gelang.

„Äh ... Ich meinte ...", stotterte er, „I mean ... that's a ... that's a ..."

Jetzt musste sogar Frau Müller lachen. „Sehr clever, unser Engländer! Möchtest du uns vielleicht weismachen, dass *bumuk* ein englisches Wort ist, ja? Ausrede Nummer 27, Nick! Ein Bumuk gibt es in keiner mir bekannten Sprache, auch nicht in Englisch. Ich glaube, du denkst dir diese Sachen einfach aus!"

Nick wollte widersprechen. Er dachte sich diese Sachen nicht aus – sie fielen ihm ein! Er konnte nichts dafür. Er hatte schon eine ganze Geheimsprache beisammen, mit lauter Worten, die ihm einfach *eingefallen* waren. So ein Wort war plötzlich da, und er wusste genau, was es bedeutete. Es *kam* einfach.

Aber Frau Müller ließ ihn gar nicht zu Wort kommen, um diesen bedeutsamen Unterschied zu erklären. Sie zeigte auf das Bild auf der Wandtafel und fuhr fort: „Also, du siehst hier das Gebiss eines Dinosauriers: Schneidezähne, Eckzähne, Backenzähne. Was erkennst du daraus?"

Nick wünschte, er hätte etwas Verschwinde-Zaubertrank dabei. Wer konnte sich schon um die Backenzähne längst verstorbener Dinosaurier kümmern, während er auf einem Feuer speienden Flugdrachen auf der Suche nach einem unsichtbaren Feind war?

„Fleischfresser!", zischte Albert neben Nicks Ohr, und Nick wiederholte unsicher:

„Fleischfresser ...?"

„Na also!", triumphierte Frau Müller entzückt, „Du weißt es ja! Woran kann man das erkennen?"

Ein paar Hände schossen empor. Glücklicherweise ließ die Müller endlich von Nick ab und nahm Kassandra dran.

„Fleischfresser haben scharfe Schneidezähne, verlängerte Eckzähne, um ihre Beute damit festzuhalten, und spitze Höcker auf den Backenzähnen, um das Fleisch zu zerbeißen!"

„Genau." Frau Müller lächelte so geschmeichelt, als hätte Kassandra ihr ein Kompliment gemacht. „Und im Gegensatz dazu ...?"

Wieder zeigten die Kinder auf. Nick gab sich ehrlich Mühe, jetzt einmal aufzupassen. Es ging doch wirklich nicht, dass er immer in sein Traumland, die Anderwelt, verschwand und nie mitkriegte, was im Unterricht geschah! Wenn er ein großer Wissenschaftler werden wollte wie Dad, dann musste er ordentlich lernen!

„Im Gegensatz zu den Fleischfressern haben Pflanzenfresser flache Vorderzähne, dann ein Stück lang gar nichts und dann eine lange Reihe gleich hohe, flache Backenzähne!", verkündete Justina und deutete eifrig auf die Illustration an der Wand.

Nick versuchte, sich den Unterschied einzuprägen. Wer konnte schon wissen, wann es einem im Leben einmal nützlich sein konnte, einen Fleisch fressenden Dinosaurier von einem Pflanzen fressenden zu unterscheiden?

*

Nick kehrte erst auf Draggos Rücken zurück, als die Schule aus war. Alle Kinder waren längst nach Hause gegangen; selbst Albert hatte nicht länger warten können. Nur Nick hockte ganz allein auf der niedrigen Mauer vor der Schule und wartete darauf, dass Angela, sein Kindermädchen, ihn abholen kam.

Als Nick vor einem Jahr ins Gymnasium gekommen war, hatte die anderen Kinder aus seiner Klasse ihn ausgelacht, als sie entdeckten, dass er täglich vom Kindermädchen gebracht und abgeholt wurde. Und das, wo er doch nur ein paar Straßen entfernt wohnte!

Inzwischen lachte niemand mehr. Alle wussten jetzt, warum das so sein musste: Nick war nämlich ein Unglückskind. Er zog Unfälle an wie ein Blitzableiter Blitze. Schon in der zweiten Schulwoche musste er mit dem Krankenwagen abgeholt werden, weil er in der Turnstunde beim Seilklettern abgestürzt war. Es war nicht seine Schuld. Das Seil hatte sich aus der Verankerung gelöst, gerade als Nick fast oben war. Im Dezember entschloss sich eine Tafel, die Jahrzehnte lang an ihrem Platz gehangen war, ausgerechnet in dem Augenblick aus der Mauer zu brechen, als Nick an ihr vorbeiging. Und im April lockerte sich im Werkunterricht der Mechanismus einer ansonsten völlig intakten Bohrmaschine, so dass der Bohrer um ein Haar durch Nicks Kopf geschossen wäre. Seltsamerweise passierte meistens nicht viel. Manchmal tat Nick sich ein bisschen weh; damals beim Seilklettern zum Beispiel hatte er sich einen Fuß verstaucht. Häufig aber ging er völlig unverletzt aus den haarsträubendsten Situationen hervor. (Trotzdem bekam der Sportlehrer Schweißausbrüche, wenn er daran dachte, dass er Nick im Frühjahr wieder zum Schwimmen mitnehmen musste!)

Nur wenn Angela dabei war, schien Nick vor Unglücksfällen einigermaßen sicher zu sein. Bevor sie sein Kindermädchen wurde, wäre er mehrmals beinahe ertrunken, von Autos überfahren worden, ins Feuer gefallen oder in großen Menschenmengen verloren gegangen. Alle seine Kindermädchen kündigten innerhalb von drei Monaten; manche hielten nicht einmal vier Wochen durch. Doch dann kam Angela. Nicks Familie lebte damals noch in London, und Angela schien dort niemanden zu kennen und keinerlei Angehörige zu haben. Sie hatte auch keine Zeugnisse, aber Nicks Mummy stellte damals einfach *jeden* ein, der bereit war, es mit Nick zu versuchen. Angela versuchte es, und sie blieb. Nun schon fast sieben Jahre lang. Ihr verdankte Nick es, dass er im Alter von fünf Jahren das Radfahren erlernt hatte, ohne sich den Schädel einzuschlagen. Und mit ihr konnte er von der Schule nach Hause gehen, ohne dass Blumentöpfe, Kometen oder Lawinen auf ihn herabstürzten.

Allerdings schien sie ihn heute vergessen zu haben. Nick lockte den unsichtbaren Feind in Gestalt der Hexe Isogrux aus einer Höhle im Wald und sie lieferten sich einen fantastischen Kampf auf Leben und Tod. Dann wurde ihm langsam kalt, und er merkte, dass er schon über eine halbe Stunde gewartet hatte.

Jetzt erinnerte er sich, dass er ja sein Handy in der Schultasche trug. Er rief zu Hause an. Niemand hob ab. Vorsichtshalber rief er auch noch seine große Schwester Samantha an, die einen eigenen Anschluss hatte, aber dort war natürlich besetzt. Samantha war vierzehn, und Telefonieren schien ihre Hauptbeschäftigung zu sein.

Als Nächstes rief Nick seine Mummy im Laden an. Ein Glück, dass er all diese Nummern eingespeichert hatte!

„Nicky, dear!", rief Mummy auf Englisch. „Oh mein armer Liebling, du stehst noch vor der Schule? Oh ja, Angela kann dich heute nicht abholen! Sie ist auf dein Skateboard getreten und die Treppe runtergefallen, gerade als sie gehen wollte! Ich glaube, sie hat für heute dein Unglück geerbt!" Sie lachte nervös. „Dad musste sie zum Hospital bringen – eigentlich sollte er von dort weiterfahren und dich holen, aber anscheinend dauert das länger ... Warum hat er dich nicht angerufen? Oh, oh, oh! Und ich bin allein in diesem blöden Shop hier und kann nicht weg ... Was soll ich nur machen? Ach! Sicher hat das alles eine Bedeutung ..."

Für Mummy hatten alle Ereignisse irgendeine geheimnisvolle tiefere Bedeutung. Nick blinzelte in den grauen Himmel. Bestimmt würde es gleich zu regnen beginnen. Oder zu schneien. Dass sie erst Ende Oktober hatten, war dabei kein Hindernis. Auf Nick schneite es notfalls auch im Juli.

„Wenn Angela heute mein Unglück hat", meinte er zögernd, „dann könnte ich doch jetzt allein nach Hause gehen ...?"

Mummy sagte nichts. Anscheinend musste sie sich diesen Vorschlag überlegen.

„Nicky, darling ...", begann sie. Dann unterbrach sie sich und sagte. „Also ja, warum eigentlich nicht? Du bist ein großer Junge, elf Jahre alt, du wirst heute allein nach Hause gehen." Ihre Stimme klang fest. Dann fügte sie etwas unsicherer hinzu: „Du wirst doch sehr, sehr gut aufpassen, nicht wahr? Immer gut schauen – in alle Richtungen ..."

„Auch nach oben und nach unten!", versicherte Nick. Wieso auch nicht? Von oben konnte ein Flugzeug runterkommen, und unten konnte sich ein Kanal oder eine Gletscherspalte auftun. Es gab nichts, worüber er sich noch wundern würde.

„Ich werde ganz fest an dich denken", flüsterte Mummy, „und dir ganz viele gute Energien schicken! Good luck! Und ruf mich gleich an, wenn du zu Hause bist!"

„Okay!" Nick verstaute das Handy in der Schultasche und begann sein Abenteuer – weniger spannend als in seiner ausgedachten Anderwelt, aber für ihn mindestens genau so gefährlich: der Heimweg.

Vorsichtig um sich schauend hatte er schon zwei Gassen ohne Zwischenfälle überquert. Er wurde kühner. So schwer war es doch wirklich nicht. Andere Kinder kriegten das schon mit sechs Jahren hin! Nicks Familie wohnte in einem eleganten Villenviertel, in dem es um die Mittagszeit kaum Verkehr gab. Er musste nur vier schmale, wenig befahrene Gassen überqueren, und die Hälfte hatte er schon geschafft. Zuversichtlich marschierte er dahin.

Vor der nächsten Gasse blieb er stehen. Wie schon bei den beiden anderen schaute er sorgfältig nach links und rechts. Keine Fahrzeuge weit und breit. Niemand folgte ihm oder kam ihm entgegen, und ein Vulkanausbruch schien auch nicht bevorzustehen. Nick trat zwischen den parkenden Autos auf die Fahrbahn, schaute sich noch einmal gründlich um und machte zwei Schritte auf die Mitte der Straße zu.

Plötzlich, wie aus dem Nichts, röhrte von rechts ein Motorrad heran. Noch bevor Nick erschrocken den Kopf dorthin wenden konnte, heulte links auch ein Motor auf. Dabei war die Straße eben noch völlig leer gewesen! Nick versteinerte vor Entsetzen, während von beiden Seiten die Motorräder heranrasten und schon ohrenbetäubend nahe gekommen waren ...

Dann, mit einem Mal – Stille.

Nick stand plötzlich in einem lichten Wald auf einem ausgetretenen Pfad, der von großen, moosbedeckten Steinen gesäumt war. Die Sonnenstrahlen fielen schräg durch das Laub der Bäume und malten ein scheckiges Muster aus Sonnenkringeln auf den Waldboden. Vögel zwitscherten in den Ästen. In der Ferne hörte er Stimmen, die ein Lied sangen.

Er erkannte den Ort sofort wieder. Das war sein Traumland, seine Anderwelt! Sicher saß Draggo irgendwo hinter einem bemoosten Felsen, bereit, mit Nick zu einem neuen Abenteuer aufzubrechen! Und die Stimmen in der Ferne gehörten wohl zu ein paar fleißigen Zwergen ...

Aber das war kein Traum. Nicht mal ein Tagtraum. Er war *wirklich* hier. In seinen alten, ausgelatschten Turnschuhen und mit der Schultasche auf dem Rücken stand er da im Zwergenwald. Wie war denn das möglich?

Nick blinzelte, aber die Szene blieb. Er zwickte sich in den linken Arm, so fest er konnte. Es tat weh. Also war er wach. Aber wieso ... ?!

Vielleicht war er schon tot, und dies war der Himmel? Ja, so musste es sein. Die Motorräder hatten ihn überfahren, und er war tot. Er fühlte einen Anflug von Bedauern. Doch noch bevor er darüber nachdenken konnte, ob seine Familie wohl sehr traurig sein würde, wechselte die Umgebung erneut –

– und er stand wieder auf der Straße, an derselben Stelle wie vorhin, und links und rechts dröhnte der Motorenlärm. Nur – Nick traute seinen Ohren kaum –, auf beiden Seiten entfernte sich das Geräusch!

Verwundert blickte Nick zu Boden. Da entdeckte er noch etwas Merkwürdiges: schwarze Bremsspuren von Reifen, die genau hier, wo er stand, ins Schleudern gekommen waren. Er war sicher, dass diese Spuren vorher noch nicht da gewesen waren!

Aber das bedeutete ja ... Er wagte kaum, den Gedanken zu Ende zu denken. Das bedeutete, dass die Motorräder auf ihn zu gerast waren, zu bremsen versucht hatten und anschließend *durch ihn hindurch* gefahren sein mussten – genau in dem Augenblick, als er für einige Sekunden im Zwergenwald gestanden war!

Nick schüttelte den Kopf. Es war unglaublich. Aber es blieb ihm wohl nichts anderes übrig, als es zu glauben. Noch immer stand er mitten auf der Straße und schaute verdattert drein. Aber jetzt bog ein Auto aus der Nebenstraße ein und kam langsam auf ihn zu. Vor ihm blieb es stehen.

Ein Mann streckte den Kopf aus dem Seitenfenster und rief: „He, was ist los mit dir?? Schläfst du mit offenen Augen? Geh gefälligst von der Straße runter!" Dazu ertönte lautes Hupen. Es war absolut real. Dies war die Wirklichkeit. Nick hatte nicht geträumt.

Mit einem Satz sprang er auf den Gehsteig und lief, ohne noch einmal stehen zu bleiben, nach Hause.

Dads Sternwarte

Kurz nachdem Nick zu Hause angelangt war, brachte Dad Angela aus dem Krankenhaus zurück. Das zierliche, blonde Mädchen hatte den rechten Knöchel einbandagiert und humpelte an einer Krücke.

„Es ist nichts Schlimmes, nur ein bisschen geprellt!", sagte sie auf Englisch und strich Nick mit ihrer freien Hand durch die Locken. „Ich habe dein Skateboard übersehen."

„Das tut mir total Leid, ehrlich!" Nick stützte ihren Arm und begleitete sie fürsorglich zu einem großen Lehnstuhl, wo er ihr beim Hinsetzen half. Nur Angelas Fürsprache war es schließlich zu verdanken, dass er überhaupt so etwas Gefährliches wie ein Skateboard besitzen durfte!

„Ach, ich denke, in ein paar Tagen geht es mir wieder gut!" Sie lächelte tapfer und schüttelte ihr blondes Haar aus dem Gesicht. Nick brachte ihr einen Schemel, damit sie ihr verletztes Bein hochlagern konnte. Sie lehnte sich zurück. „Oh ja, das ist bequem! So kann ich es mir gefallen lassen! Bestimmt kann ich von hier aus auch ganz gut auf euch aufpassen. Samantha!!"

Samantha, die sich gerade unauffällig verdrücken wollte, drehte sich um. „Ja?"

„Hast du schon Hausaufgaben gemacht?"

Samantha verzog das Gesicht, aber sie wusste, dass Widerstand zwecklos war. Was die Pflichten der Kinder betraf, so war mit Angela nicht zu spaßen – selbst wenn sie an den Lehnstuhl gefesselt war!

„So", sagte Dad zerstreut. „Ich fahre jetzt wieder. Äh ... Wohin wollte ich doch gleich?" Er fuhr sich mit den Fingern durch sein strubbeliges, grau werdendes Haar. Dad war ein leicht dicklicher Mann Anfang Vierzig, der stets Cordhosen und eine Strickweste trug. Seine Zerstreutheit war sozusagen eine Berufskrankheit, denn Dad hatte den Kopf immer voll mit komplizierten Formeln – da konnte er sich eben nicht an alles drumherum erinnern.

„Sie mussten mich ins Krankenhaus bringen", erinnerte Angela ihn sanft. „Und jetzt wollen Sie ins Institut zurück, um Ihre Vorlesung zu halten!"

„Ah ja, die Vorlesung!" Dads Gesicht leuchtete auf. „Habt ihr hier alles unter Kontrolle, ja? Kommt ihr jetzt ohne mich zurecht?"

„All right, just go!" Angela wedelte mit den Händen, um ihn zu verscheuchen.

Die Familie lebte erst seit drei Jahren in Wien. Nick und Samantha war die Umstellung von Englisch auf Deutsch nicht schwer gefallen. Da Dad aus Wien stammte, waren sie von Geburt an mit beiden Sprachen aufgewachsen. Angela hingegen hatte noch immer ihre kleinen Schwierigkeiten mit dem Deutschen (besonders mit dem Wienerischen!), und zu Hause sprach sie nur

Englisch. Mummy übrigens auch. Das war ganz gut so, damit die Kinder ihr Englisch nicht verlernten.

Mummy kam gegen 18 Uhr.

„Oh Nicky Darling, mein großer Schatz!", rief sie aus und umarmte Nick stürmisch. „Du hast es geschafft! Ganz allein nach Hause zu gehen, und nichts ist passiert!"

Naja, NICHTS würde ich es nicht nennen, dachte Nick, *aber ich habe keine Ahnung, WAS eigentlich passiert ist!*

„Wollen wir zur Feier des Tages ein paar Biscuits backen?", schlug Mummy vor, und da war sogar Samantha mit Begeisterung dabei. Mummy hatte Sachen aus ihrem Laden, „Sarah's Pure Nature Shop", mitgebracht: Bio-Eier und Vollkornmehl, Nüsse aus Paraguay und Fair-Trade-Schokolade. Sie band sich eine altmodische Rüschenschürze über ihre Flower-Power-Bluse und zog ihr indianisches Stirnband fest um den Kopf, damit keines ihrer langen, glatten braunen Haare in den Teig fallen konnte. Samantha lief während des Teigrührens höchstens fünfmal zum Telefon, und sie schafften es, zwei Ladungen Kekse fertig zu stellen, ohne dass Nick seine Finger verbrannte oder den Gasherd explodieren ließ. Es war ein richtiger Glückstag – eine Zeit voll positiver Energien, wie Mummy meinte.

Als es dann dunkel wurde, kam endlich auch Dad nach Hause. Auch er hatte eine Idee, wie man Nicks Heldentat feiern konnte.

„Die Wolken haben sich verzogen, es ist ein ganz klarer Abend – hast du Lust, mit mir zur Sternwarte zu fahren und den Saturn zu besuchen?"

„Oh ja, super!" Nick war ganz verrückt nach Sternen. Dad war eigentlich Physiker, aber Sterne waren sein Hobby – und Nicks Hobby auch. Mit drei Jahren konnte er schon alle Planeten des Sonnensystems in der richtigen Reihenfolge aufzählen, mit sechs kannte er alle wichtigen Sternbilder – am Sommer- und am Winterhimmel – und mit zehn sah er sich die Funkbilder aller Weltraumsonden an und hoffte, dass auf dem Mars Leben gefunden würde.

Dad fuhr zuerst versehentlich zu seinem Institut, doch Nick erinnerte ihn daran, wo sie hinwollten.

„Nick? Was machst *du* denn hier?", fragte Dad zerstreut.

„Ich bin heute ganz allein von der Schule nach Hause gegangen, und darum wolltest du mit mir Sterne gucken."

„Ach ja."

Sie hatten die Sternwarte ganz für sich allein. Heute gab es keine Vorlesung. Dad schloss auf, und sie stiegen über eine steile, schmale Treppe zum großen Fernrohr hinauf. Nick durfte die Steuerung bedienen, mit der man die Kuppel an der richtigen Stelle öffnete. Dad brachte das Teleskop in Position. Nick zappelte vor Ungeduld, bis er endlich ins Okular sehen durfte.

Sie warfen zuerst einen Blick auf den Mond, weil er gerade gut zu sehen war. Deutlich konnte Nick die narbige Oberfläche mit den scharfen Schatten in den Kratern erkennen.

„Es ist interessant", dozierte Dad, „dass der Mond, während er die Erde umkreist, uns immer dieselbe Seite zuwendet. Die Rückseite, die dunkle Seite des Mondes, kriegen wir nie zu sehen. So als ob der Mond ein Geheimnis vor uns hätte." Er lachte. Anscheinend dachte er, er hielte eine Vorlesung.

Nick murmelte nur „Hmhm", weil er das schon wusste. Er wollte den Saturn sehen.

Und da war er schon, klar gegen den dunklen Nachthimmel: Saturn mit seinen Ringen! Einige Monde waren auch zu erkennen. Der Anblick war immer wieder erhebend. Nick staunte schweigend.

„Ich denke, heute können wir auch den Uranus sehen!", meinte Dad. „Hast du Lust?"

Na, und ob Nick Lust hatte! Stundenlang könnte er Sterne anschauen! „Dad", fragte er, als er Uranus im Blickfeld hatte, „leben dort Leute?"

Dad lachte. „Das weißt du doch! Auf dem Uranus ist es viel, viel zu kalt, als dass dort irgendwas leben könnte!"

„Und gibt es Planeten, auf denen Leute wohnen?"

„Tja, das weiß niemand ... Es gibt Millionen von Planeten in weit entfernten Sonnensystemen. Warum sollten nicht manche davon bewohnt sein? Aber das werden wir wohl nie wissen."

„Warum nicht? Können wir nicht dorthin reisen?"

„Aber Nicky! Du weißt doch, dass selbst die allernächsten Sonnensysteme viele Lichtjahre entfernt sind. Dorthin zu reisen würde Jahre, sogar Jahrhunderte dauern, weil nach der Relativitätstheorie nichts schneller fliegen kann als das Licht – und schon das braucht viele Jahre."

Der Junge nickte nachdenklich. Er hatte natürlich keine Ahnung, was es mit der Relativitätstheorie auf sich hatte, außer dass ein gewisser Herr Einstein sie erfunden hatte und dass sie bedeutete, dass man nicht zu anderen Sternen reisen konnte.

„Gibt es gar keine Möglichkeit?", bohrte er.

„Na ja", schränkte Dad ein, „es gibt diese Theorie über Wurmlöcher – das ist eine Art Abkürzung durch eine Krümmung des Raum-Zeit-Kontinuums – also, durch so ein Wurmloch könnte man in wenigen Augenblicken an einen weit entfernten Punkt der Galaxis gelangen ... Aber das ist natürlich nur eine Theorie."

„Gibt's diese Wurmlöcher wirklich?", fragte Nick nach, der vom Raum-Zeit-Kontinuum nicht wirklich viel verstand.

„Keiner hat je eines gesehen", antwortete Dad. „Aber das heißt nicht, dass es keine gibt."

„Ich glaube, ich war schon mal auf einem anderen Planeten", platzte Nick heraus.

Dad blinzelte irritiert unter seinen buschigen Augenbrauen und fuhr sich mit allen Fingern durch sein strubbeliges Haar. „Ach ja?", fragte er. „Wann denn?"

Was sollte Nick jetzt antworten? *Heute Nachmittag um halb drei?* Er überlegte.

„Dad?"

„Hm?"

„Als Baby war ich doch mal ein paar Tage lang verschwunden ...?"

Dad seufzte. „Ja, das stimmt. Das waren wohl die schrecklichsten Tage in unserem Leben."

„Glaubst du ... Glaubst du, ich bin von Außerirdischen entführt worden?", fragte Nick eifrig. „Und durch so ein Wurmloch zu einem anderen Planeten gebracht worden?"

Dad setzte sich auf die Stufen, die zum Teleskop hinaufführten, und zog Nick auf seinen Schoß. Nick war vielleicht schon ein bisschen groß dafür, aber es sah ja keiner.

„Das glaube ich, ehrlich gesagt, nicht!", meinte er. „Obwohl deine Tante fast so ausgesehen hat ..."

Nick kuschelte sich behaglich auf Dads Knien zurecht, schmiegte sich an seine Schulter und bat: „Erzähl mir ganz genau, was damals passiert ist!"

„Du hast die Geschichte doch schon hundert Mal gehört!"

„Bitte!" Nicks große braune Augen mit den goldenen Pünktchen darin schauten so treuherzig, dass Dad nicht nein sagen konnte. Er seufzte resigniert.

„Also gut. Du warst vierzehn Monate alt. Ich sollte zu einer wichtigen Tagung außerhalb von London fahren, und Mummy wollte gern mitkommen. Samantha war damals vier und wollte unbedingt bei ihrer Freundin übernachten. Dich wollten wir eigentlich zu der Tagung mitnehmen. Aber deine Tante Jenny, Mummys Schwester, hat angeboten, dich über Nacht zu nehmen. Also haben wir dich bei ihr gelassen. Als wir am nächsten Abend zurückkamen, war Jenny nicht zu Hause. Niemand hatte eine Ahnung, wo sie war. Und du warst mit ihr verschwunden. Wir haben die allerschrecklichsten Ängste ausgestanden!" Die Erinnerung übermannte Dad, und er drückte den Jungen an sich, als ob er ihn jetzt noch festhalten müsste. „Wir haben alles versucht, um Jenny und dich zu finden. Die Polizei wurde eingeschaltet. Mummy wollte sogar einen Aufruf im Fernsehen senden lassen."

„Wow!", entfuhr es Nick.

„Wir hatten wirklich große Angst", fuhr Dad fort. „Es war grauenvoll. Nach vier Tagen stand Jenny plötzlich vor unserer Tür und brachte dich zurück. Du kannst dir gar nicht vorstellen, wie erleichtert wir waren! Natürlich haben wir deine Tante ausgefragt, wo in aller Welt sie so lange mit dir war ..."

„Und?", fragte Nick aufgeregt.

Dad zuckte die Achseln. „Sie wirkte verwirrt ... Sie hat lauter komisches Zeug geredet ... Dass sie das Paradies entdeckt hat und von jetzt an dort leben will, und so. Aber sie war vorher schon ein bisschen ... äh, seltsam." Er deutete auf seinen Kopf. „Mummy wollte einen Arzt rufen, aber sie ist gleich wieder gegangen. Kurz darauf ist sie dann für immer verschwunden." Dad seufzte. „Die arme, liebe Seele! Ich hatte sie wirklich gern. Obwohl sie ein bisschen verrückt war. Nun ja ... jetzt hat sie hoffentlich Frieden gefunden."

„Und du bist sicher, dass wir nicht durch ein Dings ... äh, so ein Wurmloch gereist sind?"

„Es würde mich doch sehr wundern."

„Dad?"

„Hm?"

„War Tante Jenny eine Hexe?"

„Eine Hexe? Wie kommst du denn darauf?"

„Mummy ist auch eine Hexe", behauptete Nick. „Sie kann zaubern!"

„Quatsch! Wer sagt denn so was?"

„Samantha."

„Ach, die! Lass sie doch reden! Mummy ist keine Hexe. Sie ist ... sie sucht ... sie ist halt ein sehr ... äh ... spiritueller Mensch ... Falls du weißt, was das ist."

Nick wusste es nicht.

„Also, Mummy versucht ... hm ... den Sinn des Lebens zu finden. Das Leben zu verstehen. Eine andere Dimension des Lebens ... Äh ... Das sagt dir wohl auch nichts, oder?"

Nick schüttelte den Kopf. „Mummy hat Samantha einen Liebeszauber verraten", erzählte er.

„Ach? Und woher weißt *du* das?"

„Weil Samantha dazu ein Stück vom Körper des Kerls braucht, in den sie verknallt ist. Und das sollte ich ihr beschaffen." Nick kicherte verschwörerisch. „Ich hab zuerst geglaubt, sie will, dass ich ihm einen Finger abhacke oder so. Aber sie wollte bloß ein Haar."

„Und das hast du beschafft?" Dad zog gespannt die Augenbrauen hoch.

„Hmhm. Er geht in unsere Schule. Ich hab ihn einfach vor dem Turnsaal abgewartet und bin dann direkt vor ihm hingefallen. Im Fallen hab ich mich an ihm festgehalten, ihn mit runtergezogen und mich ‚versehentlich' in seinen Haaren verfangen. Dabei sind natürlich ein paar ausgerissen." Nick grinste verschmitzt. Seine Neigung zu Unfällen war ja hinlänglich bekannt. „Ich frage mich bloß", fügte er hinzu, „wozu Samantha einen Liebeszauber braucht! Stell dir vor, sie bringt den armen Typen dazu, dass er sie ewig liebt! Und sie selbst verknallt sich übermorgen in wen anderen! Was macht sie dann mit dem alten?"

Dad umarmte ihn fest und kitzelte ihn ein bisschen. „Was du für schlimme Sachen sagst!", neckte er ihn. „Mutter, Schwester und Tante als Hexen zu bezeichnen! Das hat Strafe verdient!" Er kitzelte stärker, und Nick quietschte.

„So, mein Sohn", fuhr Dad fort, „und jetzt merk dir: Mummy ist keine Hexe und keine Zauberin, sondern ein Mensch auf der Suche nach dem Sinn. Und glaub ja nicht, dass ich sie nur liebe, weil sie mir mal ein paar Haare ausgerissen und einen Liebeszauber damit gemacht hat – verstanden??!" Er blickte auf und bemerkte plötzlich, dass sie in der Sternwarte waren. „Was machen wir hier eigentlich?", fragte er verwirrt. „Da reden und reden wir ... Gehörst du nicht längst ins Bett?"

Set-Ammon

Es wurde tatsächlich spät, bis Nick an diesem Abend endlich in seinem Bett lag. Mummy setzte sich noch zu ihm auf die Bettkante, um ihm gute Nacht zu sagen.

„Heute hast du einen Schritt ins Erwachsenwerden gemacht", sagte sie und drückte ihn an sich. Dabei seufzte sie leise.

„Bist du darüber traurig?", fragte Nick.

Sie lächelte. „Nein. Oder doch, ein bisschen. Ich habe nur gerade gedacht, ob deine Aura glücklicher wird, wenn du größer wirst ..."

„Was meinst du damit?"

„Ach ..." Sie lachte nervös. „Ob deine Neigung zu Unfällen irgendwann aufhören wird, oder ob du ..." Sie ließ den Satz unvollendet.

Nick dachte bei sich, dass er heute etwas völlig Neues über seine Unfälle gelernt hatte: dass nämlich irgendetwas oder irgendjemand ihn zu beschützen schien, wenn es mal wirklich gefährlich wurde. Ob das wohl wieder passieren würde?

„Ich kann schon auf mich aufpassen, Mummy!", beruhigte er sie.

Sie nickte. „Du musst nur immer auf deine innere Stimme hören", sagte sie eindringlich. „Dein Herz sagt dir, was du tun sollst. Du darfst seine leise Stimme nur nicht übertönen mit den Geräuschen der Welt."

„Hmhm", murmelte Nick. Mummy sagte oft solche Sachen mit inneren Stimmen und dem Lärm der Welt und so. Er wusste nicht genau, was das bedeutete. Er jedenfalls hörte sein Herz nicht reden, nur klopfen! Aber Mummy schien es sehr wichtig zu finden, also nickte er zustimmend.

„Und jetzt schlaf gut!" Sie stopfte die Decke rund um ihn fest.

Aber Nick konnte noch nicht schlafen.

Sein Erlebnis von heute Nachmittag beschäftigte ihn. Er war ganz echt und wirklich in Anderwelt gewesen! Er hatte sich sogar in den Arm gezwickt, um zu prüfen, ob er wach war, und an dieser Stelle an seinem Arm hatte sich ein blauer Fleck gebildet, der ein bisschen wehtat, wenn man darüber strich. Das war doch der Beweis, dass er für ein paar Augenblicke dort gewesen war! Das Ganze geschah, als er in höchster Lebensgefahr schwebte. Die beiden Motorräder hätten ihn sonst überfahren. Ob es wieder geschehen würde, wenn er in Gefahr war?

Nick rollte sich unter der Decke zusammen und dachte sehnsüchtig an die Anderwelt. Vielleicht könnte er sich absichtlich in eine gefährliche Situation bringen – über eine belebte Straße gehen, auf einem Brückengeländer balancieren oder so? Oder sollte er es lieber nicht darauf ankommen lassen? Das Ganze war sehr geheimnisvoll.

Auf einmal wurde es hell im Zimmer. Nick dachte, jemand hätte seine Zimmertür geöffnet, und hob den Kopf. Aber seine Türe war fest zu. Mitten im Zimmer begann die Luft zu flimmern, und während er noch ungläubig hinschaute, öffnete sich ein rundes Loch, durch das er in einen sonnendurchfluteten Wald sah.

Die Anderwelt!

Vorsichtig, als hätte er Angst, die Erscheinung zu vertreiben, stieg Nick aus seinem Bett und schlich näher. Kein Zweifel: mitten im Zimmer, zwischen Bett und Schreibtisch, hatte sich aus dem Nichts eine Öffnung aufgetan. Nick streckte die Hand hindurch und zuckte erschrocken zurück, als seine Finger drüben warm vom Sonnenlicht getroffen wurden.

Er zwickte sich, diesmal ins Bein. „Au!"

Das gab wieder einen blauen Fleck. Aber er war jetzt sicher, dass er nicht träumte. Schnell entledigte er sich seines Pyjamas und schlüpfte in Jeans, Pullover und Schuhe.

Dann kletterte er durch die Öffnung in den Wald.

Er blickte zurück. Einen Augenblick lang sah er durch die Öffnung sein dunkles Zimmer mit dem leeren Bett, dann verschwamm das Bild, und mit einem Flimmern der Luft war es ganz verschwunden.

Nick atmete tief die würzige Waldluft ein und sah sich unternehmungslustig um. Er stand auf demselben steinigen Pfad, auf dem er sich schon am Mittag wiedergefunden hatte. Rings umher wuchsen riesige alte Bäume. Morsche, umgestürzte Stämme lagen auf dem Boden, von Gestrüpp überwuchert. Bemooste Felsen erhoben sich zu seiner Linken. Zu Hause war es Spätherbst gewesen, aber hier schien Frühling oder sogar Sommer zu sein. Das Sonnenlicht tanzte zwischen den Zweigen, und sogar im Schatten des Waldes war es angenehm warm. Er zog seinen dicken Pullover aus und band ihn sich um die Hüften.

Der Weg, auf dem er stand, führte in mehreren Windungen durch den Wald. Nick entschied sich für die Richtung, in der der Wald sich zu lichten schien, und ging los. Schon bald öffnete sich der Blick auf eine grüne, hügelige Landschaft. Links fiel das Gelände zu einem See oder Meeresstrand ab, rechts stieg es zu einem felsigen Gebirge an. Vor Nick, noch in einiger Entfernung im weiteren Verlauf der Straße, lag ein Dorf mit steinernen, strohgedeckten Hütten. Es war nicht genauso, wie Nick sich seine geheime Anderwelt ausgedacht hatte, aber doch sehr ähnlich. Auf einer Wiese nahe dem Dorf grasten Tiere, die ein bisschen wie große, dunkelbraune Schafe aussahen. *Bumuks*! Zumindest hießen sie in Nicks ausgedachter Geheimsprache so. Wie sie wohl hier genannt wurden?

Gerade wollte Nick aus dem Schatten des Waldes heraustreten und auf das Dorf zugehen, da tauchte plötzlich – wie aus dem Nichts – vor ihm auf dem Weg ein Wagen auf. Es war ein hölzerner Karren, der von einem Tier gezogen wurde. Das Tier sah wie eine große, knochige Kuh mit Leopardenflecken aus. Vielleicht eine Art Ochse. Der Wagen war hoch beladen; Bündel von Fellen oder Stoffen, Töpfe und Kessel, Geräte, die wie Heugabeln aussahen, und vieles mehr war mit Ledergurten festgebunden. Vorne auf dem Karren saß ein Mann mit bräunlicher Haut, der einen wollenen Umhang in der Farbe der Bumuks trug. Als er Nick sah, zog er die Zügel an und rief dem Zugtier etwas zu, so dass es anhielt. Der Mann sprang vom Wagen und trat mit einer Verbeugung auf Nick zu. Er war groß und hager und hatte eine Adlernase.

„Willkommen in Edoney!", sagte er mit einem kleinen Lächeln. „Ich habe auf dich gewartet!"

Nick erschrak bis ins Mark.

Dieser Mann sprach Nicks Geheimsprache.

*

Später konnte Nick sich nicht mehr erinnern, warum diese erste Anrede in Edoneysisch ihn so erschreckt hatte. Vielleicht hatte er nicht damit gerechnet, dass seine geheime Sprache, die er sich ausgedacht hatte – oder besser, die ihm *eingefallen* war –, wirklich hier gesprochen wurde. Vielleicht kam es einfach nur daher, dass

er die Worte noch nie laut ausgesprochen gehört hatte und darüber erschrocken war, wie seltsam vertraut sie klangen. Vielleicht war es aber auch etwas im Tonfall des Fremden, das ihn zusammenzucken ließ, oder die Tatsache, dass dieser offenbar mit Nicks Ankunft gerechnet hatte.

„Du brauchst nicht zu erschrecken", fuhr der Mann fort und lächelte immer noch. „Ich weiß einiges über die Welt, aus der du kommst. Ich bin Händler, ich höre und sehe vieles, und du bist schließlich nicht der Erste, der von dort gekommen ist."

Nick brachte noch immer keinen Ton heraus. *Wo bin ich hier?*, fragte er sich. *Wie kann ich denn in meiner eigenen Fantasiewelt sein? In einem Land, das ich mir bloß ausgedacht habe?? Wenn das aber nicht meine Traumwelt ist, sondern ein echtes Land – wieso kommt mir vieles so bekannt vor? Und wieso verstehe ich diese Sprache?*

„Ich kann deine Verwirrung verstehen", sprach der Fremde weiter. „Aber du wirst dich bald hier zurechtfinden." Wieder lächelte er verbindlich.

„Wo ... wo bin ich eigentlich?", stammelte Nick endlich. Es war ungewohnt, die Geheimsprache laut zu sprechen. Immerhin schien der Mann ihn zu verstehen.

„Du bist in Edoney", wiederholte er. „Du bist durch die Verbindung von Hamartin gekommen, wie die anderen auch."

Das war ja nun nicht wirklich eine tolle Erklärung! „Die Verbindung" – damit war wohl das rätselhafte Loch gemeint, das plötzlich mitten in Nicks Zimmer aufgetaucht war. Aber warum hatte es das getan? Und was war Hamartin? Plötzlich hatte Nick einen Einfall.

„Bin ich hier auf einem anderen Planeten?", fragte er. „Ist die ‚Verbindung' ein ... ein *Wurmloch*?" Er wusste nicht, wie man „Wurmloch" auf Edoneysisch oder in irgendeiner anderen Sprache sagte, also sagte er es auf Deutsch, wie er es von Dad gehört hatte.

Der Fremde hob abwehrend die Hände. „Oooh, bitte! Ich bin nur ein einfacher Händler, der durch die Dörfer reist und hier und da eine Geschichte aufschnappt. Aber von einem *Planeten* oder einem *Wurmloch* weiß ich nichts. Du wirst alles verstehen, wenn die Zeit dafür kommt. Ich bin nur hier, um dich willkommen zu heißen." Er verbeugte sich neuerlich. „Mein Name ist Set-Ammon. Ich bin, wie ich schon sagte, ein Händler, und ich möchte dir ein Geschenk machen."

„Ein Geschenk?" Das erweckte Nicks Neugierde.

„Oh ja!" Das unergründliche Lächeln wurde breiter. „Ein einzigartiges Geschenk, das ich eigens für dich aufbewahrt habe!"

Der gefleckte Ochse hatte inzwischen begonnen, am Wegesrand zu grasen. Set-Ammon kletterte auf den Karren hinauf und grub sich zwischen Stoffbündeln, Kisten und großen Metall-Töpfen in die Tiefe. Nach kurzer Zeit fand er, was er gesucht hatte: einen kleinen Beutel aus schwarzem Leder. Er sprang vom Wagen und trat neben Nick.

„Es ist ein Mondstein!", sagte er bedeutungsschwer.

Nick, der keine Ahnung hatte, was ein Mondstein sein könnte, sah ihm zu, wie er den Inhalt des Beutels in seine bräunliche Handfläche leerte. Zum Vorschein kamen zwei runde, flache Gegenstände, die wie große Münzen aussahen.

„Dieser ist der Mondstein!", verkündete Set-Ammon und hielt die eine der beiden Münzen in die Höhe. Sie glänzte silbern hell, fast als ob ein grelles Licht von ihr ausginge. Auf der Seite, die Nick sehen konnte, war ein Bild, das anscheinend Flammen darstellte.

„Das Feuer!", erklärte Set-Ammon. „Das Zeichen von Licht und Wärme!" Er machte eine kleine Pause, um dann mit umso tiefgründigerer Betonung hinzuzufügen: „Das Symbol von *Macht*!"

Nick starrte die Münze an. Das helle, kalte Glänzen übte eine seltsame Faszination auf ihn aus. „Was ist auf der Rückseite?", fragte er und wollte danach greifen.

Der Händler machte eine schnelle Bewegung und drehte die

Münze um. Irgendwie hatte Nick das unbestimmte Gefühl, als zeigte er ihm nicht wirklich die Rückseite, sondern als hätte er sie zweimal herumgedreht, so dass er jetzt dieselbe Seite sah wie zuvor. Aber das war bestimmt nur eine Täuschung. Jedenfalls war auf der Rückseite dasselbe Bild wie vorne.

„Licht und Macht auf jeder Seite!", raunte Set-Ammon. „Das ist ein *Mondstein*! Er erfüllt Wünsche!"

„Echt?", staunte Nick.

„Du nimmst den Stein fest in die Hand und sprichst einen Wunsch aus – und der Mondstein tut, was immer du sagst!"

„Wow, das ist ja Wahnsinn!" Nick streckte die Hand aus, und der Händler reichte ihm die Münze. Nick betrachtete ihn fasziniert von allen Seiten. Der Stein schien irgendwie ein Eigenleben zu haben; jedes Mal, wenn Nick ihn herumdrehte, schien er in seiner Hand zu hüpfen. Es war ein merkwürdiges Gefühl.

„Toll!"

„Ich schenke ihn dir. Er ist dein!", sagte Set-Ammon mit immer dem gleichen verbindlichen Lächeln.

„Wozu ist denn der andere?", fragte Nick und griff danach.

„Das ist ein Sonnenstein", bemerkte Set-Ammon beiläufig

„Und was kann der?" Nick betrachtete die Münze. Sie war genauso groß wie die andere, aber aus einem unscheinbaren, mattgoldfarbenen Material. Sie glänzte nur schwach und leuchtete ganz und gar nicht so wie die andere. Auf der Vorderseite war eine Blume, ähnlich einer Rose, abgebildet. Jedenfalls konnte man deutlich ein paar spitze Dornen am Stängel erkennen. Nick drehte den Sonnenstein um. Dieser schien nicht durch die Finger zu hüpfen wie der Mondstein, sondern ließ sich einfach umdrehen wie ein ganz gewöhnliches Geldstück. Auf der Rückseite sah man einen großen Vogel mit ausgebreiteten Schwingen.

„Ach, der kann eigentlich nichts Besonderes." Set-Ammon ließ den leuchtenden Mondstein wieder in den kleinen Lederbeutel gleiten. Nick wollte den Sonnenstein an seinem T-Shirt reiben, um zu sehen, ob er ihn auch zum Glänzen bringen konnte, aber Set-Ammon griff schnell danach, nahm ihn ihm weg und steckte ihn ebenfalls in den Beutel. „Der taugt nicht zum Wünschen, weil er seinen eigenen Willen hat. Manche sagen, er will immer dein *Bestes*!" Er sprach das Wort verächtlich aus. „Der macht nicht das, was *du* willst. Im Grunde ist er also nicht sonderlich nützlich. Er gehört aber nun einmal zum anderen. Du musst beide miteinander nehmen." Er zog die dünne Lederschnur fest zu, mit der der Beutel verschlossen wurde, verknotete sie und reichte das Ganze Nick.

„Danke sehr!"

„Gebrauche den Stein klug!", ermahnte ihn der Händler. Damit stieg er auf seinen Karren, nahm die Zügel auf und rief dem gefleckten Ochsen etwas zu. Dann war er auch schon verschwunden.

Nick betrachtete nachdenklich den Lederbeutel in seiner Hand. Schließlich verstaute er ihn achselzuckend in der Hosentasche und wanderte weiter auf das Dorf zu.

*

Kaum war er ein paar Schritte gegangen, da passierte schon wieder etwas: Von links schoss ein haariges Wollknäuel heran, krach-

te gegen Nick, stieß ihn zu Boden, überrollte ihn und raste auf den Waldrand zu, wobei es winselnde Laute ausstieß.

Nick fand sich plötzlich auf dem steinigen Boden wieder, und sein Schädel dröhnte. Was war *das* denn gewesen? Ein Wirbelsturm? Ein Panzerangriff? Er stöhnte und probierte, ob seine Knochen noch ganz waren. Vorsichtig hob er den Kopf – und ließ ihn gleich wieder sinken.

Jetzt war er bestimmt tot, kein Zweifel. Denn das Gesicht, das sich erschrocken über ihn beugte, war sein eigenes.

Er schloss die Augen.

Okay. Irgendwie haben diese Motorräder es geschafft, mich hier in der Anderwelt aufzuspüren und totzufahren. Komisch, dass ich sie gar nicht kommen gehört habe ... Na, jedenfalls habe ich anscheinend meinen Körper schon verlassen ... Mummy hat mir davon erzählt ... Man sieht sich selbst tot daliegen ... Aber Moment ... irgendwas stimmt da nicht ... Ich liege am Boden und sehe mich über mir stehen? Müsste das nicht grade andersrum sein?

Vorsichtig öffnete er das linke Auge einen Spalt breit. Sein Kopf beugte sich noch immer über ihn und betrachtete ihn besorgt. Ja, das war sein Gesicht. Die Sommersprossen, die Stupsnase, die braunen Locken – sogar die goldenen Punkte in den braunen Augen waren da. Aber wieso trug er so merkwürdige Kleidung ...?

„Hast du dir wehgetan?", fragte das Gesicht auf Edoneysisch.

Nick setzte sich auf und rieb sich den Hinterkopf. „Wer bist du?", fragte er vorsichtshalber.

„Ich bin Tamael von Asimot", sagte das Gesicht. „Und du?"

„Ich bin Nick Fischer von der Erde", antwortete Nick. „Bin ich tot?"

Der andere Junge lachte nervös. „Sieht nicht so aus ... Du redest doch!"

„Ähm ... Bist du ich?", vergewisserte sich Nick.

„Was?"

„Na ja ... ich dachte, du bist ich, und ich bin tot und sehe mich selbst tot daliegen ...", stotterte Nick und kam sich schon etwas blöd dabei vor.

„Soviel ich sehe, ist keiner von uns tot", stellte Tamael fest.

„Es ist nur ..." Nick betrachtete den anderen ganz genau. „Es kommt mir komisch vor, dass du genauso aussiehst wie ich!"

„Ach ... Tu ich das?" Tamael fasste Nick scharf ins Auge. „Stimmt, du siehst aus wie ich ... Merkwürdig! Du bist doch von Hamartin, oder?"

Nick zuckte die Achseln. Das hatte Set-Ammon auch schon behauptet, also musste es wohl stimmen. Wahrscheinlich war Hamartin der Ausdruck für „Erde".

„Das mit dem Zusammenstoß tut mir furchtbar Leid, ehrlich!", beteuerte der Junge.

Nick zuckte die Achseln. „Mach dir keine Gedanken. Solche Sachen passieren mir andauernd. Was war eigentlich los?" Er betastete seinen Hinterkopf, an dem sich eine dicke Beute bildete.

„Ich fürchte, mein Bumuk hat dich umgerannt", bedauerte Tamael.

„Dein *Bumuk?*"

„Ja ... das Tier da drüben!" Tamael zeigte auf den Waldrand, wo ein dunkelbraunes, schafähnliches Tier sich wild an einem Baumstamm rieb. „Das Arme! Dieser Idiot von Ramion hat es mit Juckpulver beschossen! Wenn ich ihn erwische, reib ich ihn auch mit Juckpulver ein, dass er drei Tage lang nicht mehr aus dem See raussteigt! Aber erst muss ich das arme Tier waschen!" Er half Nick auf die Beine, und nachdem er sich vergewissert hatte, dass nichts gebrochen war, ging er vorsichtig auf das Schaf zu.

„Komm, Gullub!", lockte er. „Komm zum Tamael! Du musst in den Teich steigen, dann wird es gleich besser!"

Nick folgte ihm und sah zu, wie er das Tier vorsichtig um den wolligen Nacken fasste und von dem Baum wegzog, an dem es sich verzweifelt scheuerte. Zärtlich auf es einredend, dirigierte er es behutsam in Richtung See. Nick schloss sich an, hielt aber Abstand, um das verschreckte Bumuk nicht noch mehr zu verängstigen. Am Ufer angekommen, stieg Tamael in voller Bekleidung ins Wasser.

„So ist es besser, komm, wir waschen das Juckpulver heraus ... Na warte, Ramion, dir werd' ich's zeigen! Dann helfe dir Yahobai! He, du, willst du mir nicht helfen?"

Diese Aufforderung galt Nick. Der überlegte: Sollte er, wie Tamael, in voller Bekleidung in den See steigen? Schließlich entschied er sich, zumindest die Schuhe auszuziehen. Die Jeans konnten ja ruhig nass werden. Es war ziemlich warm hier, und außerdem hatte er eine Unterhose mit blauen Teddybären an – die musste Tamael ja nicht unbedingt sehen!

Der Mondstein

Sie schrubbten dem Bumuk das dichte Fell, bis es nicht mehr winselte oder sich mit den kleinen Hufen zu kratzen versuchte. Da sie nun schon von oben bis unten nass waren, schwammen und planschten sie im See herum, bis die Dämmerung anbrach. Dann setzten sie sich ans Ufer, um sich zu trocknen.

„Wie bist du hierher gekommen?", fragte Tamael.

„Durch die Verbindung", antwortete Nick fachmännisch, so wie er es von Set-Ammon gehört hatte.

Tamael nickte. „Gehörst du nicht zu den anderen Niddachs?"

Da Nick nicht wusste, was ein Niddach war, konnte er diese Frage nicht wirklich beantworten. „Ich gehöre nur zu mir", sagte er daher. „Ich meine, ich bin ganz allein gekommen."

„Und wieso kannst du unsere Sprache?", fragte Tamael weiter.

„Ich weiß nicht ... Ich hab mir früher immer so eine Geheimsprache ausgedacht ... Nur für mich allein. Ich habe nicht gewusst, dass es diese Sprache wirklich gibt."

Tamael starrte ihn an. „Ehrlich?"

„Ja, klingt blöd, nicht? Aber ..."

„Nein, überhaupt nicht blöd!", unterbrach ihn Tamael. „Es ist ... Es ist nur ... Bei mir war's genauso. Ich hab mir auch eine Sprache ausgedacht ... und ..."

„Lass hören!", verlangte Nick.

„Good evening, my name is Tamael of Asimot!", sagte Tamael auf Englisch.

„Hey, das ist Englisch!", platzte Nick heraus.

„Du verstehst das?", fragte Tamael erfreut.

„Ja, das ist die Sprache meiner Mutter ... Ich habe früher in England gelebt, dort reden die Leute so!"

„Es ist also wirklich eine Niddach-Sprache ...", bemerkte Tamael mehr zu sich selbst.

„Sind Niddachs Menschen?", erkundigte sich Nick.

„Nein! Äh, na ja, schon ... Menschen aus Hamartin."

„So wie ich?"

Tamael musterte Nick von oben bis unten. „Du bist zwar aus Hamartin ...", sagte er langsam, „aber ich glaube, du bist kein Niddach!"

Da Nick nun erst recht nicht wusste, was ein Niddach war, verstand er auch nicht, ob das ein Kompliment oder eine Beleidigung war. Also schwieg er und sah zu, wie auf dem dunkler werdenden Himmel Tausende von Sternen erschienen.

„Mensch, gibt's hier viele Sterne!"

„Gibt's bei euch nicht so viele?", wunderte sich Tamael.

„Nö." Nick hatte in seinem Leben schon oft den Sternenhimmel gesehen, aber selbst bei ganz klarem Wetter hatte er nie so viele Millionen von Lichtpunkten gesehen wie hier. Und dabei war es noch nicht einmal ganz dunkel. Über den Bergen leuchteten noch Streifen von grünlichem und rosa Abendlicht.

„Ich muss nach Hause, es ist schon spät!", sagte Tamael und stand auf. „Musst du nicht auch gehen?"

Nick erschrak. Er hatte keine Ahnung, wie spät es zu Hause war! Und genau genommen hatte er auch nicht die leiseste Idee, wie er dorthin zurückkehren sollte!

„Ich ... Ja, ich sollte wohl ...", stammelte er unsicher.

Plötzlich begann die Dunkelheit am Wasser zu flimmern, und mitten am Strand öffnete sich aus dem Nichts das Loch. Undeutlich konnte Nick dahinter sein Zimmer erkennen, in dem es auch finster war.

„Okay, dann geh ich jetzt!", rief er erleichtert und stieg mit einem Bein durch die Verbindung.

„Kommst du wieder?", fragte Tamael.

„Klar! Bis bald!" *Hoffentlich!*

Schon stand Nick wieder in seinem Zimmer. Durch die Öffnung sah er noch einen Augenblick lang, wie Tamael und Gullub ihm verwundert nachschauten, dann schloss sich das Loch.

Es war drei Uhr morgens. Niemand schien Nicks Abwesenheit bemerkt zu haben.

Seufzend schlüpfte er in sein Bett. Ob er Tamael, Gullub und die ganze Anderwelt jemals wiedersehen würde?

*

Als Mummy ihn am nächsten Morgen für die Schule weckte, fühlte er sich frisch und ausgeschlafen. Das wunderte ihn, denn eigentlich hatte er erwartet, völlig zerschlagen und todmüde zu sein. Immerhin war er doch erst um drei ins Bett gegangen! Zweifel stiegen in ihm auf. Womöglich hatte er die Nacht friedlich schlafend im Bett zugebracht und die ganze Sache nur geträumt?

Doch beim Anziehen spürte er die Beule am Hinterkopf, die das Bumuk ihm geschlagen hatte. Und als er seine Hose anzog, die ganz unten an den Hosenbeinen noch ein bisschen feucht vom

Seewasser war, fand er in der Hosentasche den schwarzen Lederbeutel mit dem Sonnen- und dem Mondstein darin.

Es war alles wahr!

Angela konnte mit ihrem verstauchten Fuß noch nicht auftreten.

„Samantha, du musst heute mit Nick zur Schule gehen!", sagte Mummy beim Frühstück. Samantha verdrehte ihre Augen, die von himmelblauem Lidschatten umrahmt waren, genervt zur Decke und quengelte: „Ich hab mich aber mit der Katharina verabredet!"

Das war nicht besonders neu, denn sie ging jeden Morgen mit ihrer Freundin zur Schule. Samantha wollte nicht täglich in Begleitung ihres Unglücksbruders und des Kindermädchens gesehen werden.

„Samantha!", sagte Dad streng. Er sah von seinem Toast auf, wo er mit der Gabel eine komplizierte Formel in die Butter eingraviert hatte, und zog die buschigen Augenbrauen ärgerlich in die Höhe. „Du machst, was Mummy sagt, verstanden?"

Wahrscheinlich hatte er wie üblich keine Ahnung, wovon eigentlich die Rede war, aber Samantha wusste, dass es keine Widerrede mehr gab, wenn er in diesem Ton sprach. Also murmelte sie nur irgendwelches gekränktes Zeug in ihr Frühstücksei, so was von „kein Baby mehr" und „völlig übertrieben", aber sie wagte nicht mehr aufzumucken.

Kurz darauf zogen die Geschwister los.

„Wehe, du machst Ärger!", drohte Samantha, kaum dass das Haustor hinter ihnen ins Schloss gefallen war. „Ich muss was Wichtiges mit der Katharina besprechen – da hast du mir gerade gefehlt!"

In diesem Augenblick fuhren Mummy und Dad im Auto an ihnen vorbei und winkten. Schnell legte Samantha Nick die Hand auf die Schulter und winkte mit schwesterlich-fürsorglichem Lächeln zurück.

„Geh ruhig allein!", schnappte Nick, als die Eltern um die Ecke verschwunden waren, und schüttelte Samanthas Hand ab. „Ich komme schon zurecht!"

Das wagte Samantha nun aber doch nicht. Also trabte Nick hinter ihr und ihrer Freundin her, während die beiden Mädchen die Köpfe zusammensteckten und Geheimnisse austauschten, und dachte an die Anderwelt. Ob es dort wohl wirklich Drachen, Hexen und Zwerge gab? Oder hatte Nick sich das nur ausgedacht? Nicht alles war genauso gewesen wie in seiner Fantasiewelt. Andererseits – die Bumuks gab es wirklich. Warum nicht auch all die anderen Sachen? Und der Unsichtbare Feind? Existierte der auch? Bei seinem ersten Besuch schien es in der Anderwelt ja ganz friedlich zuzugehen, aber das konnte ja täuschen. Ach! Ob sich die Verbindung jemals wieder öffnen würde?

*

Sie gelangten ohne jeden Zwischenfall zur Schule. Samantha, die Nick während des gesamten Weges kaum eines Blickes gewürdigt hatte (nur beim Überqueren der Straßen hatte sie ihn am Handgelenk gepackt und hinter sich hergezogen), war mächtig stolz auf sich, dass sie ihn völlig unfallfrei transportiert hatte. Nick hingegen spürte, dass es etwas anderes war, das ihn beschützte: Er war überzeugt, dass der Mondstein in seiner Hosentasche die Unfälle fern hielt.

Er hätte gern mit Albert oder Kassandra über seine nächtlichen Erlebnisse gesprochen, aber er traute sich nicht. Wohl hatte er manchmal mit ihnen „Anderwelt" gespielt – Albert wollte immer der Unsichtbare sein –, aber über seine Geheimsprache zum Beispiel hatten alle nur gelacht. Er erwähnte sie niemals mehr. Na ja, und wenn er jetzt von der Verbindung erzählte und dass er *wirklich* drüben gewesen war – wer würde das schon glauben? Er konnte sich höchstens lächerlich machen, und er wollte seine

Freunde schließlich nicht vergraulen. Allzu viele hatte er ja sowieso nicht, weil den meisten Kindern seine ständigen Unfälle auf die Nerven gingen.

In der Klasse herrschte große Aufregung. Nick begriff, dass es um den bevorstehenden Biologietest ging. Au weia, wie hatte er das nur wieder vergessen können! Weil er auch so wenig aufpasste! Immer mit dem Kopf woanders.

Jetzt war es zu spät. Frau Müller betrat das Klassenzimmer, grüßte gut gelaunt und meinte: „Der Test wird sicher kein Problem für euch, wir haben ja gestern noch den ganzen Stoff wiederholt!"

Nick schluckte. Wenn er doch wenigstens gestern aufgepasst hätte!

Er nahm den Zettel in Empfang und überflog die Fragen. Ach du Schreck! Er konnte nur eine einzige Aufgabe lösen! Die Frage lautete: „Wie unterscheidet sich das Gebiss eines Fleischfressers von dem eines Pflanzenfressers?" Das zumindest hatte Nick gestern mitgekriegt. Na ja, der Rest war Schweigen. „Wie unterscheidet sich das Skelett eines Flugsauriers von dem eines Landsauriers?" Du lieber Himmel! Woher sollte er das wissen? Und wozu? Wie vielen Dinosaurierskeletten würde er in seinem Leben denn begegnen? Und überhaupt wollte er doch Astronaut werden!

Während er dasaß und verzweifelt den eifrig schreibenden Mitschülern zusah, hörte er plötzlich in seinem Kopf ganz klar die Worte: *„Benutze den Mondstein!"*

Benutze den Mondstein ... natürlich! Hatte Set-Ammon nicht gesagt, man müsste den Stein in der Hand halten und einen Wunsch aussprechen? Warum sollte das nicht auch hier auf der Erde funktionieren?

Nick schob die Hand in die Hosentasche und nestelte den Verschluss des Lederbeutels auf. Der Mondstein war auch in der Hosentasche leicht vom Sonnenstein zu unterscheiden, denn er schien sich selbstständig zu bewegen und in der Hand zu hüpfen, während der Sonnenstein sich ganz gewöhnlich herumdrehen ließ. Außerdem fühlte der Mondstein sich kälter an. Nick schloss die Faust um den Stein und murmelte: „Ich möchte die Antworten auf die Testfragen wissen!"

„Nick?!" Frau Müllers scharfe Worte ließen ihn zusammenzucken. „Sprichst du etwa mit deinem Nachbarn?" Ihr Tonfall ließ keinen Zweifel daran, dass sie dieses Verbrechen mindestens mit der Todesstrafe ahnden würde.

Nick errötete bis unter die Haarwurzeln und stammelte: „Nnnein ... Ich führe nur Selbstgespräche. Entschuldigung!"

„Hrmpf! Setz dich an den leeren Tisch da!" Mit einem strafenden Blick wandte sich Frau Müller wieder ihrer Lektüre zu.

Nick schloss die Augen. Schweiß stand auf seiner Stirn. Er atmete tief durch.

Plötzlich wusste er, was das Skelett eines Flugsauriers kennzeichnete! Verblüfft riss er die Augen auf. Ganz klar erschienen die Worte in seinem Gehirn. Es war unglaublich! Schnell raffte er seine Sachen zusammen, übersiedelte in die leere Bank und begann zu schreiben.

Als Frau Müller die Zettel wieder einsammelte, hatte er alle Fragen beantworten können. Natürlich war er nicht sicher, ob alles richtig war, aber besser als gar nichts war es auf alle Fälle!

„Ihr bekommt die Tests dann gleich nach dem langen Wochenende zurück!", sagte Frau Müller zum Abschied. „Ich sehe euch ja bis dahin nicht mehr. Schöne Ferien!"

Ach, das lange Wochenende! Die Feiertage Allerheiligen und Allerseelen fielen in diesem Jahr günstig, und der Direktor von Nicks Schule hatte noch einen Tag freigegeben, so dass sie fünf Tage hintereinander schulfrei haben würden. Kurzferien. Aber Nick hatte sich bis jetzt nicht sonderlich darauf gefreut. Seine Familie wollte nach München fahren, zu einer großen Esoterikmesse. Das heißt, Mummy und Samantha und Samanthas Freundin Katharina wollten zu dieser Messe gehen. Dad hatte eine Verabredung mit einem Kollegen vom Münchner Physikinstitut. Nick hingegen hatte sich geweigert mitzufahren. Er war schon einmal auf einer Esoterik-Ausstellung gewesen. In großen Räumen, in denen überall der schwere süße Geruch von Räucherstäbchen hing, pries man ihm Edelsteine mit Heilkräften an, magische Runen und Bücher über das Geheimnis von Stonehenge. Alle Augenblicke bot ihm jemand an, sein Horoskop zu erstellen oder ihm aus der Hand zu lesen. Auf Mummys und Samanthas Drängen ließ er dann seine Aura fotografieren. Es wurde ein komisches Foto, denn der Fotograf verpatzte beim Entwickeln irgendwie die Farben, so dass Nick mitten in einer bunten Wolke zu sitzen schien – aber Mummy und Samantha fanden es toll und unterhielten sich stundenlang über die Bedeutung dieser Farbflecken. Nun, jedenfalls hatte Nick fürs Leben genug von solchen Ausstellungen. Lieber blieb er mit Angela allein in Wien und hing in Frieden vor dem Fernseher oder einem Computerspiel herum.

Aber jetzt sah alles ganz anders aus. Jetzt konnte Nick seine Ferien in der Anderwelt verbringen! Er musste nur irgendeine Geschichte erfinden, die er Angela auf die Nase binden konnte. Da war es direkt ein Glück, dass das Kindermädchen an den Lehnstuhl gefesselt war und bestimmt sehr erfreut sein würde, wenn Nick den Tag – angeblich – friedlich in seinem Zimmer verbrachte.

Bis heute Morgen hatte Nick sich gesorgt, ob die Verbindung sich auch rechtzeitig öffnen würde. Aber jetzt war ihm klar: Er besaß einen Mondstein, der Wünsche erfüllte – falls die Verbindung nicht freiwillig aufging, konnte Nick sie herbeiwünschen!

*

Die Tage bis zu den Ferien vergingen ereignislos – ungewöhnlich ereignislos sogar! Nick blieb von herabstürzenden Dachschindeln, Feuersbrünsten und aus dem Zoo entsprungenen Tigern verschont und kam täglich nach der Schule unversehrt nach Hause. Angela war schon ganz argwöhnisch, aber Nick hätte sich natürlich eher die Zunge abgebissen, als ihr von dem magischen Stein zu erzählen!

Endlich war das Auto gepackt, Katharina samt Gepäck verstaut, und Samantha hatte siebzehn Abschiedstelefonate mit ihren Freundinnen geführt. Die Wohnung war mit Vorräten angefüllt bis unters Dach, damit Angela mit ihrem kaputten Fuß nicht allzu oft einkaufen gehen musste.

Mummy fragte ein letztes Mal: „Macht es dir auch wirklich nichts aus, Nicky Darling? Möchtest du nicht doch lieber mitkommen?"

„Oh nein!", versicherte Nick großspurig. „Jetzt erst recht nicht. Irgendjemand muss sich doch um Angela kümmern und ihr Gesellschaft leisten! Wo sie doch nicht gehen kann!"

Samantha bedachte ihn mit einem Blick, der deutlich machte, dass sie Nick nicht für eine große Hilfe hielt. „Wehe, wenn du meine Mah-Jongg-Steine nimmst!", zischte sie drohend. „Die hab ich von Granny gekriegt!"

„Samantha!!", mahnte Dad streng.

Dann, endlich, waren sie weg.

„So", seufzte Angela, schloss die Tür und humpelte zum Fenster, um noch zu winken. „Und was machen wir zwei Hübschen jetzt? Möchtest du eine Partie Schach spielen?"

Nick trat vor Ungeduld schon von einem Bein aufs andere. „Aaach ...", stotterte er, „ich ... ich geh einfach rauf in mein Zimmer und schau mir dieses neue Videospiel an, das der Albert mir geliehen hat. Das ist wahnsinnig spannend."

Angela sah ihn skeptisch an.

„Außerdem", fuhr Nick eifrig fort, „wiederholen sie jetzt jeden Vormittag ‚Ein Engel auf Erden' im Fernsehen, das siehst du doch so gern ... Warte, ich helfe dir in den Lehnstuhl ..." Er begleitete Angela fürsorglich zum Sessel und drückte ihr die Fernbedienung in die Hand. „Weißt du was? Ich nehm mir ein paar Brote mit rauf, dann brauchst du zu Mittag nichts zu kochen."

„Du bist ja auf einmal so selbstständig", wunderte sich Angela und legte ihr Bein hoch. „Mir scheint, du brauchst mich plötzlich gar nicht mehr!"

„Aber nein, das stimmt doch gar nicht!", beeilte sich Nick zu versichern. Er legte dem Kindermädchen die Arme um den Hals und umarmte sie. „Du bist doch mein Schutzengel, weißt du nicht mehr?"

„Au!", quietschte Angela, als er sie drückte.

Erschrocken ließ er sie los. „Was ist? Bin ich an deinen Fuß gestoßen?"

„Nein ... Ich weiß auch nicht ... Mich hat da was gestochen ... als ob du etwas Spitzes in der Hosentasche hättest!" Sie schob ihn ein Stück von sich weg und zeigte auf die Seite, wo Nick die magischen Steine verwahrte. „Hast du ein Taschenmesser da drin?"

„Schon, ja!" Nick zog das Messer heraus. „Aber es ist natürlich zugeklappt, siehst du?"

„Bei dir ist alles möglich", murmelte Angela. „Vielleicht solltest du tatsächlich gar kein Taschenmesser haben ..."

„Ich mach jetzt ein paar Brote", sagte Nick hastig. „Soll ich dir auch welche bringen?"

„Hm, ja ... bitte. Mit Käse."

Nachdem er Angela mit Essen versorgt hatte, stieg er mit seinem Lunchpaket die Treppe hinauf und betrat sein Zimmer.

Das Loch hatte sich bereits mitten im Zimmer geöffnet, und auf der anderen Seite lag Tamaels Dorf in der Morgensonne.

Odly

Die Verbindung ließ Nick am Seeufer aussteigen, nicht weit vom Dorf. Ein paar jüngere Kinder spielten mit zahmen Bumuks, als Nick aus einem Gebüsch hervortrat. Eines der Kinder entdeckte ihn und begann zu schreien.

„Ein Niddach!"

Die anderen Kinder schauten in die Richtung, die das erste Kind zeigte, und schrieen ebenfalls. Dann rannten alle in Richtung Dorf davon. Nur eines von den Bumuks trottete gemächlich näher und beschnupperte Nick.

Nick tätschelte die weiche rosa Nase des Tieres und sah an sich hinunter. Nun, es war kein Wunder, dass er auffiel. Die Kinder von Edoney trugen lose Hemden und weite Hosen, die von ledernen Gürteln zusammengehalten wurden. Die Kleider waren weiß oder beige und aus einer Art grobem Leinen. Manche hatten auch Pullover an, deren dunkelbraune Wolle unverkennbar von Bumuks stammte. Nick dagegen sah in seinem roten T-Shirt mit „Spice Girls"-Aufdruck, den Jeans und den ausgelatschten Turnschuhen wirklich recht fremdartig aus.

Während er noch dastand, das Bumuk streichelte und sich fragte, ob das vielleicht Tamaels Gullub war, sah er Tamael vom Dorf her auf sich zukommen. Er seufzte erleichtert auf. Er hatte schon ein wenig besorgt überlegt, was er machen sollte, falls die Dorfbevölkerung ihn als Eindringling betrachtete und vertreiben wollte.

„Sei gegrüßt, Nick Fischer von Hamartin!", sagte Tamael.

„Hi, Tamael von Asimot!", antwortete Nick, der sich über diese förmliche Begrüßung wunderte. Mit den Sitten von Edoney war er eben noch nicht recht vertraut.

„Die Kinder haben erzählt, dass du da bist", fuhr Tamael fort. „Tut mir Leid, dass sie dich so unhöflich empfangen haben. Es ist nur ... äh, in diesen Tagen ist hier jeder gegen alles misstrauisch, was fremd ist. Und du ... na ja, du siehst aus wie ein Niddach."

Sie setzten sich in Richtung Dorf in Bewegung. Gullub trappelte hinter ihnen her.

„Was ist denn nun eigentlich ein Niddach?"

„Das sind Leute aus Hamartin. Sie sind vor einigen Jahren nach Edoney gekommen und haben sich am linken Seeufer angesiedelt. Von hier kann man ihr Dorf nicht sehen, aber von dort drüben schon. Bis jetzt haben wir nicht viel Kontakt mit ihnen ... Nun ja ... *wir* nicht. Die Jäger und die Lematai, glaube ich, haben schon welchen. Na, ist ja auch egal. Bisher haben sie uns nicht gestört, bis auf ..."

„Bis auf was?"

„Sie sind ... schmutzig. Niddachs eben. Sie machen schwarzen, übel riechenden Rauch. Und sie verschmutzen den Bach."

„Ja", sagte Nick, „das machen sie auf der Erde auch."

„Ehrlich?", staunte Tamael. „Aber dort gibt's doch Tausende! Da muss ja ..." Er konnte es gar nicht fassen. „Da muss ja *alles* schmutzig sein!"

„Hm." Nick sah sich um – das klare Wasser des Sees, die saftigen Wiesen, das gesunde Grün der Wälder – und nickte. „Ja, irgendwie schon."

„Wie furchtbar! Hamartin muss ein schrecklicher Platz sein!"

„Ach, es geht so."

Sie hatten das Dorf erreicht und gingen zwischen den strohgedeckten, steinernen Häusern bis zu Tamaels Haus, das von einem riesigen Baum überschattet wurde. Verstohlene Blicke folgten ihnen von überall her.

Vor dem Haus stand ein kräftiger Mann mit einem drahtigen braunen Bart neben einer Feuerstelle, in der ein kleines Feuer brannte. „Sei gegrüßt, Nick Fischer von Hamartin", sagte er. „Ich bin Asimot von Kenthos."

Offensichtlich war das Tamaels Vater, denn Tamael hieß nach ihm. Nick begriff, dass Kenthos demnach Asimots Vater sein musste. „Das ist meine Frau Laimonis von Tessomon", fuhr der Mann fort. In der Tür des Hauses erschien eine Frau mit langem blondem Haar. Als sie Nick sah, der ihrem Sohn glich wie ein Zwillingsbruder, zuckte sie zusammen und starrte die beiden Jungen einen Augenblick lang ungläubig an. Aber sie fing sich schnell und schenkte Nick ein Lächeln. Hinter ihren Röcken versteckte sich ein kleines Mädchen. Neben der Tür erkannte Nick eine Art Wiege, aus der eine winzige Babyfaust fuchtelte. Beim Blick in Laimonis' Gesicht verspürte Nick plötzlich einen Stich – so als ob er diese Frau schon einmal gesehen hätte. Ein süßes Gefühl von Glück stieg in seinem Herzen auf. Er verscheuchte den Gedanken. Woher sollte er Laimonis kennen? Wahrscheinlich erinnerte sie ihn bloß an irgendwen.

„Nick Fischer", setzte Asimot an, „bist du von Yahobai gesandt, um uns von den Drachen zu befreien?"

Drachen?! Also gibt es hier wirklich welche!

„Ich ... Ich weiß nicht ...", stotterte Nick beunruhigt. „Ich bin von niemandem gesandt ... glaube ich. Und was soll ich mit welchen Drachen?"

Asimot bot ihm einen Sitzplatz an, ein Holzschemel neben der Feuerstelle. Er selbst, Tamael und Laimonis setzten sich ebenfalls. Nur das kleine Mädchen blieb vorsichtshalber hinter der Mutter stehen.

„Seit dem letzten Winter verschwinden immer wieder Zwerge", berichtete Asimot mit ernstem Gesicht.

„Zwerge?!"

„Ja. Mindestens hundert sind schon verschwunden", erzählte Tamael weiter. „Sie kommen vom Bergwerk nicht mehr nach Hause. Aber es gibt nicht die geringste Spur von ihnen. Sie sind einfach weg. Du kannst dir vorstellen, dass wir alle deswegen ziemlich beunruhigt sind."

„Besonders die Zwerge, denke ich."

„Genau, die sind schon unheimlich verzweifelt. Außerdem sind vor einiger Zeit ein paar Drachen vom Land jenseits der Wüste hier erschienen und haben sich hier angesiedelt."

„Und? Was haben die damit zu tun?"

„Wir glauben", sagte Laimonis und senkte die Stimme zu einem Flüstern, „dass die Drachen die Zwerge fressen."

„Vor zwei Tagen ist es den Jägern endlich gelungen, einen jungen Drachen einzufangen", berichtete Asimot. „Er wird jetzt in einer Höhle gefangen gehalten, und wir hoffen, dass dadurch die alten Drachen angelockt werden. Wir wissen aber nicht, ob es den Jägern möglich ist, einen erwachsenen Drachen zu töten. Und deswegen, denke ich, hat Yahobai dich geschickt."

„Mich??", staunte Nick verblüfft. „Ich bin doch kein Drachentöter! Ich meine ... ich bin doch bloß ein Kind!" (*Und noch dazu eins, das ständig Unfälle hat!*)

„Ja, aber die Verbindung hat sich für dich geöffnet", gab Laimonis zu bedenken.

„Na und? Für die Niddachs doch auch!", warf Nick ein.

Tamael sah sich ängstlich um und beugte sich ganz nah zu Nicks Ohr. „Ich glaube", flüsterte er fast unhörbar, „die Niddachs haben einen Zauber, der die Verbindung für sie öffnet. Ich glaube, sie haben einen Bund mit Aphanes!" Die letzten Worte hauchte er nur noch.

Nick zuckte die Achseln. Er wusste nicht, was das bedeutete, und eigentlich war es ihm auch egal. Was ihn beschäftigte, war die Tatsache, dass Tamael und anscheinend auch seine Dorfmitbewohner ihn für einen Drachentöter zu halten schienen.

„Ich ... ich hab noch nie ein Tier getötet!", murmelte er.

„Wir auch nicht. Wir Ge'ergoi töten niemals Tiere", erklärte Tamael.

„Esst ihr denn kein Fleisch?"

„Was? Tote Tiere essen? Bäh! Das machen nur die Jäger. Deswegen haben die Zwerge sie ja auch um Hilfe gebeten."

„Hm." Nick dachte nach. In seiner Fantasiewelt waren Drachen freundliche, hilfsbereite Wesen, die niemandem etwas zu Leide taten. Sollte seine Fantasie sich derartig geirrt haben?

„Kann ich den Drachen mal sehen?", fragte er.

Asimot und Laimonis tauschten besorgte Blicke.

„Der junge Drache ist eingesperrt und sicher verwahrt", meinte Asimot mit belegter Stimme. „Wahrscheinlich ist es ungefährlich, ihn anzusehen."

„Okay. Ich möchte nur Tamael mitnehmen", entschied Nick. Wenn man ihn hier für den Abgesandten von Wem-auch-immer hielt, dann konnte er ruhig ein bisschen Befehle austeilen, oder?

Tamaels Eltern nickten zögernd. „Yahobais Segen sei mit euch!", murmelte Laimonis.

*

Nick hatte zwar mit seinem neuen Freund allein gehen wollen, aber Gullub, das treue Tier, ließ sich nicht abschütteln und trabte hinter ihnen her. Sie wanderten rechts herum um den See und hinauf in Richtung der Berge. Unterwegs gab es einen Platz, von dem aus man die Siedlung der Niddachs am gegenüberliegenden Ufer gut erkennen konnte. Nick sah ein lang gestrecktes weißes Haus wie eine Villa, und das Blaue davor konnte eigentlich nur ein Swimmingpool sein. Außerdem machte er mehrere Hütten und einige lange Baracken aus. Viel konnte er jedoch nicht erkennen, weil alles von der üppigen Vegetation Edoneys überwuchert war. Nick nahm sich vor, von seinem nächsten Besuch zu Hause ein Fernglas mitzubringen.

Sie gelangten in einen Wald. Es ging steil bergauf. Einmal sahen sie einen Mann, der ganz in hellbraunes Leder gekleidet war und Pfeil und Bogen in den Händen hielt. Er spähte aufmerksam ins Tal und hielt die Waffe schussbereit.

„Das ist ein Jäger", flüsterte Tamael. „Leise – bestimmt wird er uns nicht durchlassen!"

Doch die Warnung kam zu spät, denn in diesem Augenblick raschelte es in den Ästen über ihnen, und ein weiterer Ledermensch sprang aus dem Baum direkt vor sie hin und richtete einen Pfeil auf sie.

„Halt! Hier darf niemand durch!"

Nick hob reflexhaft die Hände hoch, wie er es im Fernsehen gesehen hatte. Auch Tamael zeigte dem Mann seine leeren Hände um zu beweisen, dass er unbewaffnet war.

„Wir wollen zu dem Drachen", piepste er schüchtern.

Der Jäger betrachtete Nick interessiert. „Du bist ein Niddach!", stellte er fest. „Aber ich habe dich noch nie gesehen! Wer bist du?"

„Hey", entrüstete sich Nick, „ich bin der Abgesante von Ya-" Ein unsanfter Rippenstoß von Tamael unterbrach ihn.

„Ach so!" Der Jäger erblickte das Bumuk, das hinter ihnen hertrottete, und glaubte zu verstehen. „Ihr bringt wohl das frische Futter für den Drachen! Ja ja, das ganze Fleisch hat er nicht gefressen, jetzt soll er was Lebendiges kriegen!"

Gullub stieß ein entsetztes Winseln aus.

„So ein Biest!", fuhr der Mann fort. „Ein richtiges Raubtier! Also meinetwegen, geht weiter! Geht aber nicht zu nahe an das Gitter. So ein Drache ist lebensgefährlich – selbst wenn er noch jung ist!"

„Ja, natürlich! Danke!", riefen die beiden und rannten schnell weiter, bevor der Wächter es sich anders überlegen konnte. Gullub zögerte, doch als Tamael es rief, setzte es ihnen nach.

Nach kurzer Zeit erreichten sie eine Stelle, wo der Hang, den sie hinaufgelaufen waren, an einer schroffen Felswand endete. Direkt vor ihnen befand sich eine kleine Höhle im Felsgestein. Sie war mit Metallstäben vergittert, und drinnen hockte ein graues Etwas. Erst auf den zweiten Blick erkannte Nick, dass dieses Häufchen Elend der versprochene Drache war.

In seiner Fantasie hatte Nick einen prächtigen, orangefarbenen Drachen mit großen, silbernen Flügeln als Reittier besessen. Die-

ser Drache hier hatte mit Nicks edlem Draggo jedoch nur wenig gemeinsam. Erstens war seine schuppige Haut nicht orange, sondern von einem stumpfen, nichts sagenden Grau. Zweitens besaß er keine silbernen Schwingen, sondern kümmerliche Hautflügel, ähnlich einer Fledermaus, die schlaff von seinem Rücken hingen. Und drittens hatte er nichts von Draggos majestätischer und zugleich freundlicher Persönlichkeit, sondern hockte trostlos und mit einem unendlich traurigen Ausdruck in seinem schuppigen Gesicht in einer Ecke, zusammengesunken gegen die Wand der engen Höhle gelehnt.

Nick ging nicht ganz bis an das Gitter heran, das die Höhle verschloss, aber doch nahe genug, dass ein ordentliches Feuerspeien ihm ganz schön die Haare versengt hätte. Allerdings sah dieser mickrige kleine Drache nicht so aus, als ob er demnächst eine imposante Feuersäule ausatmen würde.

„Hallo, Drache!", sagte Nick auf Edoneysisch. „Wie heißt du?"
Zwei kleine Rauchkringel stiegen aus den Nasenlöchern des

Drachen auf. Er hob ein wenig die Augenlider und blinzelte Nick an.

„Verstehst du mich?", wiederholte Nick. „Wie heißt du?"

Täuschte er sich, oder nahm die graue Haut einen leicht grünlichen Farbton an?

„Kannst du reden?", fragte er noch einmal.

„Natürlich. Ich bin Odly!", brummte der Drache plötzlich klar verständlich, und seine Haut sah jetzt definitiv leicht grün aus.

Tamael, der sich mit Gullub vorsichtig im Hintergrund gehalten hatte, zog scharf die Luft ein und kam zwei Schritte näher.

„Du kannst sprechen?", platzte er heraus. „Aber ... Wir dachten ..."

„Keiner hat mit Odly geredet", sagte der Drache bekümmert.

Nick trat ans Gitter und legte die Hände um die Stäbe. „Warum hat man dich eingesperrt?"

Odly faltete seine kleinen Vorderpfoten auf dem weißlichen Bauch. „Odly weiß es nicht", sagte er, und wieder stieg Rauch aus seiner Nase. „Ich habe Hunger!", fügte er hinzu.

„Aber man hat dir doch jede Menge Futter gebracht!", rief Tamael und deutete auf große Stücke Fleisch, aus denen die blanken Knochen ragten.

„Odly soll *das* essen?!", fragte der Drache angewidert, und die Farbe seiner Haut spielte jetzt ins Rötliche. „Tote Tiere? Odly glaubt, ihr gebt diesen Abfall zu ihm herein, um ihn zu quälen! Odly wirft den Abfall hinaus!" Tatsächlich lag ein großer Teil der Fleischstücke außerhalb der Höhle auf dem Abhang.

„Magst du denn kein Fleisch?", fragte Nick.

„Drachen essen kein Fleisch", behauptete Odly. „Niemals. Keine toten Sachen."

„Was esst ihr denn?", erkundigte sich Nick.

Odlys Augen nahmen einen träumerischen Ausdruck an. Seine Zunge leckte rund um sein Maul, und die Haut wurde blau. „Drachen essen Kürbiseintopf!"

„*Kürbiseintopf??*", wiederholten Nick und Tamael wie aus einem Mund. Selbst Gullub grunzte verwundert.

„Mmh, mit Pfeffer und Drachenkraut!", bekräftigte Odly. Sein Magen gab ein lautes Knurren von sich. „Odly hat schon zwei Tage nichts gegessen!", bemerkte er traurig.

Nick und Tamael tauschten einen Blick. „Du meinst ... du isst nur *gekochten* Kürbis?", vergewisserte sich Nick.

Der Drache nickte eifrig, griff in eine Hautfalte an seinem Bauch und holte einen Klumpen Metall hervor. Die Jungen staunten. Dass Drachen Beuteltiere waren, hatten sie nicht gewusst. Odly hielt sich das Metall vor die Schnauze, holte tief Luft und blies eine gewaltige Feuersbrunst heraus. Das hätten sie ihm gar nicht zugetraut. Dass er seine Hände mitten in die Flammen hielt, schien ihn nicht zu stören. Als der Klumpen weiß glühend war, verformte er ihn mit den Händen, blies hinein und hatte in Sekundenschnelle einen etwas unregelmäßigen, aber gut zu gebrauchenden Kessel hergestellt.

„Drachen *kochen* Kürbisse!", strahlte er, und seine Haut leuchtete grün.

Nick und Tamael waren platt. „Und Zwerge frisst du nicht?", fragte Nick beiläufig. „Auch keine gekochten?"

„Zwerge? Pfui! Odly isst keine Zwerge!" Die Haut des Drachen zeigte jetzt endlich das Orange, das Nick sich vorgestellt hatte – aber das war sichtlich ein Zeichen von Missbilligung. „Odly mag Kürbis. Habt ihr keinen Kürbis mit?"

Nick und Tamael sahen einander fragend an und schüttelten die Köpfe.

„Schade!", bedauerte Odly, erhitzte den Kessel wieder zur Weißglut, knüllte ihn zu einem handlichen Klumpen zusammen und stopfte ihn in die Hautfalte.

„Glaubst du, er lügt?", flüsterte Tamael so, dass Odly es nicht hören sollte.

Nick zuckte die Achseln. „Woher soll ich das wissen? Das ist der erste Drache, den ich persönlich kennen lerne – ich habe keine Ahnung, welche Farbe er hat, wenn er lügt! Gehst du denn nicht in die Schule oder so was? Hast du nichts darüber gelernt?"

Tamael kratzte sich verlegen in seinen Locken. „Drachen leben normalerweise jenseits der Wüste", sagte er entschuldigend. „Darum wissen wir hier eigentlich nicht viel über sie ... Das ist der Erste seit Ewigkeiten, der sich hier blicken lässt!"

„Hm. Was machen wir jetzt?" Nick betrachtete Odly nachdenklich.

„Das Beste wird sein, wir gehen zu den Zwergen und erzählen ihnen, was wir gehört haben", schlug Tamael vor. „Dann soll Zwergenkönig Theron selbst herkommen und eine Entscheidung treffen."

„Ich hab's!", rief Nick, der ihm gar nicht zugehört hatte. „Odly! Beug dich doch mal zu mir runter und mach den Mund auf!"

Odly tat, wie ihm geheißen. Er riss das Maul auf und spuckte noch ein oder zwei glühende Funken aus.

„Da, schau!", jubelte Nick und zog seinen Freund am Ärmel näher. „Siehst du das? Gerade Schneidezähne – keine Eckzähne – flache, gleich hohe Backenzähne! Das ist das Gebiss eines Pflanzenfressers! Er sagt die Wahrheit! Er frisst wirklich kein Fleisch!" Nick freute sich so sehr, dass er Tamael umarmte und vor Freude im Kreis hüpfte. Wer hätte gedacht, dass das Wissen über Dinosauriergebisse ihm schon so bald nützlich sein würde! Schade, dass er es Frau Müller nie würde erzählen können ...

„Du meinst ... Er hat die Zwerge wirklich nicht gefressen?", fragte Tamael unsicher.

„Ganz bestimmt nicht!"

„Ja, aber ... wer war es denn dann?"

„Keine Ahnung! Hm ... Du hast Recht: Jetzt sind wir wieder ganz am Anfang!"

Ihre Ratlosigkeit wurde von Odly unterbrochen, der demütig fragte: „Lasst ihr Odly jetzt raus?"

Der zweite Wunsch

„Bevor wir wegen der verschwundenen Zwerge weitersuchen, müssen wir zuerst einmal den Drachen befreien!", befand Nick. „Er ist unschuldig!"

„Wir sollten zu König Theron gehen", wiederholte Tamael.

„Wie lange dauert das, bis der eine Entscheidung trifft?"

Tamael zog die Schultern hoch. „Keine Ahnung!"

„Das heißt, es kann Stunden, vielleicht sogar Tage dauern!", nörgelte Nick. „Bis dahin ist der arme Kerl verhungert ..."

„Wir könnten doch ein paar Kürbisse herbringen", schlug Tamael vor.

„Oh ja!", rief Odly und nickte begeistert. „Bringt Kürbisse! Und lasst Odly raus!"

Odly rauslassen ... „Hey, kannst du die Gitterstäbe nicht einfach durchbrennen?", fragte Nick.

Odly schüttelte betrübt den Kopf. „Feuerfeste Stäbe, das. Odly kann sie nicht durchbrennen. Zwerge und Jäger sind nicht dumm."

„Hm." Nick hatte überhaupt keine Lust, jetzt in ein weit entferntes Zwergendorf zu pilgern, dort um eine Audienz beim König zu ersuchen, und so weiter. Das konnte doch ewig dauern! Außerdem wollte er die Ehre, den unschuldigen Drachen befreit zu haben, gern für sich alleine haben! Bestimmt würde ihm gleich was Gutes einfallen ...

Tamael hatte inzwischen in der Nähe ein paar Birnbäume entdeckt und brachte Odly einen Arm voll Birnen.

„Jajaja, guut!" Odly leckte sich die Lippen und schillerte türkis. „Fast so gut wie Kürbisse!" Tamael steckte ihm die Birnen einzeln zwischen den Gitterstäben durch und Odly verschlang sie gierig. Nick beobachtete ihn nachdenklich.

„Achtung, Nick!", rief Tamael plötzlich. „Auf deiner Schulter sitzt ein Kriz!"

„Was?" Nick verdrehte den Kopf, aber er konnte auf keiner seiner Schultern irgendwas sitzen sehen.

„Da – jetzt fliegt er weg!"

Nick folgte mit den Blicken Tamaels Zeigefinger, aber er konnte noch immer nichts erkennen. Außer vielleicht die sich bewegenden Schatten der Bäume ringsherum.

„Bring noch mehr Birnen!", forderte er den Freund auf. Er hatte nämlich soeben eine glänzende Idee gehabt, und Tamael störte dabei nur.

Der Mondstein!

Während Tamael wieder zum Birnbaum lief – Gullub folgte ihm, denn auch Bumuks mochten gerne Birnen –, griff Nick in die rechte Hosentasche und tastete nach dem kühlen, hüpfenden Mondstein. Er schloss die Faust darum und murmelte:

„Ich wünsche mir, dass der Drache frei wird!"

Zuerst geschah nichts, und Nick fürchtete schon, dass der Mondstein ihn nicht verstanden hätte. Doch dann ertönte plötzlich von ferne ein dumpfes Grollen wie Donner. Es kam rasch näher, und im nächsten Moment bebte die Erde. Riesige Steinbrocken prasselten von der steilen Felswand. Odly duckte sich in seiner Höhle und zog den Kopf ein. Die Bäume schlingerten wie in einem schweren Sturm. Tamael stieß einen Schrei aus, als ein peitschender Ast ihn zur Seite fegte. Ein paar Birnen klatschten auf seinen Körper. Nick wurde ebenfalls hin- und hergeschleudert wie eine Puppe. Ein heftiger Schlag traf seine Schulter und ließ ihn zur Seite fliegen. Im nächsten Augenblick krachte an der Stelle, wo er eben noch gestanden war, ein ungeheurer Felsbrocken zu Boden.

Dann war es plötzlich still.

Nick betastete seine Schulter. Erstaunlicherweise schien sie nicht zertrümmert zu sein. Er atmete tief durch. Er hatte ja schon viele ungewöhnliche Unfälle erlitten, aber ein Erdbeben hatte er bis dahin noch nie zu Stande gekriegt. Rings um ihn zeigte sich ein Bild der Verwüstung: Steine, Blätter und abgerissene Äste lagen überall herum. Ein oder zwei Bäume waren ganz umgestürzt. Neben dem Birnbaum kroch Gullub kläglich blökend unter einem abgebrochenen Ast hervor und machte sich daran, die Birnen abzufressen. Tamael saß auf dem Boden und hielt sich den Kopf.

Nick drehte sich um, und was er sah, ließ sein Herz hüpfen: Das Erdbeben hatte die Gitterstäbe vor Odlys Gefängnis aus dem Felsen gerissen – der Drache war frei! In sattem Grün strahlend krabbelte er aus der Höhle, reckte und dehnte sich und richtete die dunkelrote Zackenreihe auf, die von seinem Kopf über den Rücken bis zur Schwanzspitze verlief. Er streckte die Hände zum Himmel, stieß eine Feuersäule in die Höhe und rief:

„Odly ist frei! Danke, Adda!"

Wer war denn nun wieder Adda? Es gab doch noch eine ganze Menge edoneysischer Ausdrücke, die Nick nicht verstand. Er musste bei Gelegenheit Tamael danach fragen.

Allerdings war dies wohl nicht der geeignete Moment für seine Sprachstudien, denn jetzt ertönte Geschrei aus dem Wald unter ihnen, und eine Männerstimme schrie:

„Alarm! Der Drache ist ausgebrochen!"

„Schnell!", rief Odly. Tamael begriff zuerst. Er sprang auf und stieg auf Odlys Rücken, wo er sich in die Vertiefung zwischen zwei Rückenzacken setzte. Gullub sprang behände hinterher und schmiegte sich in Tamaels Arme. Nick beeilte sich, ebenfalls auf Odlys Rücken zwischen den kleinen Flügeln Platz zu nehmen. Er konnte sich gerade noch festhalten, da ging es auch schon los. Der Drache brach durchs Unterholz wie eine Dampfwalze. Äste zersplitterten, Holzstücke wurden emporgeschleudert. Odly legte ein Tempo vor wie ein Kleinwagen. Nick und Tamael krallten sich mit äußerster Kraft an den schuppigen Rückenzacken fest – Tamael musste ja auch noch Gullub halten –, während Zweige ihnen ins

Gesicht peitschten und die Haare im Fahrtwind flatterten. Eine Schneise im Wald hinterlassend, jagten sie talwärts.

Aber so leicht ließen sich die Wächter, die rings um das Felsengefängnis postiert waren, nicht abschütteln. Mit unglaublicher Behändigkeit setzten sie den Flüchtenden nach und schossen ihre Pfeile hinterher. Odly schlug Haken und hüpfte auf und ab, wobei seine Passagiere jedes Mal fast heruntergefallen wären. Endlich wurden die Rufe der Wächter leiser. Ein letzter Pfeil kam ihnen nach –

„Auatsch!", jaulte Odly auf und sprang senkrecht in die Luft.

„Was ist?", schrien die Jungen erschrocken.

„Ein Pfeiiiil hat mich getroffen!", heulte Odly, wobei er weiter in unvermindertem Tempo durch den lichter werdenden Wald raste.

Nick riskierte einen Blick hinter sich. Tatsächlich, im unteren Teil von Odlys Rücken, dort wo der Schwanz begann, steckte ein Pfeil im Fleisch. Eine weißliche Flüssigkeit quoll aus der Wunde, und rund um die verletzte Stelle verfärbte die Haut sich gelb.

Nick vergewisserte sich, dass sie ihre Verfolger abgehängt hatten. „Bleib stehen, dann ziehen wir dir den Pfeil heraus!"

„Odly will nach Hause!", jammerte der Drache und galoppierte über die weiten Abhänge, die zum See hinunterführten. Er nahm Kurs auf das Ufer, das die Ge'ergoi das rechte Seeufer nannten, weil es von ihrem Dorf aus gesehen rechts lag. Gegenüber, am linken Ufer, konnten sie jetzt die Siedlung der Niddachs sehen.

„Wohin rennst du?", schrie Nick gegen den Fahrtwind an.

„Odly will nach Hause!", wiederholte der Drache kläglich. „Zu Onkel Maldek!"

Tamael sagte gar nichts. Er brauchte seine ganze Konzentration, um sich mit der einen Hand an Odly festzuhalten und mit der anderen Gullub zu umklammern, das den Kopf in seiner Achselhöhle vergraben und zusätzlich die flauschigen Ohren über die Augen geklappt hatte.

Nick bemerkte besorgt, dass Odlys Schritt unregelmäßig wurde und er das linke Bein nachzuziehen begann. Er blickte über seine Schulter zurück. Der Pfeil steckte noch immer in Odlys Schwanz und wippte bei jeder Bewegung auf und ab. Die weißgelbe Stelle rund um die Wunde war größer geworden.

Odly hinkte langsamer werdend einen Abhang hinauf, bis die saftige Wiese in eine steinige, steile Halde überging, über die ein breit ausgetretener Pfad führte. Der Atem des Drachen ging schwer. Blasser Schaum quoll aus seinem Mund. Schließlich blieb er keuchend stehen.

„Ich glaube, wir steigen lieber ab", piepste Tamael mit zitternder Stimme und rutschte steif von Odlys Rücken. Gullub konnte sein Glück nicht fassen, wieder festen Boden unter den Hufen zu haben. Quiekend vor Freude sprang es auf den Steinen umher.

Nick hatte sich hinter den Drachen gekniet und untersuchte die Wunde. „Soll ich den Pfeil herausziehen?", fragte er und zog vorsichtig.

Doch Odly brüllte vor Schmerz. „Auuua! Da ist ein Widerhaken dran! Tut weh! Bringt Odly zu Onkel Maldek, der macht das!"

„Und wo finden wir deinen Onkel?", fragte Tamael.

„Hinter Seegrotte", keuchte Odly. „Helft ... gehen ..."

„Weißt du, was er meint?", fragte Nick.

Tamael nickte. „Er meint den unterirdischen See, die heilige Grotte der Zwerge. Ich kenne den Weg. Es ist nicht mehr weit."

Jeder von ihnen stützte den Drachen auf einer Seite. Gullub schubste und schob ihn mit seiner weichen Schnauze von hinten. So kamen sie langsam und mühsam auf dem steinigen Pfad bergan. Endlich kam ein großes Tor im Felsen in den Blick.

„Dort geht's runter." Tamael brach ein paar dürre, harzige Äste ab. Mit letzter Kraft hauchte der geschwächte Drache einen matten Feuerstrahl aus, um die Fackeln zu entzünden. Dann ging es im Inneren der Höhle steil abwärts. Odly stöhnte und jammerte bei jedem Schritt. Die Jungen stützten ihn mit aller Kraft. Der Weg nach unten zog sich endlos. Sie stiegen im Inneren des Berges auf einem gewundenen Felsenpfad hinab, bis sie das gleiche Niveau erreicht hatten wie die Wasseroberfläche des Sees außerhalb des Berges. Hier lag das dunkle, stille Wasser eines unterirdischen Sees vor ihnen wie eine Decke aus schwarzer Seide. Ihre flackernden Fackeln beleuchteten nur einen kleinen Teil des riesigen Gewölbes; der Rest verlor sich in Dunkelheit.

„Und wie geht's jetzt weiter?", fragte Tamael.

„Schwimmen", stöhnte Odly. „Hinten ... rechts ..."

„Schwimmen?!", wiederholte Tamael entsetzt. „Das ist der heilige See der Zwerge! Darin kann man nicht schwimmen!"

„Warum nicht?", fragte Nick.

„Ich weiß nicht ... Die Legende sagt, dass man stirbt, wenn man das Wasser berührt ... Noch nie ist jemand drin gewesen!"

„Doch... Odly war drin!", grunzte Odly matt. „Und Onkel Maldek."

„Na ja", meinte Tamael, „du hast eine feuerfeste Haut ... Ich meine, du kannst mit bloßen Händen glühendes Metall angreifen! Wahrscheinlich macht dir deswegen auch das Wasser nichts aus."

„Und wie bringen wir ihn jetzt nach Hause?", fragte Nick ratlos. Seine Hand tastete schon wieder nach dem Mondstein, doch Tamael rief:

„Dort drüben liegen die Boote der Zwerge! Sie benützen sie immer, wenn sie ihre Opfer im See darbringen."

Nick folgte Tamaels Blick. Tatsächlich lagen dort, im tanzenden Licht der armseligen Fackeln schwer zu erkennen, ein paar kleine Boote vertäut.

„Da passt Odly doch niemals rein! Diese Boote gehen unter, wenn er sich nur draufsetzt."

Da hatte Nick Recht. Die kleinen Kähne waren vielleicht für jeweils zehn Zwerge gemacht; die beiden Jungen und das Bumuk hatten leicht Platz darin, aber Odly? – Unmöglich!

„Odly ins Wasser", stöhnte der Drache, „Boot ziehen."

Das war die Lösung. Sie hievten Odly in den See, ängstlich darauf bedacht, selbst nicht mit dem Wasser in Berührung zu kommen. Odly legte sich flach auf den Rücken, ließ sich treiben und schloss erschöpft die Augen. Die Jungen machten eines der Boote los und setzten sich hinein. Gullub stieg nur zögernd ein und blökte ängstlich. Das Schaukeln und Schwanken war ihm nicht geheuer.

Tamael ruderte den Kahn neben Odlys Kopf. Sie warfen ihm das Seil zu, das am Boot hing.

„Binde dir das Seil um die Brust", riet Nick. „Dann brauchst du dich nicht festzuhalten."

Odly band sich fest und Tamael begann zu rudern. Nick hob die Fackel über seinen Kopf und versuchte die Richtung zu bestimmen.

„Nicht einschlafen, Odly!", mahnte Tamael. „Du musst uns den Weg ansagen!"

Das Boot glitt lautlos über die stille, glatte Wasseroberfläche. Nachdem sie Odlys Gewicht erst einmal in Schwung gebracht hatten, ging es ganz leicht. Odly öffnete von Zeit zu Zeit ein Auge, um festzustellen, wo sie sich befanden. Bis auf das rhythmische Plätschern der Ruder, die ins Wasser eintauchten, war es völlig still.

Links und rechts zogen im Schein der Fackel raue Felswände vorbei; immer wieder verzweigte sich der See in mannigfache Seitenarme. Es war ein richtiges Labyrinth. Nick beschlich ein wenig die Sorge, ob sie wieder herausfinden würden.

Irgendwann hustete Odly ein paar Funken in die Höhe und krächzte: „Nächste Abzweigung rechts!"

Sie bogen in den Seitenarm ein. Nick hob die Fackel hoch und spähte umher. Da entdeckte er in der Ferne einen matten, rötlichen Lichtschein – etwa ein Feuer? Beim Näherkommen vernahmen sie ein Geräusch, und als sie noch näher kamen, konnten sie sehen, was es war: ein riesiger, graubrauner Drache stand am Ufer des unterirdischen Sees und rief mit besorgter Stimme Odlys Namen.

Am Ende der Grotte

Es war nicht zu übersehen, dass Tamael sich gehörig vor dem großen Drachen fürchtete. Auch Nick hatte so seine Zweifel, ob der Drachenonkel sie erfreut aufnehmen würde, wenn sie Odly in einem so jämmerlichen Zustand nach Hause brachten.

Tamael rief daher schon, als sie noch ein ganzes Stück vom Ufer entfernt waren: „Seid gegrüßt, ehrwürdiger Drache Onkel Maldek! Wir sind Freunde!" Seine Stimme hallte seltsam in der Grotte.

„Wir bringen Odly mit!", fügte Nick hinzu.

„Odly, mein Kleiner!", rief Onkel Maldek dröhnend, wobei eine Flamme aus seinem Maul schoss. „Wo warst du so lange? Maldek hat sich schreckliche Sorgen gemacht!"

Odly machte sich vom Seil los, drehte sich ächzend auf den Bauch, wobei der Pfeil in seinem Hinterteil senkrecht in die Luft ragte, und paddelte ans Ufer. Tamael steuerte das Boot an einen spitzen Felsvorsprung heran und band es fest. Vorsichtig, um nur ja das Wasser nicht zu berühren, kletterten die Jungen an Land. Gullub sprang mit einem großen Satz hinterher.

Der junge Drache kroch ans Ufer. „Odly war eingesperrt", berichtete er mit matter Stimme. „Nick und Tamael befreien Odly. Aber jetzt ist Odly verletzt." Er deutete auf den Pfeil, der ohnehin nicht zu übersehen war.

„Oh, bei Adda, was ist dir passiert? Armer Odly! Komm, ich helfe dir!" Der große Drache beugte sich zu seinem Neffen und hob ihn mühelos hoch. „Komm zum Feuer, damit Maldek sieht, was los ist!"

Er trug Odly ein Stück die Felsen hinauf und legte ihn neben der Feuerstelle auf den Bauch. Odly stöhnte leise. Nick und Tamael kamen respektvoll näher. Maldek untersuchte die Wunde, deren Ränder mittlerweile ganz weiß geworden waren. Ringsherum hatte sich ein großer Bereich der Haut gelb gefärbt. Maldek nahm eine besorgte orange Farbe an.

„Der Pfeil hat einen Widerhaken", grunzte Odly.

„Maldek sieht schon", knurrte der Onkel. „Der Pfeil muss vergiftet sein." Er holte tief Luft und blies eine Feuersbrunst über Odlys Hinterteil. Der hölzerne Schaft des Pfeiles zerfiel zu Asche. Dann holte Onkel Maldek irgendein längliches Gerät aus seiner Bauchtasche und bohrte damit in der Wunde herum. Odly wimmerte und ächzte, doch nach kurzer Zeit hielt Onkel Maldek triumphierend die metallene Pfeilspitze in die Höhe. „Da ist sie!"

Odly seufzte erleichtert und schloss die Augen. Jetzt erst wandte Onkel Maldek sich den beiden Jungen zu, die das Ganze aus einer angemessenen Entfernung beobachtet hatten. „Ihr habt Odly befreit?"

„Hm ja, sozusagen", murmelte Nick. Er wollte das Geheimnis, wie er das Erdbeben verursacht hatte, nicht unbedingt preisgeben. Außerdem war er mittlerweile zu der Ansicht gelangt, dass es vielleicht doch besser gewesen wäre, Tamaels Vorschlag zu befolgen und Odly offiziell durch den Zwergenkönig befreien zu lassen. Dann wäre die Sache mit dem vergifteten Pfeil nicht passiert. Nun ja, diese Einsicht kam zu spät, aber er wollte Onkel Maldek lieber nicht mit den Einzelheiten belasten.

„Maldek schuldet euch großen Dank."

„Das haben wir doch gern gemacht", meinte Tamael bescheiden.

„Kann ich euch etwas anbieten?" Der große Drache suchte verlegen nach einer Möglichkeit, sich erkenntlich zu zeigen. „Kürbiseintopf vielleicht?"

„*Kürbiseintopf?!*" Schlagartig war Odly wieder wach, riss die Augen auf und hob ruckartig den Kopf. „Odly verhungert!"

Alle lachten. Das Eis war gebrochen. Maldek nahm einen Kessel, der noch viel größer war als das Exemplar, das Odly eingeschmolzen in seinem Beutel herumtrug, und stellte ihn auf die Feuerstelle. Er rührte mit einem riesigen Holzprügel um, und bald roch es köstlich nach gekochtem Gemüse. Sie setzten sich rings um das Feuer – nur Odly konnte nicht sitzen, der blieb auf dem Bauch liegen. Jeder bekam einen Drachenteller, so groß wie ein Waschbecken. Nick und Tamael nahmen Portionen, die auf dem riesigen Teller fast nicht zu sehen waren, aber Odly langte ordentlich zu. Der Eintopf war reichlich mit Drachenkraut gewürzt und daher so scharf, dass die Jungen meinten, jetzt könnten sie auch bald Feuer speien.

*

Sie ließen Odly zur Pflege bei seinem Onkel zurück. Nun hatten sie zwar einen Unschuldigen aus der Gefangenschaft befreit, aber im Rätsel um die verschwundenen Zwerge waren sie noch keinen Schritt weitergekommen.

„Du, Tamael?", begann Nick, während er das Boot geräuschlos

über den dunklen See ruderte, „Wen meinen die Drachen eigentlich mit ‚Adda'?"

„Oh, ich denke, das ist ihre Art, Yahobai anzureden", meinte Tamael leichthin.

Nick schluckte. Die nächste Frage würde Tamael vermutlich ein bisschen komisch finden. „Und wer ist Yahobai?"

Tamael war in der Tat sehr überrascht. Er blickte so unvermittelt auf, dass Gullub erschrak und einen Satz machte, woraufhin das kleine Boot um ein Haar gekentert wäre.

„Du kennst *Yahobai* nicht?", japste Tamael, als sie das Boot wieder im Gleichgewicht hatten. „Ich dachte, du bist von ihm gesandt!"

„Das hab ich nie behauptet", verteidigte sich Nick. „Dein Vater hat das gesagt."

„Ja ... aber ..."

„Du könntest es mir einfach erklären. Dann weiß ich's."

„Hm. Ja. Na gut. Also, Yahobai ist ganz einfach ... na, der, der alles erschaffen hat. Den Himmel und die Sterne und Edoney und die Menschen ... Eben alles."

„Also eine Art Gott?", fragte Nick nach.

„Nicht ‚*eine Art*'! Er *ist* Gott! Es gibt nur diesen einen!", ereiferte sich Tamael. „Kennt ihr ihn denn nicht in Hamartin?"

Nick ruderte mit gleichmäßigen Schlägen, während er nachdachte. „In der Schule habe ich etwas über Gott gelernt", sagte er dann zögernd. „Der hat auch alles erschaffen, und so..."

„Wie heißt er bei euch?"

„Keine Ahnung ... Ich weiß nicht, ob er einen Namen hat. Er heißt einfach Gott. Na ja, aber nicht alle Leute glauben an ihn." Nick überlegte. „Genau genommen weiß ich nicht, ob außer meiner Religionslehrerin überhaupt jemand an ihn glaubt."

„Ehrlich?" Tamael war entsetzt. „Hamartin ist ja noch viel schrecklicher, als ich es mir vorgestellt habe! Ihr *glaubt* nicht an ihn!? An was glauben die Niddachs denn?"

Nick zog die Stirn in Falten und dachte angestrengt nach. Er vergaß sogar zu rudern und ließ das Boot einfach treiben.

„Also ...", setzte er unsicher an, „meine Mummy zum Beispiel ... die sagt, dass es eine göttliche Macht gibt, die in jedem Menschen drin ist. Man muss sie nur finden, sagt sie. Man muss seine innere Mitte finden. Dann bekommt man die göttliche Energie. Oder so ähnlich." Er nahm das Rudern wieder auf, bevor das Boot die raue Felswand rammte.

„Hm." Jetzt runzelte Tamael die Stirn vor lauter Konzentration. „Ich denke, das stimmt schon irgendwie. Ich meine, Yahobai ist schließlich überall, also ist er auch in jedem Menschen drin –"

„Er ist *überall?*", wiederholte Nick. „Also auch hier, bei uns im Boot?"

„Natürlich", nickte Tamael, und Nick fand diesen Gedanken irgendwie unheimlich. „Na ja, und wenn du zu ihm betest", fuhr Tamael fort, „dann ist er dir nahe. Dann bekommst du seine göttliche ... äh, was war das noch?"

„Göttliche Energie."

„Ja. Vielleicht meint deine Mummy das."

„Ich bin nicht sicher, ob es das ist, was sie gemeint hat. Also, sie hat nie etwas von einem Yahobai oder sonst einem Gott gesagt ... Oder von Beten ... Nur von göttlicher Macht und Energie. Und von Meditieren."

„Na, wie auch immer ... Yahobai ist jedenfalls immer da. Und er hat alle Menschen ganz unheimlich lieb. Er ist die Liebe selbst. Alles Gute kommt von ihm. Jeder kann zu ihm sprechen, wann immer er möchte. Und wenn man Hilfe braucht, schickt er einen Mal'ach."

„Einen was?"

„Einen Mal'ach. Das ist so was wie ... wie ein Bote. Er bringt eine Nachricht, oder er hilft dir, wenn du in Gefahr bist, oder so was."

„Wie schaut so einer aus?"

„Och, das ist verschieden. Manchmal schaut er wie ein ganz

normaler Mensch aus. Manchmal hat er helle, leuchtende Gewänder an. Und manchmal sieht man ihn fast gar nicht – dann ist er nur wie ... na ja, wie ein Sonnenstrahl, der sich im Wasser spiegelt, so ungefähr."

Nick versuchte sich das vorzustellen. „So einen würd' ich gern mal sehen!", meinte er. „Ich glaube, bei uns nennt man diese Boten Engel. Aber gesehen hab ich noch nie einen. Ich hab diese Geschichten über Engel eigentlich immer für Kindermärchen gehalten."

„Das sind keine Märchen!", platzte Tamael heraus. „Übrigens hast du heute einen Mal'ach gesehen. Allerdings einen bösen. Einen Kriz."

„Waas?"

„Ja, direkt vor dem Erdbeben. Er saß auf deiner Schulter, weißt du nicht mehr?"

„Ich hab nichts gesehen."

„Vielleicht kannst du ihn nicht so leicht erkennen, weil ihr in Hamartin so was nicht gewöhnt seid", räumte Tamael ein. „Ein Kriz ist schwer zu sehen. Er schaut eigentlich nur wie ... wie ein vorbeihuschender Schatten aus."

„Aha." Nick überlegte. „Aber wenn dieser Yahobai so großartig und lieb ist, wieso hat er dann auch böse Engel? Da ist doch was verkehrt!"

Tamael schüttelte den Kopf über so viel Unwissenheit. „Ein Kriz ist doch nicht von Yahobai geschickt." Jetzt flüsterte er nur noch: „Der kommt von Aphanes."

Nick erinnerte sich, diesen Namen heute schon einmal gehört zu haben. Ach ja, Tamael hatte behauptet, die Niddachs wären mit Aphanes im Bunde.

„Und wer ist das nun wieder?", fragte er.

Tamael seufzte. „Aphanes ist der Feind von Yahobai."

„Wieso? Ich hab gedacht, Yahobai ist so toll und so gut und so nett und jeder liebt ihn?"

„Ja, das stimmt auch ... Bis auf Aphanes. Aber der ist kein Mensch. Er ist unsichtbar. Am Anfang war er ein Mal'ach, ein ganz großer, schöner. Bis er auf die Idee gekommen ist, dass die Menschen lieber ihn anbeten sollten, weil er so schön ist, und nicht Yahobai. Er neidet ihm die Liebe der Menschen, verstehst du? Und deshalb versucht er die Menschen von Yahobai wegzubringen. Es ist ein Krieg zwischen Gut und Böse. Aphanes hat auch Freunde unter den Mal'achs, die zu ihm halten und nicht zu Yahobai. Das sind die Krize. Die helfen ihm, die Menschen zum Bösen zu verführen."

„Iih, und so einer hat heute auf meiner Schulter gesessen?", rief Nick angewidert aus.

Tamael nickte. „Ja, und gleich darauf ist dann das Erdbeben gekommen. Das war etwas Böses."

Nick spürte plötzlich, wie sich die kleinen Haare in seinem Nacken aufstellten. Der Mondstein in seiner Tasche fühlte sich auf einmal durch die Hose hindurch kalt an. Aber das war natürlich Unsinn. Wahrscheinlich fror er nur, weil er sich seit Stunden in einer finsteren Höhle aufhielt.

„Das Erdbeben hatte aber auch was Gutes", wandte er ein. „Odly kam frei."

„Ja, aber auf der Flucht wurde er verletzt!", hielt Tamael dagegen. „Das wäre nie passiert, wenn er nicht geflohen, sondern von Theron rausgelassen worden wäre!"

Nick knabberte verlegen an seiner Unterlippe und ruderte, so fest er konnte. Er spürte, dass Tamael irgendwie Recht hatte. Aber es war sicher nicht die Schuld des Mondsteins. Beim Biologietest hatte er schließlich auch geholfen.

Sie näherten sich dem Ende des unterirdischen Sees. Während sie sich unterhalten hatten, waren sie irgendwie von ganz allein dem richtigen Weg gefolgt. Nick band das Boot neben den anderen fest, und sie kletterten vorsichtig, ohne das Wasser zu berühren, an Land.

Gerade begannen sie den beschwerlichen Aufstieg auf den gewundenen Felsenpfad hinauf zum Eingang der Höhle, als plötzlich die Luft flimmerte und die Verbindung sich öffnete. Nick sah durch das Loch in sein Zimmer, wo er die Wurstbrote fürs Mittagessen auf dem Boden liegen gelassen hatte. Erschrocken schaute er auf seine Uhr, die natürlich die Erdenzeit anzeigte. Es war schon sechs Uhr abends! Der Tag war ihm wie im Flug vergangen. Es war höchste Zeit zurückzukehren, denn zumindest zum Abendbrot würde Angela ihn ja erwarten.

„Ich muss gehen!", sagte er hastig. „Bis bald!"

Schon stand er in seinem Zimmer und warf einen letzten Blick durch die Öffnung in die dunkle Seegrotte. Dann schloss sich das Loch.

Bei den Zwergen

„Auf dich aufzupassen ist wirklich ein leichter Job!", lächelte Angela, als sie und Nick einander beim Abendessen gegenübersaßen. „Man hat ja den ganzen Tag nichts von dir gesehen! Was hast du denn gemacht?"

Nick zog die Schultern hoch. „Ach, gespielt halt ... hab ganz die Zeit vergessen ... Es war so spannend!", mampfte er mit vollem Mund.

„Das kommt mir auch so vor." Sie streckte die Hand aus und streichelte seinen Lockenkopf. „Dabei schaust du so müde aus, dass man meinen könnte, du wärst den ganzen Tag in der frischen Luft herumgerannt."

Er nickte. „Bei diesen Spielen erlebt man wirklich supertolle Abenteuer ...", lallte er schläfrig. Natürlich konnte er Angela nicht einmal andeutungsweise verraten, wie er den Tag wirklich verbracht hatte, aber er wollte sie auch nicht offen anlügen. Also drückte er sich um direkte Antworten herum, so gut es ging.

Mummy und Dad riefen wenig später an, um zu melden, dass sie gut in München angekommen waren. Auch ihnen gegenüber gab Nick sich einsilbig und ausweichend, aber zum Glück fiel ihnen das nicht auf.

„Möchtest du noch was spielen?", fragte Angela nach dem Essen. „Irgendwie habe ich das Gefühl, dass ich mich heute noch nicht viel um dich gekümmert habe!"

Nick umarmte sie vorsichtig, um ihr verletztes Bein nicht zu berühren. „Du bist die Beste!", murmelte er. „Du brauchst dich nicht um mich zu kümmern, ich bin doch schon groß!"

Er hätte sich gern auf der Fernsehcouch an sie gekuschelt und sie ganz im Vertrauen gefragt, ob sie einen Gott namens Yahobai kannte oder ob sie an Engel glaubte. Aber er war viel zu müde. Also sagte er Angela gute Nacht und stapfte die Treppe hinauf. Er putzte seine Zähne, dann stolperte er in sein Zimmer und zog sich im Gehen schon mal den Pullover aus. Als er wieder freie Sicht hatte, erstarrte er: In seinem Zimmer stand die Verbindung offen.

„Oh nein!" Er ließ sich rückwärts auf sein Bett fallen und blieb reglos liegen. „Das ist nicht fair!", jammerte er. „Ich bin kilometerweit zu Fuß gelatscht, hab ein Erdbeben überlebt, bin auf einem wilden Drachen geritten, hab das zentnerschwere Vieh endlos den Berg hinauf- und dann wieder hinuntergetragen, und dann noch eine riesige Rudertour gemacht. Ich kann nicht mehr!"

Die Wand zeigte keinerlei Anzeichen von Mitgefühl. Die Verbindung stand reglos mitten im Zimmer und bot Aussicht auf Tamaels Haus unter dem großen Baum. In Edoney schien es noch nicht Abend zu sein, sondern erst Nachmittag. Anscheinend waren die Tage dort länger als auf der Erde.

Nick wartete, aber die Verbindung machte keine Anstalten, sich zu schließen.

„Ich geh' jetzt ins Bett!", sagte Nick trotzig. „Ich bin todmüde!"

Das Tor zur Anderwelt rührte sich nicht. Nick versuchte, einfach nicht hinzusehen, aber das gelang ihm nicht. Jetzt kam Laimonis ins Bild. Sie trat aus dem Haus in die Nachmittagssonne. Im Arm trug sie ihr Baby, wiegte es und sang ihm etwas vor.

Die sanfte Melodie berührte etwas in Nicks Herz. Irgendwo, irgendwann hatte er dieses Lied doch schon gehört ... ?! Aber das war unmöglich. Woher sollte er ein edoneysisches Wiegenlied kennen?

Er setzte sich auf, um besser zu hören. Ein Gefühl wie ... wie Heimweh überkam ihn. Was war denn nur los mit ihm? Obwohl er so müde war, musste er ein paar Schritte näher gehen. Nur ganz kurz. Er stieg durch die Verbindung, und – schwupps, als wenn sie nur darauf gewartet hätte, schloss sich die Öffnung hinter ihm und verschwand.

Da war er nun. Zu seiner eigenen Überraschung fühlte er sich auf einmal gar nicht mehr so müde. Mit jedem Schritt, den er auf Tamaels Haus zuging, fühlte er sich frischer und kräftiger. Wenn nur Angela nicht auf die Idee kam, nach ihm zu sehen! Hoffentlich blieb sie mit ihrem kranken Fuß schön im unteren Teil der Wohnung ...!

Tamael saß neben der Feuerstelle vor dem Haus und klopfte mit einem großen Stein Nüsse auf. Zumindest hielt Nick die Dinger für Nüsse, obwohl sie so groß wie Hühnereier waren.

„Da bist du ja endlich!", bemerkte Tamael und reichte ihm ein Stück Nuss zum Kosten. „Ziemlich lästige Angewohnheit, dass du dich ständig in Nichts auflöst!"

Nick zuckte die Schultern. „Ich muss mich zu Hause auch manchmal blicken lassen!", brummte er. „Außerdem öffnet sich die Verbindung von selbst. Ich hab keinen Einfluss drauf!"

Tamael nickte bedächtig. „Yahobai öffnet die Verbindung", sagte er bedeutungsschwer. „Also doch ..."

„Also doch was?"

„Also hat doch *er* dich gesandt", vollendete Tamael den Satz. „Ich habe darüber nachgedacht ... Warum schickt Yahobai einen Helfer aus einer anderen Welt zu uns, der ... hm ..."

„Der was?", drängte Nick.

„Der so gar keine Ahnung von irgendwas hat", platzte Tamael heraus. „Ich meine, du weißt nichts über Aphanes, du erkennst keine Krize oder Mal'achs, du kennst nicht mal Yahobai selbst! Warum hat er ausgerechnet einen wie dich geschickt?"

„Na, immerhin war ich der Erste, der schlau genug war, mit diesem Drachen zu reden!", gab Nick angriffslustig zurück. „Du und dein superkluges Volk, ihr hättet riesige Drachenfallen aufgestellt und all eure Kraft darauf verwendet, Onkel Maldek zu fangen, und dabei haben die Drachen mit dieser ganzen Zwergen-Verschwinde-Geschichte gar nichts zu tun! Und wer hat das rausgefunden? Na??"

„Ja, das stimmt", gab Tamael zu. „Na ja, Yahobai wird schon wissen, warum er gerade dich ausgesucht hat ... Übrigens, diese Drachensache ... Ich fürchte, wir waren trotzdem zur falschen Zeit am falschen Ort!"

„Wieso?"

„Während wir auf diesem unterirdischen Gewässer herumgerudert sind, sind hier oben schon wieder ein paar Zwerge verschwunden. Zu dumm, dass wir nicht in der Nähe waren!"

„Was? Wann? Wo?"

„In der Nähe des Bergwerkes, vor ungefähr einem halben Schattenstrich."

Diese Auskunft befriedigte Nick nicht sonderlich, denn er wusste weder, wo die Zwerge ihr Bergwerk hatten, noch, wie lange ein halber Schattenstrich dauerte.

„Da müssen wir hin!", rief er unternehmungslustig. „Vielleicht finden wir noch Spuren!"

„Gut!" Tamael sprang auf. „Wir reiten auf Simru!" Er zog Nick mit sich hinter das Haus. In einem eingezäunten Bereich scharrte

ein übermannshoher Vogel, ähnlich einem Strauß, in der Erde herum. Tamael klopfte mit der flachen Hand gegen den hölzernen Zaun.

„Simru! Tza, tza, tza! Komm her! Braver Vogel!" Er holte eine Hand voll Körner aus einer Tasche seines weiten Hemdes und fütterte das Tier damit. Dann klopfte er ihm freundlich auf den langen, nackten Hals und ergriff die Zügel, die von dem kleinen runden Kopf herunterhingen. Er öffnete das Gatter und führte Simru heraus.

„Nieder!", befahl er. Der Vogel knickte seine langen, muskulösen Beine ein und senkte sich auf den Boden. „Steig auf!" Tamael zeigte auf den Rücken des Tieres. Nick setzte sich zögernd und umklammerte vorsichtshalber den langen Hals. Tamael quetschte sich hinter ihn und befahl: „Auf!"

Nick fühlte sich ein wenig unbehaglich, als er plötzlich aus gut zwei Meter Höhe herunterschaute. Das Vieh würde doch hoffentlich nicht fliegen?! Nein, das tat es nicht. Tamael kommandierte: „Lauf!", und Simru rannte in großen Sprüngen los.

Es ging blitzschnell. Nach den ersten Schritten, bei denen Nick haltlos hin- und hergeschleudert wurde, fand er in den Rhythmus, und jetzt begann der Ritt Spaß zu machen. Nick fing an zu verstehen, warum sich noch niemand in Edoney die Mühe gemacht hatte, etwas Ähnliches wie ein Auto zu erfinden. Der Rennvogel war besser als jedes Cabrio!

Tamael lenkte Simru auf die rechte Seeseite, in Richtung der Unterwassergrotte, hinauf in die Berge. Bevor sie jedoch die Grotte erreichten, bogen sie nach rechts ab. Noch höher ging es, auf eine Passhöhe hinauf. Unterwegs sahen sie immer wieder größere und kleinere Löcher und Höhlen im Felsen. Der ganze Berg hier schien durchlöchert zu sein wie ein Schweizer Käse. Auf der Passhöhe kamen sie an einer besonders großen Höhle vorbei. Nun ging es auf der anderen Seite des Bergkammes wieder abwärts. Sie folgten einem breiten, gepflasterten Weg in das hügelige Gelände unterhalb der Felsregion. In einer saftig grünen Mulde, umgeben von einem Wassergraben, erblickten sie schließlich das Dorf der Zwerge. Der ganze Ritt hatte kaum mehr als eine Viertelstunde gedauert.

Tamael lenkte den Rennvogel mitten auf den Hauptplatz im Zwergendorf. Es war schon merkwürdig, hoch oben auf Simru zu sitzen und auf die kleinen Häuser herunterzuschauen. Dabei hatte sich Nick die Zwerge eigentlich noch kleiner vorgestellt. In den Bilderbüchern, die man ihm früher vorgelesen hatte, konnte man sie oftmals in die Hosentasche stecken. Doch in Wahrheit waren sie etwa so groß wie kleine Kinder. Als Nick und Tamael von Simru heruntergestiegen waren, konnte Nick feststellen, dass die erwachsenen Zwerge ihm ungefähr bis zur Hüfte reichten. Der höchste First ihrer Häuser war etwa so hoch wie er. Er rechnete sich aus, dass er dünn genug war, um auf allen Vieren sogar durch die Haustür ins Innere eines solchen Hauses zu gelangen. Bloß aufstehen könnte er dort nicht.

Die Zwerge strömten zusammen, als sie die Besucher heranreiten sahen. Sie blieben in respektvollem Abstand stehen und steckten die Köpfe zusammen. Nur einer, allem Anschein nach ein junger Mann, trat näher und bot an, den Rennvogel zu versorgen.

Falls Nick weiße Rauschebärte und rote Zipfelmützen erwartet hatte, dann wurde er jetzt eines Besseren belehrt. Die Zwerge sahen aus wie die anderen Einwohner von Edoney. Manche trugen natürlich auch Bärte, aber keineswegs alle. Ihre Kleidung bestand aus Flachs, Wolle und Leder, wie bei den Ge'ergoi, und war hauptsächlich braun und beige.

„Worauf warten wir eigentlich?", flüsterte Nick Tamael zu. „Wollten wir nicht zum Bergwerk?"

In diesem Augenblick teilte sich die Menge, und ein einzelner, sehr würdig aussehender Zwerg schritt auf sie zu. Dieser hätte schon eher ins Märchenbuch gepasst. Er hatte einen schneeweißen Bart, der so lang war, dass er ihn wie einen Schal mehrmals um den Hals gewickelt trug. Der letzte Zipfel hing ihm über den Rücken herab. Seine Kleider waren ebenfalls weiß, bis auf einen kurzen roten Umhang. Es gab keinen Zweifel: Dies musste König Theron sein.

Tamael verbeugte sich ehrerbietig, und Nick beeilte sich, es ihm nachzumachen.

„Sei gegrüßt, Gesandter von El-Schaddai!", sagte Theron mit einer Stimme, die wie das Knarren einer rostigen Tür klang, und setzte sich auf den großen Steinsessel, der mitten auf dem Hauptplatz stand. Nick und Tamael setzten sich einfach auf den Boden. Die übrigen Zwerge murmelten ebenfalls einen Gruß, und Nick nutzte den Augenblick, um Tamael zuzuflüstern:

„Was ist El-Schaddai?"

„Ein Wort für Yahobai", raunte Tamael zurück. „Die Zwerge sprechen seinen Namen nicht gern aus."

Nick grinste. Es fühlte sich gut an, eine Art Berühmtheit zu sein und selbst von Leuten, die man noch nie gesehen hatte, ehrfürchtig als „Gesandter" begrüßt zu werden. Da saß er, Nick, der stadtbekannte Unglücksrabe, den nie einer in seiner Fußballmannschaft haben wollte – und ein echter König verbeugte sich vor ihm! Auch wenn es nur ein sehr kleiner König war, nun ja.

„Bist du gekommen, um uns zu helfen?", fragte Theron würdevoll.

„Ja, wenn ich kann!", antwortete Nick. Zu seiner Überraschung brachen die Zwerge in Hurra-Rufe aus, obwohl er doch noch überhaupt nichts geleistet hatte. In seinen Tagträumen war das was anderes, da hatte er seinen ausgedachten Unsichtbaren ja schon mehrmals besiegt und war ein berühmter Held – aber hier? Was erhofften sich die Zwerge von einem unbekannten elfjährigen Niddach, der bis vor ein paar Stunden noch nicht mal gewusst hatte, wer Yahobai oder Aphanes oder sonst jemand war?! Nick lächelte verlegen. In Wirklichkeit war Heldsein viel schwieriger als im Traum, zumal Aphanes, der *echte* unsichtbare Feind, vermutlich nicht auf seinen unsichtbaren Kopf gefallen war ...

„Wisst ihr irgendetwas über das Verschwinden der Zwerge? Hat jemand etwas gesehen?", fragte Tamael.

„Nun, wir glauben, dass die Drachen ..." begann Theron, doch Nick unterbrach ihn:

„Ihr habt sicher schon gehört, dass der gefangene Drache heute ... ähem, freigekommen ist."

„Oh, natürlich!", beteuerte Theron. „Wir haben auch gehört, dass er euch geraubt hat – wir waren in großer Sorge und haben zu El-Schaddai gebetet und geopfert, damit ihr gerettet werdet!"

„Der Drache hat uns nicht geraubt. Er hat mit der ganzen Sache überhaupt nichts zu tun."

Ein erstauntes Raunen ging durch die Reihen der Zwerge.

„Der Drache ist ein denkendes Wesen und kann sprechen", erklärte Nick. „Er frisst keine Zwerge. Er frisst überhaupt kein Fleisch."

„Woher weißt du das?", tönte eine vorwitzige Stimme von irgendwo aus der Menge.

„Erstens hat er es mir gesagt –", begann Nick.

„Und wenn er lügt?", schrie die Stimme dazwischen.

„... und zweitens habe ich seine Zähne gesehen. Wisst ihr nicht, dass man am Gebiss eines Lebewesens erkennen kann, ob es ein Fleischfresser ist oder nicht?"

Die Zwerge schwiegen ehrfürchtig.

„El-Schaddais Gesandter hat große Weisheit!", murmelte Theron, und Nick dachte, wie viel größer seine Weisheit erst sein könnte, wenn er in der Schule öfter ordentlich aufgepasst hätte.

„Wenn es aber die Drachen nicht waren, wer hat dann die Zwerge geraubt?", rief eine Zwergin mit rot geweinten Augen aus der vordersten Reihe.

Tja, wenn ich das wüsste ...

„Hat niemand etwas gesehen?", wiederholte Tamael seine Frage von vorhin.

„Es geschah wie auch die anderen Male", berichtete Theron. „Die Zwerge, elf an der Zahl, fuhren zum Bergwerk. Doch zur gewohnten Zeit kamen sie nicht zurück. Wir liefen sofort los, um sie zu suchen. Doch wir fanden nur den Ochsen, der den leeren Wagen zog." Seine Stimme versagte. Nicks Herz zog sich vor Mitleid zusammen. Jeder dieser elf Zwerge hatte wohl Geschwister, Eltern, Frauen oder Kinder, die sich furchtbar um ihn sorgten. Was sollte er jetzt tun? Er versuchte sich jeden Detektivroman, den er je gelesen hatte, ins Gedächtnis zu rufen.

„Wie läuft so eine Fahrt ins Bergwerk denn gewöhnlich ab? Erzähl mir alles ganz genau", sagte er in Ermangelung einer besseren Idee.

„Die Bergleute fahren in einem Leiterwagen über die breite Straße bis zum Bergwerk oben auf der Passhöhe."

„Ist das die große Höhle, die wir gesehen haben?", fragte Nick, und Tamael nickte.

„Der vordere Teil der Höhle ist so groß, dass wir den Wagen mit den Geräten dort unterstellen", fuhr Theron fort. „Falls es regnet. Der Ochse wird aus dem Geschirr befreit und grast dann meistens vor der Höhle. Die Bergleute gehen in ihre Stollen hinein. Meist arbeiten zwei oder drei gemeinsam. Zu Mittag kehren sie zum Wagen zurück und essen. Dann graben sie wieder, und um den neunten Schattenstrich hören sie auf. Sie spannen den Ochsen an und fahren nach Hause. Das ist alles."

„Hm." Das war noch nicht sehr aufschlussreich.

„Piersek weiß mehr. Er war einmal dabei."

Ein junger, hellblonder Zwerg ohne Bart meldete sich schüchtern und bat, vortreten zu dürfen. „Ich bin als Einziger entkommen", berichtete er.

„Tatsächlich?" Die Gesichter der Jungen leuchteten auf. „Heute?"

„Nein, schon vor acht Schawets."

„Was ist das denn wieder?", flüsterte Nick.

„Schawet ist der Ruhetag, den wir an jedem siebenten Tag feiern", klärte Tamael ihn auf.

„So was wie Sonntag", begriff Nick.

„Ich weiß aber nicht viel", bekannte Piersek bekümmert. „Wir kamen aus dem Stollen zurück und stiegen auf den Wagen. Quiqui wollte den Ochsen holen, um ihn anzuspannen. Dann hörte ich ein seltsames Zischen, sah Rauch, und dann wurde es dunkel um mich. Als ich wieder zu mir kam, lag ich draußen auf der Straße, mit einer dicken Beule am Hinterkopf, und alle anderen waren weg. Ich denke, ich muss vom Wagen gefallen sein. Mehr kann ich nicht sagen."

„Wurden die anderen auch ohnmächtig?", erkundigte sich Nick.

„Das weiß ich nicht. Es ging so schnell – es zischte und rauchte, und ich war in Dunkelheit."

„Und was war mit dem Ochsen?"

„Er kam wenig später mit dem Wagen allein ins Dorf zurück."

„*Mit* dem Wagen?"

„Ja."

„Also muss jemand ihn angespannt haben."

„Vielleicht hat Quiqui das getan, als ich schon ohnmächtig war. Ich weiß es nicht."

„Und dieses Zischen – wie hörte sich das an?"

„Nun ja ..." Piersek zögerte. „Schwer zu sagen ... Ich dachte bisher, dass es das Geräusch ist, das ein Drache macht, wenn er Feuer speit ... Der Rauch passt auch dazu ..."

„Nun wissen wir aber, dass die Drachen nichts damit zu tun haben", stellte Nick klar. „Also muss es was anderes gewesen sein."

„Ich ... ich habe so ein Geräusch noch nie gehört", gab Piersek zu.

Nick zuckte die Achseln.

„Dann schlage ich vor, dass wir uns einmal beim Bergwerk umsehen. Vielleicht finden wir ja einen Hinweis."

Der Fund

Sie mussten sich beeilen, wenn sie noch etwas finden wollten, denn die Sonne stand schon tief. Sie hatten sich ausgebeten, allein gehen zu dürfen; denn Hunderte von kleinen Füßen würden bestimmt jede Spur zunichte machen. Auf Simru reitend, legten sie den Weg zur Passhöhe in wenigen Minuten zurück. Sie banden den Rennvogel an einem Baum fest und betraten das Bergwerk.

Die Höhle, die sozusagen den Vorraum bildete, war so groß, dass sogar ein großer gefleckter Ochse bequem darin stehen konnte. Der Boden war mit festgestampfter Erde bedeckt und dadurch ziemlich eben. Zahllose Wagenspuren und die Abdrücke von Hufen waren zu erkennen. Die Zwerge selbst waren so leicht, dass ihre Fußspuren kaum zu sehen waren.

An einer der Felswände befand sich in Brusthöhe ein Vorsprung, zu dem eine kleine Stiege hinaufführte. Beides war sorgfältig herausgemeißelt worden.

„Wozu ist denn die Treppe da?", fragte Nick.

„Ich denke, da steigt der Zwerg rauf, der den Ochsen anspannt", meinte Tamael.

„Ah ja." Nick hatte sich schon gefragt, wie so ein kleiner Kerl es schaffen sollte, dem gutmütigen, aber doch sehr großen Tier ein Geschirr anzulegen.

An Werkzeug fanden sie nur eine kleine Spitzhacke mit zersplittertem Stiel. Anscheinend nahmen die Bergleute ihre Sachen mit nach Hause.

Im hinteren Bereich der Höhle zweigten verschiedene Gänge ab. Manche waren so groß, dass Nick aufrecht darin stehen konnte, aber in anderen mussten selbst die Zwerge auf allen Vieren kriechen.

„Was wird hier eigentlich abgebaut?", fragte Nick.

„Rubine", antwortete Tamael. „Dunkelrote, sehr harte Edelsteine."

„Und wozu brauchen die Zwerge die?"

„Sie stellen Kunstgegenstände daraus her. Schmuck, den sie dann bei Set-Ammon eintauschen. Sachen für den Tempel. Und vor allem Opfergaben für Yahobai."

„Opfergaben?"

„Ja, die schönsten Sachen, die sie machen, schenken sie Yahobai."

„Und ... äh, wie machen sie das?"

„Sie werfen sie in den heiligen See", gab Tamael geduldig Auskunft. Er hatte sich schon daran gewöhnt, dass Yahobais Abgesandter ein Ausbund an Unwissenheit war.

„Du meinst ... in diesen Unterwassersee, in dem man nicht schwimmen darf?"

„Ja."

„Da liegen lauter Schätze drin??"

„Ja. Der See ist sehr tief."

„Warum machen die Zwerge das?" Nick konnte es nicht begreifen. Sie stellten in mühevoller Arbeit herrliche Kunstwerke her – nur um sie dann in einem finsteren See für immer zu versenken?

„Na ja ... Es ist ihre Art, Yahobai ihre Liebe zu beweisen, denke ich."

„Will er das denn, der Yahobai?"

Tamael zuckte die Achseln. „Keine Ahnung. Wir machen das anders. Ich glaube, Yahobai will, dass wir ihn lieben und mit ihm sprechen, und natürlich seine Gebote halten und so. Und dass wir gut zu den anderen Menschen sind. Ob er Kunstwerke aus Rubinen mag, weiß ich nicht."

Nick setzte sich auf die steinerne Treppe. „Woher weiß man eigentlich, was Yahobai will?", fragte er nachdenklich.

Tamael hörte auf, in allen Ecken der Höhle herumzustöbern, und sah Nick ins Gesicht. „Also, erstens gibt es da sein Buch", zählte er auf. „Zweitens hat er Yeshua zu den Menschen geschickt, und drittens gibt es ja auch noch die Mal'achs."

„Yeshua?", wiederholte Nick. „Von dem hast du mir noch nie erzählt. Wer ist denn das?"

„Was, das weißt du *auch* nicht?", entrüstete sich Tamael. „Das ist ja furchtbar! Habt ihr auf Hamartin denn *alles* vergessen?"

„Wieso?", stammelte Nick verwirrt.

„Yeshua", sagte Tamael langsam und betont, so als wäre Nick ein wenig schwachsinnig, „ist Yahobais Sohn. Er hat als Mensch bei den Menschen gelebt. Auf Hamartin. Auf der *Erde*!"

„Auf der Erde?"

„Ja. Und die Menschen haben ihn getötet. Ans Kreuz genagelt."

Nick klappte den Mund auf und wieder zu. „Äh ... was ...", gurgelte er. „Ach so, ist Yeshua ... *Jesus*?"

„Du kennst ihn also doch?"

„Na ja, ein Sohn von Gott, der Mensch geworden ist und ans Kreuz genagelt wurde ... Das hab ich schon gehört. Der heißt bei uns Jesus. Das lernen wir in der Schule."

„Na also." Tamael lächelte zufrieden.

„Aber wieso weißt *du* so genau über Dinge Bescheid, die vor ewig langer Zeit auf der Erde passiert sind?", fragte Nick. „Ich dachte, die ersten Niddachs sind erst vor ein paar Jahren hierher gekommen, und überhaupt habt ihr keinen Kontakt mit ihnen ...? Woher weißt du das alles?" Jetzt kannte Nick sich gar nicht mehr aus.

„Blödmann", sagte Tamael freundlich. „Unsere Vorfahren sind doch vor langer, langer Zeit von der Erde hierher gekommen! Bald nachdem Yeshua zu Yahobai zurückgekehrt ist. Einer unserer Vorfahren hat Yeshua persönlich gekannt!"

„Was?", staunte Nick. „Das heißt, du bist eigentlich ein Erdenmensch ... wie ich??"

Tamael lachte. „Wofür hast du mich denn gehalten? Für ein sprechendes Bumuk?"

Das Knacken eines Zweiges draußen vor der Höhle ließ sie auffahren.

„Wir sollten lieber noch draußen nach Spuren suchen", erinnerte sich Tamael. „Die Geschichten von meinen Vorfahren kann ich dir auch noch erzählen, wenn's finster ist!"

Sie gingen nach draußen und untersuchten den Boden. Die Straße war hier mit flachen Steinen gepflastert, was es fast unmöglich machte, irgendwelche Spuren zu erkennen. Trotzdem wollten sie nichts unversucht lassen. Nick suchte den Weg in Richtung Zwergendorf ab, und Tamael übernahm den anderen Teil der Straße. Es begann schon zu dämmern, und Nick gab langsam die Hoffnung auf, etwas Brauchbares zu finden, da hörte er Tamael plötzlich schreien.

„Nick!! Nick, schau! Ich hab was gefunden!"

Ein paar Schritte unterhalb des Bergwerkes zweigte von der Straße, auf der Nick und Tamael gekommen waren, ein Weg ab, der in engen Serpentinen über den steilen Abhang zum Seeufer hinunterführte. Dichtes Strauchwerk säumte diesen Weg, und unter einem der struppigen Büsche hatte Tamael im letzten Licht der untergehenden Sonne etwas glänzen sehen.

Es war ein Knopf. Ein Zierknopf aus Metall mit dem Aufdruck „Levi's".

Ein Niddach-Knopf.

„Das ist ...", stotterte Nick.

„Das bedeutet ...", stammelte Tamael.

„Das heißt, ein Niddach war hier!", sagten sie dann wie aus einem Mund.

„Und? Ist das irgendwie ungewöhnlich?", fragte Nick.

„Eigentlich schon ... Bisher habe ich gedacht, die Niddachs gehen nie aus ihrem Dorf raus ... Ich meine, niemand hat sie je im Wald getroffen oder so ..."

„Glaubst du ... glaubst du, die *Niddachs* haben was mit der Sache zu tun?", flüsterte Nick aufgeregt.

„Ehrwürdiger Gesandter von El-Schaddai!", rief plötzlich eine kleine Stimme hinter ihnen. „Wenn es Euch genehm wäre, Euch zu mir herabzubeugen ... Ich habe etwas gefunden!"

Die Jungen fuhren herum. Vor der Höhle sahen sie einen jungen Zwerg, der auf allen Vieren aus dem Gebüsch gekrochen kam.

„Was machst du denn hier?", fragte Tamael unwillig. „Wir haben Theron doch gebeten, allein herkommen zu dürfen! Wenn hier jeder herumsucht, wird man bald überhaupt nichts mehr finden!"

„Verzeiht, ehrwürdiger Freund des ehrwürdigen Gesandten von El-Schaddai!" Der Zwerg verbeugte sich fast bis zum Boden und zog dabei seine lederne Kappe. In dieser Stellung verharrte er, während er fortfuhr: „Ich habe nur gedacht, dass Ihr vielleicht Hil-

fe gebrauchen könnt. Ich bin viel kleiner als Ihr und kann auch in Winkel kriechen, die Ihr nicht mehr erreichen könnt!"

„Steh doch auf", bat Nick, der sich vor lauter Ehrerbietung unbehaglich fühlte, „und hör mit diesem ‚Ehrwürdigen'-Zeug auf! Ich bin Nick, und das ist Tamael."

„Mein Name ist Sipwit, o ehrwürdi- ähem, o Nick!", antwortete der Zwerg mit einer neuerlichen Verbeugung.

„Sipwit, aha. Und was hast du gefunden?"

Der Zwerg hob die Hand und präsentierte etwas, das wie ein Fetzen von einem ehemals weißen Nylonstrumpf aussah. „Ein Stück von der Haut einer Schlange, o ehrwü-"

„Ja, ja, schon gut", schnitt Nick ihm das Wort ab und nahm die Schlangenhaut aus der Hand des Zwergs. Er drehte sie auf alle Seiten, konnte aber nichts entdecken, was ihm irgendwie bedeutsam erschien.

Auch Tamael sagte verständnislos: „Da hat eine Schlange sich gehäutet – na und?"

„Eine Schlange, o ehrwü- äh, hm, ja. Erinnert Ihr Euch, was Piersek sagte? Er hörte ein Zischen, bevor er ohnmächtig wurde. Könnte das nicht von einer Schlange stammen?"

„Naja ..." Nick erwog diese Möglichkeit. „Und warum wurde Piersek von dem Zischen ohnmächtig?"

„Vielleicht war die Schlange giftig und biss ihn!"

„Hat er was von einem Biss gesagt?", erkundigte sich Tamael.

„Nein, das nicht, aber da er gleich darauf in Dunkelheit fiel, kann er sich vielleicht nicht daran erinnern!", erklärte Sipwit eifrig.

„Schade, dass die Sache mit Piersek schon acht Schawets zurückliegt", bedauerte Tamael. „Falls er irgendwo Bissspuren hatte, sind sie natürlich längst verheilt."

„Gibt es hier überhaupt giftige Schlangen?"

„Ja ... doch, schon ... also, ein bisschen giftig halt. Wenn man gebissen wird, ist man zwei Tage krank. Dass man davon ohnmächtig wird, habe ich noch nie gehört."

„Wir sollten ins Zwergendorf gehen und Theron melden, was wir gefunden haben", schlug Nick vor.

Sie banden Simru los und machten sich auf den Weg. Da sie zu dritt nicht reiten konnten, beschlossen sie, die kurze Strecke zu Fuß zu gehen. Tamael führte den Rennvogel am Zügel nach.

„Habt ihr auch etwas gefunden?", fragte Sipwit.

„Ja. Einen Knopf, der von den Niddachs stammt", erzählte Nick freimütig.

„Von den Niddachs?", wunderte sich der Zwerg. „Aber was haben denn *die* damit zu tun?"

„Keine Ahnung", gab Nick zu. „Vielleicht gar nichts. Aber man sollte der Sache nachgehen."

„Ach, Niddachs!", sagte Sipwit in wegwerfendem Ton. „Was sollten die mit *Zwergen*? Die essen so etwas doch nicht ... oder?" Er schaute Nick fragend an.

„Nein, natürlich nicht!", beeilte sich der zu versichern. „Du hast Recht, ich wüsste nicht, was sie mit Zwergen anfangen könnten ... Trotzdem sollte man jedem Hinweis nachgehen."

Es war schon ziemlich dämmrig, als sie sich dem Dorf näherten. Neben einer Hütte saßen drei Zwergenkinder und bastelten an einem sperrigen Objekt herum.

Neugierig ging Nick näher. „Was macht ihr da?"

„Das wird eine Kugelbahn!", krähte ein rothaariger Zwergenjunge.

„Ach", antwortete Nick. „Hübsch."

„Wir nehmen am Wettbewerb teil!", sagte ein kleines Mädchen wichtig.

„Ah ja?"

„Ich kann das erklären!", bot Sipwit an. „Wir feiern jedes Jahr ein großes Spielefest mit dem ganzen Dorf, und einer der Höhepunkte davon ist das berühmte Kugel-Wettschleifen. Jeder Teilnehmer muss in der vorbestimmten Zeit eine möglichst runde Kugel schleifen. Das ist bekanntlich die ganz hohe Kunst der Steinmetzerei. Die Kugeln werden dann geprüft, indem man sie eine möglichst komplizierte Kugelbahn hinunterrollen lässt. Die schnellste Kugel gewinnt. Ja, und für die Auswahl der interessantesten Kugelbahn gibt es einen eigenen Wettbewerb, an dem sich auch die Kinder beteiligen dürfen."

„Aha", brummte Nick, der sich für die Einzelheiten nicht näher interessierte, „ihr Zwerge habt wohl gern Wettbewerbe?"

„Oh ja", strahlte Sipwit, „wir lieben Spiele, und wir lieben es, unsere Geschicklichkeit und Kunstfertigkeit zu beweisen."

„Die Zwerge sind ein ziemlich verspieltes Volk!", flüsterte Tamael in Nicks Ohr.

Mittlerweile hatten sie das Dorf erreicht. Sipwit murmelte etwas in der Art, dass er unwürdig sei, mit dem ehrw- äh, mit Nick gemeinsam gesehen zu werden, und verschwand in einer Seitengasse. Die Zwerge hatten auf dem Hauptplatz ein Feuer entzündet und warteten geduldig auf die Rückkehr der Jungen.

Nick, der plötzlich merkte, wie furchtbar müde er war, berichtete kurz von ihren beiden Funden und kündigte an, dass er und Tamael am nächsten Morgen weitere Nachforschungen anstellen würden. (Auch wenn er jetzt noch keine Idee hatte, wie diese Nachforschungen aussehen könnten!)

In der anbrechenden Nacht ritten sie auf Simru heimwärts. Ja, komisch, Nick dachte tatsächlich „heimwärts", als er sich Tamaels Haus vorstellte! Was war das nur, dass der Gedanke an dieses Haus und an Laimonis im Besonderen solch heimweh-ähnlichen Gefühle in ihm auslöste?!

Doch kurz bevor sie das Dorf der Ge'ergoi erreichten, öffnete sich neben dem Weg die Verbindung. Freundlicherweise erschien sie auf der Erdenseite genau über Nicks Bett. Nick stieg von Simru ab, verabschiedete sich von Tamael und plumpste durch die Öffnung direkt in seine Kissen. Er schaffte es gerade noch, den linken Schuh auszuziehen – dann schlief er auch schon.

Neue Begleiter

Nick erwachte erst, als es nach Erdenzeit schon spät am Vormittag war. Von draußen schien ein trüber, nasskalter Herbsttag herein.

Er schlurfte ins Bad, duschte und machte dabei recht viel Krach, damit Angela unten ihn hören konnte. Dann zog er frische Sachen an – bei all den Abenteuern, die er in Edoney an einem einzigen Tag erlebt hatte, konnten seine Jeans vor Dreck schon fast alleine stehen. Er beschloss, die Sachen erst in den Wäschekorb zu stecken, wenn Mummy zurück war. Denn wenn Angela merkte, wie schmutzig er sich machte, während er doch angeblich nur in seinem Zimmer saß und Video spielte, würde sie vielleicht Verdacht schöpfen. Mummy hingegen fiel so etwas niemals auf.

Nick nahm den Mondstein aus der Hosentasche und betrachtete ihn zärtlich. Das Material fühlte sich glatt, kühl und irgendwie lebendig an. Der Sonnenstein wirkte dagegen fast warm.

Jetzt, wo Set-Ammon nicht dabei war, konnte Nick auch den Sonnenstein einmal ein bisschen polieren. Er rieb ihn am Ärmel seines frischen T-Shirts, bis das unscheinbare Material eine Art matten Glanz verströmte. Je länger Nick hinsah, desto mehr kam es ihm sogar so vor, als leuchte der Stein von innen heraus. Ja, auch der Sonnenstein schien ein Geheimnis zu bergen ... Nick war jedenfalls überzeugt, dass das Geschenk des geheimnisvollen Händlers ihn vor bösen Unfällen bewahrte. Er verpackte beide Steine wieder in ihrem Lederbeutel und schob sie in die Tasche seiner frischen Hose.

Angela hatte längst gefrühstückt, als er nach unten kam. „Guten Morgen, du Langschläfer!", begrüßte sie ihn. „Machen deine Videospiele dich so müde? Du bist doch gestern früh schlafen gegangen!?"

„Och, ich ...", stotterte Nick, „Ich wollte zwar schlafen gehen, aber ich bin dann ... sozusagen noch einmal in das Spiel hineingefallen." Er lächelte verlegen. Er hasste es, Angela nicht die Wahrheit zu sagen. Dabei war das, was er sagte, ja nicht einmal ganz gelogen. Nur dass Angela glaubte, bei dem „Spiel" handle es sich um ein harmloses Computerspiel in der Sicherheit seines Zimmers, während er in Wirklichkeit auf einem übermannshohen Rennvogel durchs Gebirge ritt.

Angela lächelte. „Hauptsache, du hast Spaß dabei", meinte sie. „Ich meine, es würde mir doch noch schwer fallen, mit dir in den Zoo oder ins Kino zu gehen ... Für mich ist es ja ganz angenehm, dass ich nur hier im Lehnstuhl sitzen muss und dicke Bücher lesen kann. Meinem Fuß tut das sicher gut. Ich möchte nur nicht, dass du dir vernachlässigt vorkommst!"

„O nein, bestimmt nicht!", versicherte Nick schnell. „Ich melde mich schon, wenn ich was brauche!"

„Falls du heute wieder in deinem Zimmer Mittag essen möchtest, hab ich dir schon was hergerichtet!" Angela deutete auf eine Lunchbox. „Mit Roastbeef! Obst und etwas zu trinken ist auch dabei."

„Wow, danke!" Das Lunchpaket war so handlich verpackt, als hätte Angela geahnt, dass Nick es nicht nur eine Treppe höher tragen wollte, sondern damit eine abenteuerliche Reise durch eine ferne Welt antreten würde.

Bevor Nick vom Frühstück wegstürzte, fragte er noch schnell aus Höflichkeit:

„Soll ich irgendwas für dich einkaufen?"

„Nicht nötig", lächelte Angela. „Deine Mummy hat uns ausgestattet, als ob wir drei Wochen in der Wüste überleben müssten. Geh ruhig."

Nick schnappte sein Lunchpaket und rannte hinauf. In seinem Zimmer wartete schon die Verbindung auf ihn. Still und unbewegt öffnete sie den Blick auf Tamaels Haus. Es war immer noch seltsam und ungewohnt, mitten im Zimmer Aussicht auf ein Dorf zu haben.

In Edoney graute gerade erst der Morgen. Die ersten Sonnenstrahlen funkelten in den Tautropfen auf der Wiese. Vögel zwitscherten, aber sonst war noch niemand wach. Sogar die Bumuks lagen auf ihrer Weide und wackelten im Schlaf mit den Ohren, um die Fliegen zu vertreiben.

Offenbar bestand kein Grund zur Eile. Also nahm Nick sich noch die Zeit, in Mummys und Dads Zimmer zu gehen und nach einem Fernglas zu suchen. Er wühlte in sämtlichen Schränken und Regalen. In Mummys Nachttisch fand er ein paar dicke englische Bücher: „Das Göttliche in Dir" hieß das eine, „Entdecke Deine Mitte" ein anderes, „Meditationen der Kraft" das dritte. Nick schlug das erste Buch auf. Dieses Thema, das Göttliche in ihm, hatte ihn früher nie interessiert, aber jetzt hätte er gern gewusst, ob auch etwas über Yahobai drinstand. Er versuchte die erste Seite zu lesen. Das Buch war in einem furchtbar hochgestochenen Englisch geschrieben. Jedes fünfte Wort war Nick unbekannt. Er quälte sich zehn Minuten lang durch die gewundenen Sätze, dann gab er es seufzend auf. Nie im Leben konnte er das ganze Buch lesen! Er würde Mummy nach Yahobai fragen, wenn sie aus München zurückkam.

Er steckte die Bücher in den Nachttisch zurück und nahm Dads Fernglas an sich. Dann ging er in sein Zimmer, leerte seine Schulsachen aus dem Schul-Rucksack einfach auf den Boden, packte stattdessen das Fernglas und das Lunchpaket ein und stieg nach Edoney hinüber.

Es war still und friedlich. Nick wollte Tamaels Familie nicht aufwecken, also setzte er sich vor dem Haus an die kalte Feuerstelle und sah zu, wie die Sonne hinter den Bergen in die Höhe stieg. Er dachte über all das nach, was Tamael ihm erzählt hatte. Von Yahobai, Aphanes und Yeshua.

„Hallo, Yahobai", murmelte er probehalber. „Kannst du mich

hören?" Er sprach edoneysisch, was eigentlich blöd war – wenn Yahobai wirklich Gott war, dann müsste er jede Sprache verstehen. „Hier spricht Nick", fuhr er fort. Auch das war natürlich überflüssig. „Ich möchte gern wissen, wo die verschwundenen Zwerge sind. Kannst du mir einen Tipp geben, wo ich als Nächstes suchen soll?"

Vor ihm lag der See und glitzerte in der Morgensonne. Auf der rechten Seite erhob sich der Gebirgskamm, den er gestern mehrmals erstiegen hatte. Deutlich konnte er den Einschnitt sehen, den die Passhöhe bildete. Dort lag das Bergwerk der Zwerge, und noch weiter in der Ferne versteckte sich die unterirdische Seegrotte, in der die Drachen ihr Quartier bezogen hatten. Das linke Seeufer war viel flacher, aber ebenfalls dicht bewaldet. Hier lag nur die Siedlung der Niddachs. In der Mitte des Sees gab es ein paar kleine Inseln.

Gerade als Nick sein erstes Gespräch mit Yahobai beendet hatte, glänzte am linken Seeufer ein helles Licht auf. Anscheinend hatte die Sonne gerade einen Punkt erreicht, an dem sich ein Lichtstrahl in den Fensterscheiben der Niddach-Häuser spiegelte. Nick grinste zufrieden. Das war wohl Yahobais Antwort auf seine Frage.

Noch immer rührte sich niemand im Haus. Nick sah auf die Uhr. Auf der Erde ging es schon langsam auf Mittag zu, und hier schliefen noch alle! Er wurde schon ein wenig ungeduldig. Da hörte er von drinnen ein kleines Geräusch – ein Husten, ein Quengeln, ein Brabbeln. Das musste das Baby sein.

Eine Weile war es wieder still, dann kam das Brabbeln näher, und hinter der Tür hörte er scharrende Geräusche. Nick stand auf und probierte vorsichtig die Tür. Sie war nicht versperrt, nur mit einem drehbaren Riegel verschlossen. Leise drückte er sie einen Spalt breit auf. Das Baby saß mitten ihm Zimmer und grinste ihn zahnlos an.

Nick war noch nie im Inneren von Tamaels Haus gewesen. Flüchtig sah er sich um. Es war dämmrig im Zimmer. Vor dem

Fenster und auch an den steinernen Wänden hingen bunt gewebte Teppiche. Im hinteren Teil des Raumes gab es einen gemauerten Kamin. Ein paar Holzschemel, die tagsüber um die Feuerstelle vor dem Haus standen, ein runder Tisch und eine hölzerne Truhe bildeten die Einrichtung. Eine Türöffnung, die auch mit einem bunten Tuch verhängt war, führte vermutlich in das Zimmer, in dem die Familie schlief.

„Na, du?", flüsterte Nick dem Baby zu. Er wusste den Namen nicht. „Du kannst doch nicht so einfach abhauen, hm?" Er streckte seine Hände aus. Das Baby krabbelte auf ihn zu und ließ sich von ihm hochheben.

„Und was machen wir jetzt?" Nick schloss von außen leise die Tür, um niemanden zu wecken. Das Baby quietschte erfreut und sabberte auf seine Schulter. Weil Nick nicht genau wusste, was man mit kleinen Kindern so anfängt, ging er vor dem Haus auf und ab und summte eine Melodie. Erst nach ein paar Minuten fiel ihm auf, dass jemand ihn von der Tür aus beobachtete. Es war Laimonis.

„Oh – äh, hallo! Ich meine, sei gegrüßt!", stotterte Nick. Er fühlte sich, als wäre er beim Einbrechen ertappt worden. „Das ... das Kind war wach, und da dachte ich ..."

Laimonis lächelte. „Das ist sehr lieb von dir." Sie zögerte, bevor sie weitersprach. „Weißt du ... einen Augenblick lang habe ich geglaubt, du wärest Tamael."

Nick schaute unwillkürlich an seinem blitzblauen T-Shirt herunter und fand diese Verwechslung höchst verwunderlich.

Sie trat näher und streichelte ihm zart über seinen Lockenkopf, so als wäre sie nicht sicher, ob er es mochte. Normalerweise ließ er sich so etwas auch höchstens von Mummy gefallen, oder von Angela, aber ganz sicher nicht von irgendwelchen fremden Tanten. Aber Laimonis' Berührung genoss er. Und er spürte wieder dieses komische Heimweh-Gefühl.

„Komm, gib mir die Kleine", sagte Laimonis. „Sie hat Hunger, denke ich." Und nachdenklich fügte sie hinzu: „Das Lied, das du gerade gesummt hast ... das habe ich meinen Kindern auch immer vorgesungen, als sie klein waren."

Wie seltsam, dachte Nick, *ich hab es doch erst einmal gehört!* Aber da regten sich drinnen im Haus noch andere Leute, und Tamael kam gähnend und verwuschelt heraus. Der Gedanke an ihre bevorstehende Suche nach den verschwundenen Zwergen ließ Nick das Lied vergessen.

Sie frühstückten im Freien. Es gab ein würziges, nach Nüssen schmeckendes Brot, Früchte und Bumuk-Milch. Asimot dankte Yahobai für alle Speisen, bevor sie zu essen begannen. Nick fühlte sich wohl und geborgen.

Während sie noch aßen, tauchte plötzlich zwischen den anderen Häusern eine kleine Gestalt auf und blieb in gebührendem Abstand stehen. Es war Sipwit.

„Seid gegrüßt, ehrwürdiger Abgesandter von El-Schaddai und sein edler Freund und dessen Familie!", grüßte er umständlich und verbeugte sich tief.

Nick wusste nicht recht, was er darauf antworten sollte. Diese übertriebene Höflichkeit fand er unbehaglich. „Sei gegrüßt", murmelte er unter Überwindung. „Was gibt's?"

„Ich bin gekommen, um Euch meine Dienste anzubieten! Ich dachte mir, dass Ihr weiter nach den verschwundenen Bergleuten forschen wollt. Vielleicht kann ich Euch nützlich und behilflich sein. Ich bin klein, flink und geschickt."

„Ich weiß nicht ..." Nick wechselte einen schnellen Blick mit Tamael. Wollten sie diesen unterwürfigen Kerl mit seinem ständigen „Ehrwürdigen"-Quatsch wirklich dabei haben?

Tamael zuckte die Achseln. „Vielleicht kann er wirklich nützlich sein", flüsterte er, und Nick sagte: „Also gut, du kannst mitkommen. Aber nur, wenn du ein für alle Mal aufhörst, uns ‚ehrwürdig' zu nennen!"

Der Zwerg strahlte. „Jawohl. Ganz wie Ihr- ... ganz wie du wünschst."

„Setz dich doch zu uns und iss etwas!", forderte Laimonis ihn auf. „Du hast ja schon einen ordentlichen Fußmarsch hinter dir!"

„Oh ja. Danke, edle Herrin."

Nick warf ihm einen strafenden Blick zu, und Sipwit zog den Kopf ein. „Entschuldigung."

Sie wollten gerade aufbrechen, da tauchte aus derselben Richtung noch ein Zwerg auf. Er blieb in noch größerer Entfernung stehen und errötete bis unter sein hellblondes Haar, bevor er den Mund aufmachte.

„Verzeihung!", stammelte er dann. „Ich weiß, es ist sehr unhöflich, hier so einzudringen, aber ..." Seine Stimme versagte.

Nick sah ihn genau an. „Du bist Piersek", stellte er fest. „Der Zwerg, der entkommen ist."

„So ist es, ja. Oh, du erinnerst dich an mich. Welch eine Ehre! Danke, vielen Dank! Ich ... ich ... äh..."

„Du wolltest fragen, ob du mit uns kommen kannst?", half Tamael ihm auf die Sprünge.

Piersek nickte so heftig, dass seine Ohren zu flattern begannen. Erst jetzt fiel Nick auf, wie groß und abstehend Pierseks Ohren waren.

„Na, auf einen mehr oder weniger kommt es wohl nicht an, oder?", seufzte er. „Also kommt alle mit."

„Wohin wollt ihr eigentlich gehen?", ließ sich jetzt Asimot vernehmen.

„Wir haben doch diesen Niddach-Knopf gefunden", erklärte Nick. „Darum möchte ich mich heute ein bisschen bei den Niddachs umsehen." *Yahobai ist derselben Meinung wie ich. Er hat mir auch den Tipp gegeben, dort zu suchen ...*

Laimonis erbleichte, und Asimot nickte. „Ja, das habe ich mir schon gedacht", sagte er langsam. „Nun, es muss wohl sein ..."

„Yahobais Segen sei mit euch", murmelte Laimonis. Das hatte sie gestern auch schon gesagt, nur hatte Nick da noch nicht verstanden, was es bedeutete.

*

Sie waren zu viele, um den Rennvogel zu nehmen, und ein Ochse wäre zu auffällig gewesen. Also wanderten sie zu Fuß das linke Seeufer entlang. Wenn Nick gedacht hatte, dass die Zwerge mit ihren kurzen Beinen sie aufhalten würden, dann hatte er sich getäuscht. Die beiden marschierten so flott dahin, dass die Jungen Mühe hatten, Schritt zu halten.

Auf dieser Seite des Sees war das Gelände sanft und hügelig. Ein breiter, bequemer Pfad führte am Wasser entlang bis ganz ans andere Ende des Sees.

„Was kommt dort, wenn man immer weiter geht?", fragte Nick.

„Wenn man so lange geht, bis der See zu Ende ist", erklärte Tamael, „und immer weiter, dann gelangt man in eine flache Gegend, in der hohes gelbes Gras wächst und seltsame Bäume. Dort gibt es angeblich auch wilde Tiere, die Menschen fressen. Dort lebt das Volk der Jäger. Wenn man noch weiter geht, kommt man zur Wüste."

„Und dann?"

Tamael lachte. Dieser Nick hatte doch wirklich keine Ahnung! „Niemand von hier hat die Wüste je überquert! Angeblich liegt hinter der Wüste ein anderes Land, in dem Drachen und Riesen leben. Aber niemand war je dort, außer Set-Ammon, dem Händler. Der kommt überall herum."

„Und Odly?", fragte Nick. „Kommt der aus diesem Land?"

„Schon möglich", räumte Tamael ein. „Den sollten wir sowieso mal besuchen, um zu sehen, wie es ihm geht."

„Ich werde einmal die Wüste überqueren!", ließ sich Sipwit vernehmen.

„Was? Du?", staunte Tamael. „Das glaube ich nicht. Noch nie habe ich gehört, dass ein Zwerg seine Heimat verlassen hat! König Theron würde das auch gar nicht gut finden!"

„König Theron!" Sipwit schnaubte verächtlich. „Das ist ein alter Mann, der nichts begreift! Er hält nur an dem fest, was Zwerge seit Jahrhunderten schon immer getan haben. Wo bleibt da der Raum für etwas Neues? Wo bleibt der Fortschritt?"

„Entschuldige", warf Piersek ein und errötete wieder einmal, „aber ich finde, dass Theron ein guter König ist ... Allen geht es doch gut unter seiner Herrschaft!" Er blickte Nick unsicher an und fügte hinzu: „Aber verzeih, wenn ich etwas Dummes gesagt habe!"

„Natürlich sagst du etwas Dummes!", ereiferte sich Sipwit. „Es geht bloß all jenen gut, die wie Theron nur zurückschauen in die Vergangenheit! Sieh dir Theron doch nur an! Sein Bart ist so lang, dass er ihn sich um den Hals wickeln muss, um nicht darüber zu stolpern! Selbst in der größten Hitze schwitzt er lieber in diesem Schal, als dass er ihn abschneidet. Er könnte eine adrette Kurzbartfrisur tragen – aber nein! Er kann sich ja von keinem Stück seines alten Bartes trennen!" Sipwit kam richtig in Fahrt. "Und so ist er bei allem. Er kann nichts aufgeben. Alles muss bewahrt werden, jede Tradition muss gepflegt werden, auch wenn sie noch so unsinnig ist! Wann haben wir denn, zum Beispiel, jemals ein neues Spiel eingeführt für unser Spielefest? Ich sag dir's: *nie!* Seit Hunderten von Jahren werden jedes Jahr die gleichen alten, traditionellen Spiele gespielt!"

"Aber die alten Spiele sind doch sehr gut ...?", wandte Piersek schüchtern ein.

"Neue Spiele wären vielleicht noch besser!", schnaubte Sipwit. "Aber wir werden es nie erfahren, weil wir es nie ausprobieren! Und was diese Entführungen betrifft: *Ich* hätte ja schon längst ein paar bewaffnete Wächter aufgestellt! Aber Theron?! *‚Ach, Zwerge tragen keine Waffen, das haben wir Zwerge noch nie getan'*, und so weiter! Als ob es nur darauf ankäme!"

Nick musste schmunzeln, als er Sipwit beim Schimpfen zuhörte. Dieser Zwerg wusste wenigstens, was er wollte!

"Immerhin hat er die Jäger um Hilfe gebeten", piepste Piersek, und seine großen Ohren glühten rot wie Bremslichter. "Und Jäger *haben* Waffen."

"Das ist aber nicht dasselbe! Fremde Hilfe!? Warum wehren wir uns nicht selber? Warum nehmen wir alles hin, wie es kommt?"

"Weil El-Schaddai uns rettet, wenn es Zeit dafür ist! Wir haben nicht das Recht, anderen Leid zuzufügen!" Piersek zog den Kopf ein, als erwarte er, dass Sipwit ihn schlagen würde. Sipwit sah tatsächlich so aus, als wolle er aufbrausen, aber im letzten Moment nahm er sich zusammen, straffte seine Schultern und brummte etwas wie:

"Na ja, wenn *du* es glaubst ..."

Nick seufzte unmerklich auf. Wenn die beiden Zwerge jetzt eine Rauferei begonnen hätten, hätte er eingreifen müssen, und das konnte er im Moment nun wirklich nicht gebrauchen. Sie hatten nämlich die Stelle der Uferstraße erreicht, die der Niddach-

Siedlung zunächst lag. Vor ihnen spülte ein kleiner Fluss seltsam braunes, schmutziges Wasser in den See. Tamael stieß Nick in die Seite.

„Siehst du, wie ich dir gesagt habe: Die Niddachs verschmutzen das Wasser."

„Mhm." Nick hatte aber auch noch etwas anderes entdeckt: Tief in der Mündung des Flusses, halb unter den herabhängenden Ästen eines Baumes versteckt, lag ein kleines Motorboot.

„Merkwürdig", bemerkte Tamael, der seinem Blick gefolgt war. „Ich habe nicht gewusst, dass sie auf dem See herumfahren."

„Du kannst es von deinem Dorf aus vielleicht nicht gut sehen", warf Piersek schüchtern ein, „weil die Inseln die Sicht behindern."

Sie drehten sich um. Tatsächlich war Tamaels Dorf wegen der Inseln im See von hier aus kaum zu sehen.

„Na ja, wie auch immer." Nick zuckte die Achseln. Irgendwas musste er jetzt tun, denn die kleine Gruppe schien ihn als ihren Anführer zu betrachten. „Gehen wir hinauf zu den Niddachs und sehen uns da um."

Elmaryn

Sie verließen die Uferstraße und wandten sich nach links. Durch den dichten, dschungelartigen Wald stiegen sie den Hügel hinauf, an dessen Abhang die Niddachs ihre Häuser gebaut hatten. Vögel zwitscherten, und Tiere, die Nick für kleine Affen hielt, hangelten sich kreischend durchs Geäst.

„Gibt's hier eigentlich auch wilde Tiere?", fragte Nick seinen Freund leise.

„Wieso? Die sind alle wild!", erklärte Tamael verständnislos.

„Na, ich meine ... welche, die Menschen fressen!"

„Ach so! Nein, hier in der Gegend nicht. Weiter gegen Mittag, in der Steppe, wo die Jäger leben, dort soll es welche geben, das sagte ich ja."

Das war ja hoffentlich weit genug weg, dachte Nick. Dass es keine tödlichen Giftschlangen gab, hatte er sich noch gemerkt.

Sie näherten sich der lang gestreckten weißen Villa. Nick hatte befürchtet, dass die Siedlung von Zäunen umgeben oder von Leuten mit Gewehren und Hunden bewacht sein würde, doch nichts dergleichen schien der Fall zu sein. Sie gelangten problemlos bis zum Fuß einer steilen Böschung, die die Niddachs angeschüttet hatten, damit sie eine ebene Terrasse in den Hang bauen konnten. Die Terrasse selbst am oberen Ende der Böschung war anscheinend nur von einem kniehohen Mäuerchen begrenzt.

„Was jetzt?", flüsterte Tamael, wobei er sich ständig lauernd umschaute. „Wir können doch nicht einfach da raufgehen ... oder?"

Nein, das hielt Nick auch nicht für ratsam. Er blickte sich um. Die Niddachs hatten ein Stück des Urwaldes gerodet, um ihre Häuser zu erbauen. Einzelne, besonders große und schöne Bäume hatten sie stehen gelassen, um ihrer Villa Schatten zu spenden. Nick zeigte auf einen hohen Baum, der ein wenig abseits stand.

„Wir könnten da raufsteigen und uns einen Überblick verschaffen", schlug er vor.

„Gute Idee."

Sie umrundeten die Villa in großem Bogen und gelangten von der Waldseite her unbemerkt an den Fuß des Baumes. Die Jungen hoben die Zwerge, die nur wenig schwerer waren als Tamaels Babyschwester, auf den untersten Ast.

„Geh du zuerst, ehrwü- äh, Nick!", flüsterte Sipwit.

Das war Nick nun gar nicht so recht. Im Baumklettern besaß er nämlich keine große Praxis. Da er dazu neigte, unvermutet zusammen mit völlig gesunden Ästen abzustürzen (je weiter oben, desto lieber), hatte man ihm kaum jemals erlaubt, höher als einen Meter zu steigen. Aber natürlich hätte er sich eher kopfüber aus einer Baumkrone gestürzt, als seine Unerfahrenheit zuzugeben.

Langsam, mit zusammengebissenen Zähnen, kletterte er Schritt für Schritt in die Höhe. Der Baum hatte viele Äste und war so leicht zu erklettern wie eine Leiter. Trotzdem hatte Nick ein etwas mulmiges Gefühl im Bauch. Er vermied es, nach oben oder gar nach unten zu schauen, und starrte nur die raue Rinde des Stammes vor sich an. Plötzlich stieß er einen erschrockenen Schrei aus, ließ den Ast, an dem er sich eben festhalten wollte, los und kippte nach hinten. Dann ging alles ganz schnell. Tamael versuchte ihn zu fassen, griff aber ins Leere. Irgendetwas prallte gegen Nicks Schulter, federte seinen Sturz ab und drückte ihn gegen den Stamm zurück. Aus den Augenwinkeln sah Nick flirrendes goldenes Licht. Instinktiv hielt er sich irgendwo fest und hing nun zitternd im Geäst. Sein Herz klopfte wie verrückt.

„Was war denn *das?*", keuchte er.

„Du hast losgelassen", sagte Tamael mit bleichen Lippen, „und ein Mal'ach hat dich aufgefangen."

„Das war ein Mal'ach?" Schnell sah Nick sich um, um den flirrenden goldenen Schein genauer zu betrachten, aber natürlich war er längst verschwunden.

„Entschuldigung", wisperte Piersek unter ihm, „würde es dir sehr viel ausmachen, wenn du ... äh ... deinen Fuß woandershin stellst?"

Nick sah hinunter und stellte mit Entsetzen fest, dass er auf Pierseks Hand stand. Schnell zog er den Fuß weg.

„Was ist los da oben? Geht's nicht weiter? Ich kann noch gar nichts sehen!", drängelte Sipwit von ganz unten.

Jetzt erst wagte Nick wieder einen Blick nach oben. Er hatte sich nicht geirrt: Das Ding, an dem er sich gerade hatte festhalten wollen, war ein brauner, nackter Fuß in einer Sandale.

„Ahrgl!" Nick umarmte den Baumstamm, als ob er seine Mutter wäre. „Da ... da oben sitzt jemand!"

Alle sahen es jetzt: Zu dem braunen Fuß gehörte noch ein zweiter, und beide baumelten an einer Gestalt in weiten edoneysischen Leinenkleidern, die auf einem Ast saß und erschrocken heruntersah. Nick hielt das Wesen für ein Mädchen, denn es hatte langes, krauses Blondhaar, das üppig wie eine Mähne rund um den Kopf stand.

„Hab ... hab ich euch erschreckt?", stammelte die Gestalt. „Es ist doch nicht verboten, auf diesem Baum zu sitzen?", fügte sie ängstlich hinzu.

Nick umklammerte noch immer den Baum und war nicht zu einer Antwort fähig.

Tamael fasste sich als Erster. Er stieg zwei Äste höher und setzte sich neben das Mädchen auf den Ast. „Du bist eine Lematai!", stellte er verwundert fest.

Nick überwand langsam seinen Schreck und kletterte ebenfalls auf den Ast. Die Zwerge kamen von unten nach. Jetzt konnten sie auch das Mädchen sehen.

„Stimmt", sagte dieses. „Ich bin Elmaryn von den Lematai. Und ihr? Seid ihr ... Ge'ergoi?" Sie musterte Nick fragend. Es war offensichtlich, dass er nicht von hier stammte.

„Ich bin von Hamartin", erklärte Nick. Er wusste nicht, woran man Ge'ergoi von Lematai unterschied. Entweder kannte Tamael das Mädchen, oder er erkannte ihre Volkszugehörigkeit an irgendeinem Merkmal, vielleicht an der ungewöhnlichen Haartracht oder an der Kleidung. Für Nick sah sie aus wie alle Edoneysier, die er kannte – abgesehen von den Zwergen natürlich.

„Bist du ein Niddach?", fragte Elmaryn. „Ich hab dich hier noch nie gesehen."

„Nein, ist er nicht", antwortete Tamael für Nick. „Kennst du denn die Niddachs?"

Elmaryn seufzte. „Mein Vater kennt sie. Seit er immer hierher kommt und stundenlang mit der Herrin redet, sehen sie uns in unserem Dorf schief an, darum lebe ich jetzt hier ... mehr oder weniger." Sie schien darüber nicht besonders glücklich zu sein. „Und was macht ihr hier?"

„Wir ... suchen etwas", antwortete Nick ausweichend. Er wusste nicht, ob man diesem kraushaarigen Wesen trauen konnte, darum wollte er lieber nicht zuviel verraten. „Und wir wollten uns einmal ... äh, einen Überblick verschaffen."

Elmaryn schien daran nichts Ungewöhnliches zu finden, denn nachdem die Jungen und die Zwerge sich vorgestellt hatten, begann sie bereitwillig, die Umgebung zu erklären. „Da unten ist das Haus, in dem die meisten von ihnen wohnen." Sie zeigte auf die große weiße Villa zu ihren Füßen. Nick schätzte, dass dieses Haus mindestens sechs oder sieben Schlafzimmer haben musste. Dahinter gab es einige kleinere Gebäude, in denen möglicherweise irgendwelche Dienstboten wohnten.

Die Terrasse vor der Villa war mit hellen Steinplatten ausgelegt. In der Mitte leuchtete das blaue Wasser eines großen, geschwungenen Swimmingpools. Daneben standen mehrere Liegestühle, und in einem davon lag eine zierliche, hellhäutige Frau in einem roten Badeanzug. Sie hatte rabenschwarzes Haar und trug einen Strohhut. Neben ihr lag in einem zweiten Liegestuhl ein großer Mann mit einer hellblonden Stoppelfrisur, der von Kopf bis Fuß in schwarz gekleidet war und eine schwarze Sonnenbrille trug. Ein Dienstmädchen mit einer weißen Schürze servierte ihm gerade ein Glas, das mit einer giftgrünen Flüssigkeit gefüllt und mit einem Mini-Sonnenschirmchen geschmückt war. Der Mann blickte starr geradeaus, während er mit der Hand nach dem Tablett neben ihm tastete, das das Mädchen ihm hinhielt.

„Ist der Mann blind?", fragte Tamael überrascht.

„Ja, wie hast du das erkannt?"

„Er bewegt sich genau wie der Geschichtenerzähler bei uns, der ist auch blind."

„Ach so. Also, der Mann heißt Horst. Er ist immer schwarz angezogen. Die Frau ist Yasuko. Sie wohnt hier, glaube ich."

„Und der Mann? Wo wohnt der?"

„Ich weiß nicht", gab Elmaryn nachdenklich zu. „Ich sehe ihn jedenfalls nur ab und zu. Wahrscheinlich reist er nach Hamartin."

„Nach Hamartin?", ließ sich Sipwit vernehmen, der jetzt auf einem Ast neben den Kindern saß. „Das kann nicht sein. Wie soll er denn dorthin kommen?"

Elmaryn beugte sich vor und flüsterte vertraulich: „Ich glaube, die Herrin kann die *Verbindung* öffnen!"

„Unsinn! Nur Yahobai kann das!", behauptete Sipwit.

„Oder *Aphanes*!", flüsterte Piersek errötend, der ein wenig unter ihnen saß.

Nick, für den die Verbindung kein besonderes Problem darstellte – schließlich öffnete sie sich für ihn auch immer, wenn er es brauchte – fragte: „Wer ist die Herrin? Ist es diese Yasuko?"

„Yasuko? Aber nein!" Elmaryn schüttelte ihr dichtes blondes Kraushaar. „Die Herrin wohnt da drüben."

Sie drehte sich herum und zeigte auf ein kleines Blockhaus, das abseits der prächtigen Villa auf einer kleinen Lichtung im Dschungel versteckt lag. Selbst von hier oben konnten sie die Hütte nur teilweise sehen. Sie war aus Holz gebaut, aus ganzen Baumstämmen, und rundherum war ein kleiner Garten angelegt worden, mit tausend verschiedenen bunten Blumen. Nick dachte unwillkürlich, dass er auch lieber hier als in der klotzigen Villa wohnen würde. Der Garten erinnerte ihn irgendwie an die Blumen und Kräuter, die Mummy im Sommer in Blumenkästen am Fensterbrett zog.

„Wer wohnt denn noch alles hier?", fragte Tamael.

„Hier wohnt eigentlich nur die Herrin. Alle anderen wohnen in der Villa. Na ja, bis auf Ramesh vielleicht ..." Elmaryn überlegte. „Ramesh ist der Mann von der Herrin, glaube ich ... Oder, na ja ..." Sie biss sich auf die Lippe. „Vielleicht auch von Yasuko. Ich weiß nicht. Darf ein Niddach mehrere Frauen haben?" Sie wandte sich fragend an Nick.

Der zuckte die Achseln. „Ich glaube, eigentlich sollte man immer nur eine haben. Aber viele Leute, die einmal verheiratet sind, lassen sich später scheiden und haben dann andere Frauen. Oder Männer."

„Wie auch immer", schnitt Tamael die Unterhaltung ab, „sind das jetzt alle Leute hier?"

„Oh nein!", sagte Elmaryn ernsthaft. „Es gibt noch viel mehr. Ich kenne gar nicht alle. Es gibt welche, die die Arbeiten im Haus machen, wie die Frau, die Horst was zu trinken gebracht hat. Eine Köchin, eine Frau, die sauber macht, und so weiter. Dann gibt es Leute, die das Feld bearbeiten ..."

„Was für ein Feld?"

„Oben auf dem Hügel haben die Niddachs große Felder angelegt. Sie bauen dort eine Art Seilkraut an."

„Seilkraut?", wiederholte Tamael verwundert. „Brauchen sie denn so viele Seile?"

„Keine Ahnung", antwortete Elmaryn verblüfft. „Eigentlich hab ich überhaupt noch nie irgendwelche Seile hier gesehen."

„Aus Seilkraut macht man Seile", begriff Nick. „Aber kann man es nicht vielleicht auch essen?"

Die anderen sahen einander an.

„Wir haben noch nie davon gehört", sagte Piersek schließlich schüchtern. „Ich glaube, es schmeckt nicht besonders. Es gibt viel bessere Sachen hier."

„Na, zu irgendeinem Zweck werden sie's schon brauchen!", brummte Nick. „Aber jetzt mal zum Wesentlichen: Du hast nicht zufällig in letzter Zeit einen Haufen Zwerge hier gesehen?"

„Zwerge?", staunte Elmaryn. „Nein, wieso? Außer euch beiden hier", sie deutete auf Sipwit und Piersek, „hab ich schon lange keine Zwerge mehr gesehen."

Nick seufzte unmerklich. Das wäre ja auch zu einfach gewesen. Er ließ seinen Blick in die Runde schweifen. „Was sind denn das dort für Gebäude?", fragte er.

„Das dort", Elmaryn zeigte auf einen Klotz, der mitten über dem Fluss erbaut war, „heißt Kraftwerk. Es hat irgendwas mit dem kalten Feuer zu tun, das das Haus auch in der Nacht hell macht."

„Ein Stromgenerator", murmelte Nick auf Deutsch, weil er kein edoneysisches Wort dafür kannte.

„Und diese Häuser dort hinten", sie deutete auf mehrere langgestreckte Baracken, die in einiger Entfernung von der Villa über die Hügel verstreut lagen, „also ehrlich gesagt, ich weiß nicht, was da drin ist. Dort war ich noch nie. Ramesh mag es nicht gern, wenn ich den Bereich zwischen der Villa und den Dienstbotenhäusern verlasse. Ich habe woanders nichts verloren, sagt er."

„Kann dieser Ramesh denn Edoneysisch?", wunderte sich Nick.

„Ein bisschen. Er ist der einzige Niddach, der das kann."

„Entschuldige, wenn ich eine dumme Frage stelle", mischte Piersek sich ein, „aber sagtest du nicht vorhin, dass dein Vater sich stundenlang mit der Herrin unterhält? In welcher Sprache tut er das?"

„Mein Vater hat etwas Niddachisch gelernt", sagte Elmaryn mit einem Anflug von Stolz.

„Na gut." Nick fand, dass es an der Zeit war, endlich etwas zu unternehmen – und vor allem endlich von diesem elend hohen Baum herunterzusteigen! „Wie wär's, wenn wir uns diese Baracken einmal näher ansehen, zu denen Elmaryn nicht gehen darf? Es würde mich nicht wundern, wenn die Niddachs hier das eine oder andere Geheimnis verstecken!"

„Aber ..." Elmaryn versuchte etwas zu entgegnen, doch Nick erstickte ihre Zweifel im Keim.

„Wir haben schließlich einen Fall zu klären! Eine Menge Zwerge sind verschwunden, und der einzige brauchbare Anhaltspunkt, den wir haben, ist ein Knopf von einer Niddach-Hose."

„Und eine Schlangenhaut!", warf Sipwit ein, aber Nick überhörte das.

„Ich werde hier so lange suchen, bis ich einen Hinweis gefunden habe!", verkündete er, und es gelang ihm, wesentlich überzeugter zu klingen, als er sich fühlte.

Auf der Suche

Elmaryn bewegte sich irgendwie zurückhaltend, als ob sie ständig darauf bedacht wäre, nur ja keinen Lärm zu machen oder sonstwie aufzufallen. Das war den anderen nur recht, denn sie fühlten sich ja eigentlich als Eindringlinge, die das Niddach-Gelände unbefugt betreten hatten.

„Was ist, wenn jemand uns sieht?", fragte Tamael leise.

„Keine Sorge", antwortete Elmaryn, „hier laufen eine Menge Leute herum, aus allen möglichen Völkern. Ihr werdet überhaupt nicht auffallen. Oder ...?" Ihr Blick blieb an Nicks blauem Pikachu-T-Shirt hängen. „Bis auf dich!", fügte sie dann besorgt hinzu. „Ich habe hier noch nie ein Niddach-Kind gesehen. Du wirkst vielleicht schon ungewöhnlich ..."

Nick hatte keine Zeit, etwas Kluges dazu zu sagen, denn in diesem Moment trat ein hoch gewachsener Mann mit dunkler Haut aus dem Wald und näherte sich ihnen. Er hatte ein scharf geschnittenes, dunkelbraunes Gesicht und stechende schwarze Augen. Seine Kleidung war strahlend weiß, und er trug einen weißen Turban.

„Ramesh!", flüsterte Elmaryn und schob sich vor Nick, in der Hoffnung, seine auffällige Bekleidung zu verstecken.

„Eine Menge Kinder, aha?", sagte der Mann in schwerfälligem Edoneysisch. „Wohin geht ihr? Geht spielen und macht nichts Dummliches!" Er machte eine verscheuchende Geste mit der Hand.

Elmaryn sagte hastig: „Ja, Herr!", und sie wollten sich schnell an Ramesh vorbeidrücken. Doch da fiel sein Blick auf Nick.

„Wer bist denn du, Erdenjunge?", fragte er scharf auf Englisch. „Sollte ich dich kennen? Was machst du hier?" Jetzt betrachtete er auch die anderen Gestalten näher. Sipwit machte abwehrende Bewegungen mit den Händen, so als könne er Ramesh' Blicke dadurch von sich fern halten.

Nick schluckte. Wie wäre es, wenn sich die Verbindung jetzt öffnete und ihn verschwinden ließe? Leider passierte rein gar nichts! Nicks Finger schoben sich in die Hosentasche, wo er den Mondstein aufbewahrte. In diesem Augenblick legte ihm jemand von hinten eine Hand auf die Schulter, und eine Frauenstimme sagte auf Englisch: „Vergeben Sie mir, Herr! Ich habe ihn hergebracht."

Fünf Köpfe fuhren herum.

Hinter Nick stand eine Frau, die wie ein Dienstmädchen gekleidet war. Einen Augenblick lang dachte Nick, es wäre Angela. Sie musste aus einem der Dienstbotenhäuser gekommen sein. Die Türe stand noch offen. Ihre Stimme klang demütig, doch sie blickte Ramesh dabei fest in die Augen.

Ramesh funkelte sie wütend an. „So? Ohne mich zu fragen? So geht das aber nicht! Ich bin hier der Herr!"

Die Frau antwortete nicht, sie stand nur hinter Nick und sah Ramesh an.

„Ist wohl Ihr Sohn, oder?", knurrte Ramesh etwas milder. „Und Sie haben niemanden, der auf ihn aufpasst, ja, ja, diese Geschichte kenne ich schon! Also, von mir aus kann er hier bleiben. Ja, ja. Ich bin einfach zu nachgiebig!" Er schüttelte den Kopf, als wundere er sich über seine eigene Großzügigkeit. Dann beugte er sich vor und sah die Frau drohend an. „Dass er aber keine Dummheiten macht! Er bleibt im Dienstbotenbereich, verstanden?! Von mir aus kann er auch im See schwimmen gehen, aber er geht nicht ... äh, zu irgendwelchen *Plätzen*, ist das klar? Das ist ja kein Kinderheim hier!"

Ohne eine Antwort abzuwarten, rauschte er in Richtung Villa davon. Die Kinder blickten ihm verdattert nach.

„Was hat er gesagt?", fragten Elmaryn und die Zwerge, die kein Englisch verstanden, im Chor.

Nick zitterten die Knie. Dieser Ramesh hatte etwas an sich, das einem Angst machen konnte – selbst wenn man sich nicht gerade verbotenerweise auf seinem Grundstück aufhielt! Dann fiel ihm die Frau ein, die ihm gerade aus der Patsche geholfen hatte. Wer war sie? Warum hatte sie das getan? Er drehte sich nach ihr um.

Ohne ein weiteres Wort war das Dienstmädchen wieder auf die offen stehende Tür des kleinen Hauses zugegangen. Nick wollte ihr etwas nachrufen – doch in diesem Augenblick bemerkte er einen zarten goldenen Schimmer aus tanzendem Licht um ihre Gestalt. *Wie ein Sonnenstrahl, der sich im Wasser spiegelt, so ungefähr ...*

„Das ... das war ein Mal'ach??"

Tamael nickte. Er sah ganz blass aus. „Das ist heute schon das zweite Mal, dass ein Mal'ach zu dir kommt!", stammelte er fassungslos. Sipwit erschauerte. Vor Ehrfurcht, vermutlich.

Nick starrte der Frau hinterher, die in das Haus trat und die Tür hinter sich schloss. Ohne Zweifel löste sie sich da drin gerade in Luft auf – oder in goldenes Licht oder sonstwas.

„Los, komm!" Elmaryn riss ihn aus seiner Erstarrung. „Ich wohne da drüben. Du ziehst jetzt ein paar Sachen von mir an!" Sie zog ihn zu einem der weiter entfernten Häuschen.

Nick war noch ganz benommen von dem, was eben geschehen war. „Das war ein Mal'ach?", stammelte er verwirrt. „A ... aber ... sie hat *gelogen!* Darf denn ein Mal'ach sowas?"

„Sie hat doch nicht gelogen!", widersprach Tamael.

„Doch. Sie hat behauptet, ich wäre ihr Sohn!"

„Hat sie nicht! Ramesh hat das gesagt, nicht sie! Sie hat bloß gesagt, dass sie dich hergebracht hat."

„Und? Hat sie das?"

Tamael zog die Schultern hoch. „Irgendjemand öffnet die Verbindung für dich", meinte er. „Glaubst du nicht, dass das ein Mal'ach tut?"

Nick runzelte nachdenklich die Stirn. Das war ihm ein bisschen zu hoch.

Sie hatten die Hütte erreicht, in der Elmaryn wohnte. Elmaryn nestelte einen Gegenstand aus ihrem Hemd, den sie an einer Schnur um den Hals trug. Es war der Haustürschlüssel.

„Ich möchte wissen, wozu die Niddachs *das* brauchen!", ärgerte sie sich, als sie unbeholfen aufzusperren versuchte. „Hier bei uns brauchen wir so etwas nicht!"

„Wird denn nie etwas ... äh ..." Nick suchte nach dem Wort für „gestohlen", aber es fiel ihm nicht ein. „ ... etwas weggenommen, was einem nicht gehört?", vollendete er den Satz umständlich.

Die anderen sahen ihn erstaunt an.

„Nein, wieso?", wunderte sich Tamael. „Wenn jemand etwas haben will, was mir gehört, kann er mich doch darum bitten! Warum sollte er es mir wegnehmen?"

Er schien es tatsächlich nicht zu verstehen. Edoney war doch ein seltsamer Ort!

Elmaryns Kleider waren Nick ein wenig zu groß, aber die Mode hier schien ohnehin weite, schlabbrige Sachen vorzuschreiben. Nick zurrte Elmaryns Hose mit einem Gürtel zusammen und ließ eines ihrer Hemden locker drüberhängen. Das war schön luftig, was in der Mittagshitze durchaus ein Vorteil war. Sogar zu Sandalen ließ er sich überreden. („Uh!", sagte Elmaryn, als er die Turnschuhe auszog, „was ist denn *das* für ein Geruch?!") Seine Jeans, das Pikachu-T-Shirt und die Schuhe stopfte er zu Angelas Lunchbox in den Schulrucksack. Jetzt war er von Tamael wirklich nur mehr mit Mühe zu unterscheiden. Jedenfalls würde er hoffentlich kein Aufsehen mehr erregen.

*

„Ramesh hat wirklich gesagt, du sollst nicht zu ‚*irgendwelchen Plätzen*' gehen?", wiederholte Piersek. Nick und Tamael versuchten sich möglichst genau daran zu erinnern, was Ramesh gesagt hatte.

„Ja", bekräftigte Tamael. „‚Irgendwelche Plätze', hat er gesagt. Das heißt, er hat etwas zu verbergen. Etwas, was niemand finden soll, nicht mal zufällig."

„*Entführte Zwerge!*", flüsterte Piersek.

„Zu mir hat er auch immer gesagt, ich soll in der Nähe der Villa bleiben", stimmte Elmaryn zu. „Zum Kraftwerk und zu den Baracken sollte ich nicht gehen."

„Na, worauf warten wir dann?" Nick war voll Tatendrang.

Sie durchquerten den Fluss an einer seichten Stelle und schlichen im Schutz des Waldes hügelan auf die Baracken zu. Plötzlich stieß Elmaryn einen unterdrückten Schrei aus.

„Was ist denn los? Hat dich was gebissen?", fragte Tamael erschrocken.

„Nein ... Es ist nur ... Es ist längst Zeit für das Mittagsgebet ... Schau nur, wo die Sonne schon steht! Und wie schmutzig ich bin! So kann ich El-Schaddai doch nicht unter die Augen treten!"

Ohne weitere Kommentare abzuwarten, rannte sie zum Fluss zurück und wusch sich hastig Gesicht und Hände. Nick und die Zwerge sahen ihr verblüfft nach.

„Was hat sie denn plötzlich?", grummelte Sipwit. „Sie bringt unsere ganze Expedition in Gefahr! Wozu nehmen wir sie überhaupt mit? Sie ist weder von El-Schaddai gesandt, noch hat sie irgendwie mit der Sache zu tun! Kommt, lasst uns einfach weitergehen!"

„Sie kennt sich hier aus", wandte Piersek vorsichtig ein. „Das könnte doch eine Hilfe sein, meinst du nicht?"

„Ach Unsinn! Wozu muss man sich hier auskennen? Jeder

kann sehen, wo wir hin müssen, das ist doch kein Kunststück! Außerdem kann sie nicht mal Niddachisch. Wieso sollte sie eine Hilfe sein?" Schon ging Sipwit mit großen Schritten weiter bergauf.

„So warte doch!", rief Nick ihm nach. „Es dauert doch nicht lange ... oder?" Er sah sich fragend nach Tamael um, doch der zuckte die Achseln.

„Keine Ahnung, wie lange das Mittagsgebet dauert."

„Dann essen wir eben so lange was." Nick setzte sich auf den Boden und packte sein Lunchpaket aus. „Hier, für dich! Magst du auch etwas, Piersek?"

„Oh, danke sehr!" Der Zwerg errötete bis in sein blondes Haar. „Das ist sehr freundlich. Welche Ehre!" Er nahm ein Sandwich entgegen, und seine abstehenden Ohren glühten. Das Brot war mit Salami belegt – etwas, das den Edoneysiern, die ja keine toten Tiere verzehrten, völlig unbekannt war. Sipwit war schon außer Reichweite.

Elmaryn kniete inzwischen mit erhobenen Armen am Ufer des Flusses auf einem großen, flachen Stein und streckte ihr Gesicht in die Höhe. Sie hielt die Augen geschlossen und bewegte die Lippen. Was sie sagte, konnte man wegen des Wasserrauschens nicht richtig verstehen. Es schien eine Art Singsang zu sein.

„Was soll das eigentlich werden?", erkundigte sich Nick.

„Also ... ich glaube, die Lematai opfern Yahobai zu bestimmten Zeiten bestimmte Gesänge oder Gebete ...", murmelte Tamael unsicher.

„Ich glaube", piepste Piersek, „also, falls ich auch etwas sagen darf ... oh ja, danke, sehr freundlich ... also, sie wollen El-Schaddai damit eine Freude machen. Ihm zeigen, dass sie an ihn denken und so. Wir Zwerge opfern ihm ja auch unsere schönsten Schnitzwerke, um unsere Liebe zu beweisen." Das war für den schüchternen Piersek eine enorm lange Rede gewesen. Erleichtert, dass er fertig war, biss der Zwerg in sein Sandwich.

„Und dafür muss sie sich erst waschen?", fragte Nick befremdet. „Mag Yahobai sie denn nicht, wenn sie staubig ist?"

„Ich denke, das glaubt sie", meinte Tamael achselzuckend. „*Ich glaube, dass es ihm egal ist.*"

Sie opfern zu bestimmten Zeiten ... Plötzlich durchfuhr Nick ein glühend heißer Schreck. Bestimmte Zeiten? Wie spät war es eigentlich auf der Erde? Er warf einen schnellen Blick auf seine Uhr. Fast sechs Uhr, während es hier erst früher Nachmittag war! Angela würde ihn demnächst zum Abendessen rufen und dann feststellen, dass er verschwunden war!

„Ich muss nach Hause", sagte er hastig und blickte um sich, wo sich die Verbindung wohl öffnen wurde. Doch nirgends war ein Loch zu sehen.

„Ich muss nach Hause!", wiederholte er lauter und panischer, doch das Flimmern in der Luft blieb aus. Nick kapierte das nicht. Bisher hatte sich die Verbindung doch immer geöffnet, wenn es nötig war! Wieso ließ sie ihn diesmal im Stich?

Der Mondstein kam ihm in den Sinn. Er hatte ihn in die Tasche von Elmaryns Hose gesteckt, um ihn immer griffbereit zu haben. Jetzt schloss er die Faust um ihn und murmelte: „Öffne die Verbindung, damit ich Angela sehen kann!"

Tamael beobachtete ihn argwöhnisch, doch im nächsten Moment wurde er abgelenkt. Die Luft über dem Fluss erzitterte. Ein kleines Loch erschien, kaum groß genug, um den Kopf durchzustecken. Dahinter konnte man die Küche in Nicks Wohnung sehen, und Angela, die sich am Herd zu schaffen machte.

Nick erschrak. So war das nicht gemeint! Wenn Angela sich jetzt umdrehte, würde sie das Loch sehen, das aus ihrer Sicht ungefähr mitten im Eiskasten sein musste, und dahinter einen Urwald und Nick in fremdländischer Kleidung ... eine glatte Katastrophe! Nick griff mit beiden Händen nach dem Loch und versuchte es zuzudrücken. Ebensogut hätte er versuchen können, Rauchkringel einzufangen. Er griff einfach ins Leere.

„Zumachen, zumachen!", zischte er zwischen zusammengebissenen Zähnen. Das war erst recht ein Fehler, denn nun hatte Angela ihn gehört und drehte sich um ...

Sie schrie nicht auf. Sie erstarrte nicht. Sie blickte Nick durch das Loch hindurch direkt in die Augen und sagte freundlich: „Ah, Nick, da bist du ja! Möchtest du etwas essen?"

Nick war so überrascht, dass er nur „Ja ... bitte" herausbrachte.

„So wie du aussiehst, hast du es bestimmt eilig, wieder spielen zu gehen", meinte Angela freundlich. „Hier!" Sie reichte ihm ein Brot mit kaltem Braten, ein hartes Ei und einen Apfel durch das Loch, so als ob sie es völlig normal finden würde, Essen durch eine kleine Öffnung in eine ferne Welt zu schieben. Nick begriff gar nichts mehr. Sah Angela nicht, wo er war? Dachte sie womöglich, er wäre bei ihr in der Küche?!

„Danke", stotterte er verwirrt. „Ich ... ich geh dann wieder, ja?"

„Viel Spaß!", wünschte sie, und dann schloss sich das kleine Loch auch schon wieder.

Nick glotzte verwundert auf das Essen in seiner Hand.

„Magst du es nicht?", fragte Tamael. Nick reichte ihm das Brot; er verputzte es und meinte: „Nicht schlecht, euer Essen. Schmeckt ganz anders als unseres!"

Nick beschloss, ihm lieber nicht zu verraten, dass kalter Braten aus totem Schwein gemacht wurde.

Elmaryn schien mit ihrem Mittagsgebet fertig zu sein. Sie schloss sich wieder der Gruppe an. Nick gab ihr den Apfel und das Ei, und sie stiegen weiter den Hügel hinauf.

Bei den Baracken

Zwei lange, hässliche Baracken standen halb in den Hang gebaut. Sie bestanden aus Holz, hatten große, vergitterte Milchglasfenster und waren mit Wellblech gedeckt. Sipwit wartete am Fuß eines großen Baumes auf sie.

„Da kommt ihr ja endlich! Hier gibt's überhaupt nichts Interessantes. Ich hab alles schon gesehen", bemerkte er.

„Aber durch diese Fenster kann man doch gar nicht schauen?", fragte Piersek unsicher.

„*Ich* hab genug gesehen!", behauptete Sipwit.

„Auf dem Dach gibt es Belüftungsklappen!", stellte Nick fest. „Kommt, wir steigen da rauf und schauen hinein!"

Die Hütten waren so in den Hang gebaut, dass man auf der einen Seite von der Böschung direkt auf das flache Dach treten konnte. Sie kletterten hinauf.

„Leise!", mahnte Tamael. „Falls jemand drin ist, hört er uns auf dem Dach gehen!"

In diesem Augenblick öffnete sich die Türe der gegenüberliegenden Baracke, und ein Mann trat heraus. Alle fünf warfen sich flach auf den Bauch. Er schien sie nicht bemerkt zu haben.

Nick hob vorsichtig den Kopf und spähte über den Rand des Daches. Zu seiner Überraschung trug der Mann edoneysische Kleidung aus Leder und hatte Pfeil und Bogen bei sich. Er hielt eine Flasche an die Lippen und nahm einen kräftigen Zug daraus, bevor er ein paar Schritte in den Wald hineinging.

„Das war ein Jäger!", flüsterte Tamael.

„Ich habe gedacht, hier gibt es nur Niddachs!", wisperte Piersek. „Was macht der denn hier?"

„Ich habe doch gesagt, hier laufen eine Menge Leute aus allen möglichen Völkern herum", erklärte Elmaryn leise. „Jäger gibt's besonders viele. Das ist nicht ungewöhnlich."

„Er hat aus einer Niddach-Flasche getrunken", stellte Nick fest.

„Na ja, warum auch nicht?", meinte Elmaryn.

„Entschuldigt ... vielleicht wäre es klug, jetzt erst einmal in dieses Haus zu schauen ... wo wir schon da sind ...?", schlug Piersek vor.

Da hatte er natürlich Recht. Sie schoben sich leise auf dem Bauch bis zur nächsten Lüftungsklappe vor, die weit offen stand. Und das mit gutem Grund: aus dem Inneren der Baracke quoll nämlich gelblicher, übel riechender Dampf. Nick, der seinen Kopf durch die Klappe gesteckt hatte, musste ihn schnell wieder zurückziehen und hustete.

„Pfui, was ist denn das?"

„Lass mich mal!" Tamael schob ihn zu Seite. Er hielt den Atem an und spähte durch die Öffnung. Mit der Hand versuchte er den Dampf beiseite zu wedeln, damit er etwas sehen konnte. Seine Augen begannen zu tränen. Er zog den Kopf zurück und atmete tief durch.

„Ich sehe ein paar Niddachs da drin", berichtete er. „Und jetzt weißt du, warum sie Niddachs heißen! Siehst du, wie sie die Luft verpesten?"

„Was bedeutet denn ‚Niddach' eigentlich?", erkundigte sich Nick.

„Schmutzleute."

„Oh."

„Sie haben alle weiße Mäntel an und Glasscheiben vor den Augen. Es gibt eine Menge seltsame Geräte, mit Hebeln und Knöpfen und blinkenden Lichtern. Mehr konnte ich nicht sehen."

Die Zwerge, die inzwischen ihr Glück versucht hatten, husteten jetzt auch und rieben sich die Augen. Nick und Elmaryn hielten die Luft an und schauten durch die Klappe.

In dem Gebäude schien eine Art Labor untergebracht zu sein. Nick hatte etwas Ähnliches einmal bei Dad in der Universität gesehen. Direkt unter ihnen wurde eine gelbliche Flüssigkeit in einem Glaskolben gekocht. Es blubberte und zischte, ratterte und piepste. Der Geruch war erstickend. Irgendwie nach Knoblauch. Dennoch schien das Ganze jedenfalls keine Küche zu sein!

Nick musste dringend atmen. Er zog den Kopf aus der Klappe, drehte sich weg und keuchte.

„Und was jetzt?", fragte Sipwit. „Ich glaube kaum, dass das Zwerge sind, was da unten gekocht wird!"

„Wie kannst du nur so schreckliche Sachen sagen!", entsetzte sich Elmaryn.

„Ja, genau", stimmte Piersek flüsternd zu. „Mein Bruder ist auch verschwunden, und ich hoffe, dass er noch lebt!"

„Nun, ich sagte doch, dass das bestimmt *keine* Zwerge sind da unten, oder? Und übrigens ist mein Cousin auch dabei!", brummte Sipwit.

„Ich denke, dass Sipwit Recht hat", ließ sich Tamael vernehmen. „Auch wenn diese Küche sehr verdächtig ist und bestimmt etwas Merkwürdiges hier vorgeht – wir sollten das ein anderes Mal erforschen. Jedenfalls finden wir die Zwerge hier nicht."

„Na gut. Ich will aber auch noch in die andere Hütte schauen", beschloss Nick.

Sie kletterten wieder auf den Hang und gingen zum Dach der anderen Baracke. Auch hier gab es Lüftungsklappen, allerdings stank es nicht heraus, und darum waren sie auch nur halb geöffnet.

Nick schob sich bis zu einer Öffnung vor und spähte hinein. Der Spalt war so schmal, dass er den Kopf nicht hineinzwängen konnte. Darum sah er nur einen Stapel Kisten, die an der Wand lehnten. Wie er sich auch drehte und wendete, mehr konnte er nicht erblicken.

„Lass mich mal!", flüsterte Sipwit. „Ich bin kleiner, ich passe durch den Spalt!"

Er schob den Kopf hinein. „Halte mich an den Füßen fest!", murmelte er nach hinten. „Dann kann ich noch weiter vor!"

Nick und Tamael ergriffen jeder einen Fuß, und Sipwit zwängte den ganzen Oberkörper durch die Lüftungsklappe.

„Siehst du schon was?"

Plötzlich stieß der Zwerg einen schrillen Schrei aus. Nick hätte vor Schreck fast sein Bein losgelassen. „Zieht mich raus! Schnell!", kreischte Sipwit. Sie zogen hastig an seinen Füßen, doch Sipwit fuchtelte in seiner Panik so mit den Armen, dass er sich im Spalt verfing. Es dauerte ein paar Sekunden, bis sie ihn ganz auf das Dach gezogen hatten. In dieser kurzen Zeit war ein grobschlächtiger, unrasierter Niddach in riesigen Jeans, die von bunten Hosenträgern gehalten wurden, aus dem Gebäude gestürzt. Er brüllte etwas, das niemand verstehen konnte, und kletterte mit langen Schritten die Böschung hoch. In seiner Hand blitzte etwas.

„Lauft!", schrie Nick. „Er hat einen Revolver!"

Die anderen wussten nicht, was ein Revolver war (Nick hatte das deutsche Wort benutzt), aber die Panik in seiner Stimme verlieh seiner Aufforderung genügend Nachdruck. Hals über Kopf stürzten sie über das Wellblech davon.

Der Niddach hatte das Dach erreicht und schrie auf Englisch: „Halt! Stehen bleiben, ihr Bande!"

Elmaryn stolperte auf dem gewellten Untergrund und schrie auf, als ihr Knie auf das Blech krachte. Piersek mühte sich vergeblich, ihr aufzuhelfen, bis Nick ihm zu Hilfe kam.

„Halt, oder ich schieße!", brüllte der Niddach am anderen Ende des Daches und zielte.

Nicks linke Hand zog Elmaryn in die Höhe; seine Rechte fand ganz allein den Weg in die Hosentasche. Zitternd umklammerte er den Mondstein und rief: „Rette uns!"

Ein Schuss krachte. Pfeifend sauste eine Kugel über ihre Köpfe hinweg. Der Niddach machte einen Schritt, stolperte über die Wellen im Blech und fiel der Länge nach hin. Nick und Piersek zerrten Elmaryn vorwärts. Nach zwei Schritten war das Dach zu Ende. Ohne zu zögern sprangen sie, schlugen hart auf dem Schotter auf, rollten eine dornenbewachsene Böschung hinunter und blieben im Unterholz liegen. Oben hörten sie den Niddach fluchen. Seine Schritte klangen hohl auf dem Blechdach.

Nick hatte Elmaryn im Fallen losgelassen. Jetzt sah er sie unweit von ihm auf dem Boden liegen. Sie versuchte, noch ein paar Schritte tiefer in den Wald zu robben, und die anderen taten es ihr gleich.

Der Niddach musste das Ende des Daches erreicht haben. Sie hörten, wie er sprang und dumpf auf dem Boden aufschlug. In panischer Angst rappelten sie sich auf und stolperten, so schnell es ging, tiefer in den Wald hinein.

Im nächsten Augenblick krachte wieder ein Schuss, und ein durchdringender Schrei ließ ihnen das Blut in den Adern gefrieren.

„Aaaahrg!" Der Niddach brüllte wie am Spieß. Entweder hatte er sich beim Sprung verletzt, oder der Schuss hatte ihn selbst getroffen. Andere Männerstimmen wurden laut. Alle schrien durcheinander. Die Kinder rannten, so schnell sie konnten, ins Dickicht. Schon hörten sie Schritte, die ihnen nacheilten, aber der Verfolger verfing sich in den Dornen und fluchte laut.

Endlich wurde es oben ruhiger. Die Niddachs schienen sich um den Verletzten zu kümmern und verzichteten anscheinend darauf, ihnen durch das Dornengestrüpp zu folgen.

Sie ließen sich hinter einem dichten Strauch zu Boden sinken. Ihre Herzen klopften wie Presslufthämmer.

„El-Schaddai sei Dank!", fiepte Piersek mit zitternder Stimme.

„Was war das?", fragte Tamael, der ganz blass aussah. „Was ist ein Re-vol-ver?"

Nick erklärte es ihnen. Die anderen konnten gar nicht fassen, dass die Niddachs Geräte hatten, die nur dem einen Zweck dienten, einander zu verletzen.

„Was für ein schrecklicher Ort ist Hamartin!", flüsterte Piersek.

Nick merkte plötzlich, dass er sich beide Knie böse aufgeschrammt hatte. Die Hose, die Elmaryn ihm geliehen hatte, war zerrissen und blutverschmiert. Auch Gesicht und Arme hatten von den Dornen ein paar tiefe Kratzer abbekommen. Den anderen schien es nicht besser zu gehen. Tamael blutete am Arm, und Elmaryn umklammerte stöhnend ihr Knie.

Eine Zeit lang saßen sie schweigend und betasteten ihre Verletzungen. Zum Glück schien sich keiner was gebrochen zu haben.

„Lass mal sehen", sagte Nick leise zu Elmaryn und schob ihre Hände vom Knie weg.

Was er sah, verblüffte ihn. Er hatte Schrammen, hervorquellendes Blut und in die Haut gebohrte Dornen erwartet, oder doch zumindest einen blauen Fleck, doch er sah – nichts. Elmaryns Haut war glatt und unversehrt wie braune Seide.

Warum stöhnte sie dann so und tat, als hätte sie sich wer weiß wie verletzt? Nick mit seinen Heldenknien sah viel beschädigter aus – und er stöhnte viel weniger!

„D ... das wird schon wieder", murmelte er unter Überwindung. Da sah man mal wieder, wie wehleidig Mädchen doch waren!

„Falls ihr alle gehen könnt", flüsterte Sipwit, „schlage ich vor, dass wir unauffällig verschwinden! Ich glaube, hier gibt es nichts mehr zu sehen!"

„Was war denn nun in der Hütte?", fragte Tamael.

„Eine Menge Kisten, eine Menge Flaschen, ein paar Niddachs und ein paar Jäger. Nichts Interessantes."

„Entschuldige ... hast du nichts gesehen, was irgendeinen Hinweis auf die verschwundenen Zwerge gibt?", fragte Piersek.

„Leider nicht."

„Was geht hier nur vor sich?", wunderte sich Nick. „Was machen die Niddachs da drin? Irgendwas Merkwürdiges ist hier doch los. Was kochen sie da in ihrem Labor?" Sie hatten sich aufgerappelt und wanderten hügelabwärts von den Baracken weg. Elmaryn hinkte ein wenig.

„Was immer hier los ist", begann Sipwit, „es hat offenbar nichts mit unseren Brüdern zu tun. Ich glaube nicht, dass wir noch etwas finden. Wir sollten die Suche morgen fortsetzen. Vielleicht suchen wir doch noch mal nach Spuren einer Schlange. Ich gehe jedenfalls jetzt nach Hause und suche morgen beim Bergwerk weiter."

„Hm." Nick verstand das Ganze nicht. Was war mit dem Knopf, den sie beim Bergwerk gefunden hatten? Wie war der dorthin gekommen? Das konnte doch kein Zufall sein! Und hatte nicht Yahobai selbst ihm heute Morgen den Tipp gegeben, bei den Niddachs nachzuspüren?

Tamael riss ihn aus seinen Gedanken. „Was hältst du davon, wenn wir Odly einen Besuch abstatten? Es ist noch nicht spät, dafür ist noch lange Zeit. Ich möchte wissen, ob es ihm schon besser geht!"

„Ja ... gute Idee."

„Scht!" Piersek sprang plötzlich zurück und bedeutete den anderen, still zu sein. „Da ist jemand!"

Er deutete vor sich in den Wald. Jetzt sahen es alle: Ein Stück vor ihnen saß ein Mann auf dem Boden und lehnte sich gegen einen Baum. Es war ein Jäger. Sein Kopf pendelte hin und her, und er brabbelte vor sich hin.

Sie verharrten hinter einem Baum und wagten nicht zu atmen. Der Mann schien sie nicht bemerkt zu haben.

„Was ist denn mit dem los?", fragte Tamael nach einiger Zeit beunruhigt. „Er benimmt sich so merkwürdig!"

Nick nahm ein kleines Hölzchen vom Boden auf und warf es nach dem Jäger. Obwohl er ihn an der Schulter traf, nahm der Mann keine Notiz davon. Der Jäger lallte vor sich hin, ohne aufzusehen.

„Ob er krank ist?", flüsterte Elmaryn.

Sie standen jetzt vor ihm. Dennoch schien er sie nicht wahrzunehmen. Nick beugte sich vor und schnupperte. „Der ist vollkommen betrunken!", bemerkte er plötzlich. „Schaut euch das an! Er hat eine Niddach-Flasche in der Hand, genau wie der andere, den wir vorhin bei der Baracke gesehen haben!"

„Hat er ... etwas Giftiges getrunken?", fragte Piersek besorgt.

Nick schüttelte den Kopf. „Das ist Alkohol!" Wieder einmal musste er das deutsche Wort benutzen. „Es ist etwas, was ... na ja, es macht einen schwindlig im Kopf ... Die Niddachs trinken es gerne, weil sie ..." Ja, warum eigentlich? Er hatte schon manchmal auf finsteren Plätzen in London und Wien Versammlungen von Obdachlosen und Drogensüchtigen gesehen. Mummy hatte ihm erklärt, dass diese Menschen von Alkohol und Drogen abhängig waren, aber *warum* sie das waren, das hatte er nie so recht verstanden. „Also ... ich denke, sie mögen dieses Gefühl ..."

„Er braucht Hilfe!", stellte Elmaryn fest.

„Ach nein, das geht von alleine wieder weg."

„Bist du sicher?"

„Eigentlich schon."

„Na, wie du meinst."

Sie überließen den Betrunkenen sich selbst und zogen weiter. Nick kam das alles sehr merkwürdig vor. Warum versorgten die Niddachs die Jäger mit Alkohol? Und was kochten sie in ihrem Labor? War das vielleicht eine Schnapsfabrik? Nick hatte keine Ahnung, wie Schnaps hergestellt wurde. Und wozu das Ganze? Was war in den vielen Kisten, die sie in der zweiten Baracke gesehen hatten? Und vor allem: Wo waren die Zwerge? Er seufzte. Sie hatten keine der bisherigen Fragen gelöst, nur eine Menge neue Rätsel gefunden. Wie sollte das weitergehen?

„Entschuldigung ... wenn es euch nichts ausmacht ...", meldete sich Piersek zu Wort, „dann würde ich gerne mit euch kommen, und den Drachen kennen lernen ..."

„Ja, gern, warum nicht?"

„Aber ..." Pierseks große Ohren färbten sich rosa. „Ihr seid ganz sicher, dass er ... äh ... keine Zwerge frisst?"

„Absolut."

„Dann ist es gut."

„Ich möchte auch mitkommen", sagte Elmaryn. „Wenn es euch recht ist."

„Klar."

„*Ich* gehe nach Hause und ruhe mich für morgen aus", verkündete Sipwit. „Seid gegrüßt!" Er verbeugte sich ehrerbietig und zog seine kleine Kappe.

„Sag bloß nicht ‚Ehrwürdiger'!", fiel Nick ihm schnell ins Wort. „Und sei auch gegrüßt."

Sipwit schritt in Richtung See davon.

„Ich muss aber erst meinem Vater Bescheid sagen, wenn ich die Niddach-Siedlung verlasse", sagte Elmaryn. „Es dauert nicht lange."

Sie schwenkten auf einen Weg, der sie zu den Häusern zurückführte. Unterwegs blieb Nick mit Tamael zurück.

„Hast du das auch gesehen?", flüsterte er. „Sie ist wie wir durch die Dornen gerollt und hat keinen einzigen Kratzer davongetragen! Wie ist das möglich?"

„Ich hab dir doch gesagt, sie ist eine Lematai!", flüsterte Tamael zurück.

„Und was bedeutet das?"

Tamael seufzte. „Ich vergesse immer wieder, dass du ja keine Ahnung hast. Also, die Lematai tragen eine ... hm ... eine Überhaut."

„Was??"

„Eine Art zweite Haut über ihrer eigenen. Sie ist glatter und sauberer als normale Haut. Und vor allem schließt sie sich sofort wieder, wenn sie verletzt wird. Wie sie das machen, weiß ich nicht genau."

„Du meinst ... du meinst, Elmaryn hat genau solche Schrammen und blaue Flecken wie wir, aber unter ihrer Überhaut sieht man sie nicht?"

„Genau."

„Aber ..." Nick konnte es nicht fassen. „Wie sollen die Verletzungen denn heilen, wenn keine Luft dran kann?" Dad predigte ihm immer, wie wichtig frische Luft auf offenen Wunden war. Nick hatte in seinem unfallträchtigen Leben ja auch reichlich Gelegenheit gehabt, diesen Rat zu erproben. „Wozu soll denn das gut sein?!"

„Ich glaube ...", setzte Tamael unsicher an, „sie wollen makellos sein ... um vor Yahobai hintreten zu können. Yahobai ist vollkommen und fehlerlos, und darum wollen sie auch ... äh ... unbeschädigt vor ihm stehen."

„So ein Unsinn!", empörte sich Nick, doch Tamael unterbrach ihn.

„Es ist sehr wichtig für sie. Du solltest dich nicht drüber lustig machen."

Nick verstummte ein wenig beleidigt. Doch Tamael hatte Recht. Was verstand er schon von Yahobai?

Die Verbindung

Sie näherten sich den Häusern der Niddach-Siedlung. Elmaryn hinkte noch immer ein wenig, und Nick fragte sich jetzt besorgt, welche hässlichen Verletzungen sich wohl unter ihrer glatten Haut verbergen mochten.

Elmaryn hielt direkt auf die Blockhütte zu, in der die Herrin wohnte. Sie folgten einem schmalen Pfad durch den dichten Urwald und traten in den Garten mit den tausend bunten Blumen, der die Hütte umgab. Die herrlichsten Farben erglühten in der Nachmittagssonne. Der Duft war betörend. Scharen von Schmetterlingen schaukelten von einer Blüte zur nächsten.

„Ist das schön!", flüsterte Piersek bewundernd.

Ein Mann in edoneysischer Kleidung trat gerade aus der Hütte und stürmte auf sie zu. Er hatte das gleiche blonde Kräuselhaar wie Elmaryn.

„Elmaryn!", rief er. „Geh jetzt nicht hinein! Komm mit mir! Sie will die Verbindung öffnen!"

Elmaryn blieb stehen. „Ja, Vater!", sagte sie gehorsam.

Er hielt ebenfalls an und sah fragend drein.

„Vater, das sind meine Freunde", stellte Elmaryn ihm vor. „Nick, Tamael und Piersek."

„Seid gegrüßt." Der Mann verbeugte sich würdevoll. „Ich bin Atrel, Priester der Lematai."

„Sei gegrüßt!", murmelten die drei.

„Sie sind auf der Suche nach ein paar verschwundenen Zwergen", erklärte Elmaryn. „Darf ich ihnen dabei helfen?"

Atrel prüfte den Stand der Sonne und überlegte. „Es ist jetzt Zeit für den Nachmittagsgesang", stellte er fest.

Elmaryn schlug erschrocken die Hand vor den Mund. „So spät schon?"

„Komm mit mir. Danach kannst du mit deinen Freunden gehen. Aber du musst dich von allem fern halten, was dich unrein macht!"

„Natürlich, Vater."

Atrel setzte sich wieder in Bewegung und ging mit langen Schritten auf die Dienstbotenhäuser zu.

„Wir warten hier auf dich, Elmaryn!", rief Nick ihr nach. Und als die beiden zwischen den Bäumen verschwunden waren, drehte er sich zu Tamael und Piersek um und sagte: „Ich möchte mir anschauen, wie die Herrin die Verbindung öffnet!"

Piersek riss die Augen auf. „Oh ... verzeih, wenn ich es wage, dir zu widersprechen ... Aber ... ist das nicht gefährlich?"

„Warum sollte es?" Nick warf einen fragenden Blick auf Tamael.

„Na ja ... Wenn sie die Verbindung öffnen kann, dann hilft ihr entweder Yahobai ... oder Aphanes", flüsterte er und sah ebenfalls erschrocken drein.

„Ja ... und?" Verwirrt sah Nick von einem zum anderen.

„Nun ... es ist gefährlich, sich in die Nähe von Aphanes zu begeben ...", wisperte Piersek.

„Wieso?"

„Aphanes ist *böse!*" Tamael warf beide Hände in die Luft. „Er ist der *Feind* Yahobais!"

„Und ich bin der Gesandte, hast du das vergessen? Was soll mir schon passieren?" Nick ging zu der Blockhütte zurück. „Aber ihr könnt ja hier warten, wenn ihr euch nicht traut!"

Die beiden wechselten einen schnellen Blick.

„Also gut ...", sagte Piersek zögernd. „Ich komme mit."

„Ich auch."

Zu dritt schlichen sie durch die Blumen zum Fenster und spähten vorsichtig hinein.

Die Hütte bestand nur aus einem einzigen Raum, der mit einem großen Bett, einem Tisch und einem Waschtisch möbliert war. Das Bett war mit einem Überwurf aus bunten Flicken zugedeckt. Eine Frau saß am Tisch und studierte ein dickes Buch. Das musste dann wohl die Herrin sein. Sie war dünn und viel älter, als Nick sie sich vorgestellt hatte. Langes, stahlgraues Haar wallte offen über ihre Schultern, nur von einem bunten, aus kleinen Perlen gewebten Stirnband zusammengehalten. Die Herrin hatte eine Brille mit kleinen runden Gläsern und eine Menge Falten im Gesicht. Sie trug ein Batik-Hemd, das genauso aussah wie der Blumengarten rings um die Hütte, und schwarze Jeans.

„Achtung!", zischte Tamael.

Blitzschnell verschwanden die drei hinter der Ecke der Hütte, als ein Mann aus dem Wald kam. Es war Ramesh. Er ging eilig durch den Garten und verschwand im Haus. Sie hörten die beiden drinnen reden, konnten aber nicht verstehen, was sie sagten.

Nick wagte sich wieder unter das Fenster und spitzte die Ohren.

„Kommt nicht in Frage!", sagte die Herrin gerade auf Englisch. „Haschisch hilft den Menschen, ihr Bewusstsein zu erweitern. Aber Heroin ist gefährlich. Es macht süchtig und zerstört den Körper. Ich denke gar nicht daran, die Menschheit mit so etwas zu vergiften! Außerdem läuft das Geschäft doch sehr gut. Was willst du denn noch? Hast du nicht alles erreicht, was du wolltest?"

Ramesh erwiderte etwas, aber da er mit dem Rücken zum Fenster stand, konnte Nick ihn nicht verstehen.

„Wenn du das tust", sagte die Herrin scharf, „dann öffne ich die Verbindung nicht mehr!"

Darauf murmelte Ramesh etwas Beschwichtigendes, und sie sagte: „Dann lass uns endlich anfangen, ja?"

Sie nahm einen Käfig auf, der unterm Fenster gestanden war, so dass sie ihn bis jetzt nicht hatten sehen können. In dem Käfig saß ein schwarzes Huhn. Beide gingen durch den Raum und verließen die Hütte durch eine Tür auf der anderen Seite.

„Was jetzt?"

„Wir steigen aufs Dach!", schlug Tamael vor. Die Hütte war nicht sehr hoch. Sie stemmten Piersek hinauf, dann machte Tamael Nick die Räuberleiter, und zuletzt zogen sie Tamael hinauf. In zwei Minuten saßen sie wieder einmal auf einem Dach und spähten hinunter.

Hinter dem Haus standen zwei riesige Steinblöcke im Garten. Beide waren höher als das Haus und, soweit sie das von hier aus sehen konnten, über und über mit Bildern und Zeichen bedeckt. Der Abstand zwischen ihnen betrug vielleicht drei Meter.

„Was ist *das* denn?", wisperte Tamael.

„Psst!"

Die Herrin hatte das Huhn aus dem Käfig genommen und hielt es fest unter dem Arm. Ramesh wartete in einiger Entfernung vor den Steinblöcken. Er trug eine goldene Schale in der Hand, die mit schwarzem Pulver gefüllt war. Nick bemerkte mit einer gewissen Beunruhigung, dass der Himmel sich verdunkelt hatte, als ob ein Gewitter bevorstünde.

Jetzt begann die Herrin, um die Steinblöcke herumzugehen. Sie stimmte dazu einen eintönigen Singsang an und wanderte in Achterschleifen um die Steine. Es wurde noch finsterer. Die Atmosphäre war beklemmend. Irgendetwas lag in der Luft, eine Spannung, die ihnen Angst machte und ihnen die Atemluft abzudrücken schien.

Im nächsten Moment hätte Nick beinahe laut aufgeschrien. Mit einer schnellen Bewegung hatte die Herrin dem schwarzen Huhn den Kopf abgeschnitten. Blut spritzte. Das Tier zappelte und schlug mit den Flügeln, obwohl sein Kopf schon in der goldenen Schale lag, die Ramesh druntergehalten hatte. Nick presste die Hand vor den Mund. Tamael war kalkweiß im Gesicht, und Piersek sah aus, als würde er demnächst in Ohnmacht fallen.

Die Herrin ließ das Blut des Huhnes in einem Kreis um den linken Stein auf den Boden tropfen. Dann schritt sie – immer noch singend – zum anderen Stein und goss ebenfalls einen Kreis aus Blut herum. An der Spitze der beiden Steine begann es zu blitzen. Funken stoben heraus. Die Sonne hatte sich fast vollständig verdunkelt. Nick spürte plötzlich, wie der Mondstein in seiner Hosentasche zu rumoren begann. Er drehte sich und hüpfte. Sicherheitshalber legte er die Hand fest auf die Tasche.

Jetzt sprangen die ersten Funken von der Spitze des einen Steines bis hinüber zur Spitze des anderen. Die Herrin nahm eine Handvoll von dem schwarzen Pulver aus der goldenen Schale und warf es in die Luft. Violette und blaue Blitze schossen heraus wie

bei einem Feuerwerk. Zwischen den Spitzen der Steinsäulen bildete sich eine Brücke aus Feuer und Blitzen.

Und dann öffnete sich die Verbindung.

Zwischen den beiden Steinsäulen erzitterte die dunkle Luft, und plötzlich war der Blick frei auf das Innere einer großen, düsteren Halle mit schmutzigen Fensterscheiben.

Tamael biss auf seine Fingerknöchel. Piersek starrte die Szene mit weit aufgerissenen Augen an, als ob er versteinert wäre. Nick hielt den Atem an.

Auf der anderen Seite eilte ein Niddach in blauer Arbeitskleidung herbei und winkte einem zweiten zu. Dieser stieg in einen Lastwagen, der in der Halle parkte, und fuhr ihn rückwärts an die Verbindung heran, bis die Ladefläche des Wagens zwischen den Steinblöcken und unter dem Blitzbogen hindurch bis nach Edoney hereinreichte.

Ramesh gab ein Zeichen, und jetzt erst sahen die Kinder ein

paar Niddachs, die offenbar an der Wand der Hütte gewartet hatten. Mit großer Geschwindigkeit schleppten sie Holzkisten herbei, so wie die, die sie auch in der Baracke gesehen hatten, und stapelten sie auf die Ladefläche des Lastwagens. Die ganze Zeit über war kein Geräusch zu hören außer dem Brummen und Britzeln des Blitzbogens, das alles übertönte.

„Was ist wohl in den Kisten?", wisperte Tamael fast unhörbar.

Ja, das hätte Nick auch gern gewusst. Er hielt die Hand fest gegen den hüpfenden Mondstein in seiner Tasche gepresst und zuckte die Achseln. In diesem Augenblick robbte Piersek rückwärts zum Ende des Daches und ließ sich auf der Seite, die der Verbindung abgewandt war, zu Boden gleiten. *Der hat wohl genug*, dachte Nick.

Die Niddachs beluden noch mehrere weitere Lastwagen mit Holzkisten. Das Ganze dauerte eine gute halbe Stunde. Die Jungen auf dem Dach wagten nicht sich zu rühren. Besorgt dachte Nick an Piersek. Wohin er wohl verschwunden war?

Endlich war der letzte Wagen voll und fuhr davon. Jetzt sahen sie Horst, den blinden Mann, der immer schwarz angezogen war. Mit einem Blindenstock den Weg ertastend, ging er mit festen Schritten durch die Verbindung nach Hamartin hinüber.

Die Herrin trat zurück und hob die Hand.

„Ellamorne kabal be-elson!", schrie sie. Der Blitzbogen zuckte ein letztes Mal und brach dann in sich zusammen. Die düstere Fabrikhalle, die Lastwagen und Horst verschwanden. Die Luft erzitterte wie über Hitzedunst. Dann war nur mehr der Wald hinter den Steinsäulen zu sehen. Die Verbindung hatte sich geschlossen.

Die Jungen auf dem Dach atmeten auf. Das beängstigende Gefühl ließ nach. Noch wagten sie kaum sich zu rühren.

Die Niddachs hinter der Hütte zerstreuten sich. Ramesh und die Herrin gingen ins Haus. Die Sonne kam wieder hervor.

„Was jetzt?", flüsterte Tamael. „Wir können nicht runter, solange die beiden da drin sind!"

„Doch, auf der Schmalseite gibt es kein Fenster. Wenn wir dort runtersteigen, können sie uns nicht sehen." Nick ließ den Mondstein los, der sich beruhigt hatte, und schob sich auf dem Bauch vorsichtig vorwärts.

„Übrigens", hielt Tamael ihn zurück. „Was hast du da in der Tasche? Mir ist das schon aufgefallen, als wir vorhin auf der Baracke von dem dicken Niddach entdeckt wurden, und noch davor, als du die Verbindung zu deiner Wohnung geöffnet hast!"

„Ich zeig's dir, wenn wir unten sind." Nick hatte bereits seine Beine über den Rand geschwungen und ließ sich hinunterfallen. Ein paar Sekunden später war Tamael neben ihm. Gebückt schlichen sie durch den Blumengarten auf den Wald zu. Sie hatten Glück. Ramesh und die Herrin kamen nicht heraus.

Froh, diesen unheimlichen Ort verlassen zu können, rannten sie in einem Bogen zu den Dienstbotenhäusern zurück. Elmaryn saß auf der Stufe ihres Hauses und wartete auf sie, und zu ihrer großen Erleichterung saß Piersek neben ihr.

Der Besuch bei den Drachen

„Mensch, Piersek, wo warst du?", platzte Nick heraus.

„Verzeihung!" Der Zwerg senkte demütig den Kopf und ließ die Ohren hängen. „Ich hätte euch sagen müssen, wohin ich gehe ... Es war Unrecht von mir, euch zu beunruhigen ... aber eine große Ehre, dass ihr euch um mich sorgt ..."

„Ja ja, schon gut", unterbrach ihn Nick. „Hattest du Angst?"

„Ja", gab der Kleine zu. „Ich hatte sehr viel Angst. Aphanes war nahe, das konnte ich spüren. Aber verzeih, wenn ich dich berichtige: Das war nicht der Grund, warum ich wegging."

„Was dann?"

„Ich wollte nachsehen, was in den Kisten ist."

„Echt??" Nick staunte. So viel Mut hätte er dem schüchternen Piersek nicht zugetraut. „Und was ist drin?"

Der Zwerg machte ein ratloses Gesicht. „Getrocknetes Seilkraut." Sichtlich hatte er keine Ahnung, wozu das gut sein sollte, große Mengen von Seilkraut nach Hamartin zu schaffen.

Nick schossen die Worte der Herrin durch den Kopf: *Haschisch hilft den Menschen, ihr Bewusstsein zu erweitern.* Haschisch war eine Art Rauschgift, falls er sich richtig erinnerte. Konnte es sein, dass man aus Seilkraut Drogen herstellte? Handelten Ramesh und die Herrin mit Rauschgift?

Tamael unterbrach seine Gedanken und sagte scharf: „Jetzt zeig mir endlich, was du da in der Tasche hast!"

Aus irgendeinem Grund fühlte Nick sich so, wie wenn Frau Müller ihn dabei ertappte, wie er Bilder von fliegenden Drachen malte, statt sich auf die Backenzähne ausgestorbener Dinosaurier zu konzentrieren. Er wurde ein bisschen rot und holte zögernd den kleinen Lederbeutel aus der Tasche.

„Hier."

Tamael nahm den Beutel mit spitzen Fingern und schüttelte seinen Inhalt in die Handfläche.

„Oh!" Elmaryn und Piersek schrien erschrocken auf.

Tamael blickte Nick grimmig an. „Woher hast du das?", fragte er und hielt die beiden Steine so weit wie möglich von sich weg.

„Das ... das hab ich geschenkt bekommen ... bei meinem allerersten Besuch hier ..."

„Du Idiot!" Tamael stopfte die Steine in den Beutel zurück. „Weißt du nicht, was das ist?"

„Ein Mondstein!" Nick stemmte die Arme in die Hüften und sah Tamael herausfordernd an. Was fiel dem Kerl ein, ihn Idiot zu schimpfen?! „Er erfüllt Wünsche – und bisher hat es immer funktioniert!"

„So?!" Tamael warf den Beutel auf den Boden. „Und wenn du schon so klug bist, weißt du auch, *warum* das funktioniert? Ja?!"

„Nein! Und es ist mir auch egal!" Wütend stürzte Nick sich auf Tamael und stieß ihn zu Boden. Tamael versetzte ihm als Reaktion einen Faustschlag auf die Nase, und im Nu war eine erbitterte Rauferei im Gange.

„Hört doch auf!", schrie Elmaryn. Nick und Tamael rollten sich in grimmiger Umarmung über den Boden.

„Bitte ... nicht doch ... bitte!", stotterte Piersek.

Atrel wurde durch das Geschrei aufgestört und kam aus der Hütte heraus. „Was ist denn hier los? Elmaryn, was machen deine Freunde da?"

Nick und Tamael fuhren auseinander. Wirklich – was machten sie da? Verlegen standen sie auf klopften sie sich den Staub von den Kleidern.

Wir ... wir raufen nur zum Spaß!", stammelte Nick. Diese Ausrede zog auch immer, wenn ein Lehrer ihn in der Schule beim Raufen erwischte.

Atrel schüttelte missbilligend den Kopf und betrachtete seine Tochter nachdenklich, so als überlegte er, ob er Elmaryn wirklich mit diesen Rowdys gehen lassen konnte. „Wolltet ihr nicht nach Zwergen suchen?", fragte er.

„Ja ... nein ... Jetzt wollten wir einen Freund besuchen ...", stotterte Tamael. „Er ist krank, und wir wollen sehen, wie es ihm geht." Vorsichtshalber verschwieg er, dass dieser Freund ein Drache war.

„Na gut. Von mir aus kann Elmaryn mitgehen. Aber benehmt euch gefälligst. Keine Raufereien mehr! Und du vergiss nicht, zum Nachtgebet zurück zu sein!"

„Ja, Vater."

Atrel schüttelte noch einmal den Kopf über die ungezogenen Kinder und schloss sich dann wieder in seiner Hütte ein.

„Also was ist denn nun mit diesem Mondstein?", zischte Nick.

„Er kommt von *Aphanes*!", flüsterte Tamael. „Jeder Depp hier würde das erkennen! Nur du hast ja wieder einmal von nichts eine Ahnung!"

„Bitte!" Piersek legte Tamael beschwichtigend die Hand auf den Arm. „Der edle Herr Nick konnte das ja nicht wissen."

Tamael atmete tief durch. „Ja. Das ist wahr. Da siehst du, was dieser Unglücksstein aus uns gemacht hat ... jetzt gehen wir schon aufeinander los!"

„Aber ... das ist doch nicht die Schuld des Steines ...!"

„Hör mal", sagte Tamael versöhnlich. „Du brauchst doch keinen Mondstein. Du kannst doch Yahobai um alles bitten! Er gibt dir alles, was gut für dich ist. Sprichst du denn nicht mit ihm?"

„Äh, na ja ... doch, ich hab schon mal mit ihm gesprochen ..."
Heute früh!

„Ich spreche immer mit ihm, und er lässt mich nie im Stich ... Also, ich schlage vor, du vergräbst jetzt den blöden Stein, und wir vergessen die ganze Sache."

„Vergraben?", wiederholte Nick entsetzt.

„Ja. Alle beiden Steine." Tamael begann schon, unter einem Baum ein Loch zu buddeln.

Nick war völlig überrumpelt. Sein wunderbarer, Wünsche erfüllender Mondstein, der ihm beim Biologietest geholfen, Odly aus dem Gefängnis befreit und ihnen das Leben gerettet hatte, sollte vom Bösen kommen?! Das konnte nicht stimmen. Tamael musste sich irren. War Nick nicht der Gesandte Yahobais? Bestimmt war der Mondstein das Geschenk eines gütigen Mal'achs, der Set-Ammons Gestalt angenommen hatte. Und jetzt sollte er diese Kostbarkeit hier vergraben? Niemals!

Er sah sich um. Tamael, Elmaryn und Piersek waren mit dem Graben des Loches beschäftigt und schauten nicht zu ihm. Schnell steckte Nick den Mondstein in die Hosentasche und stopfte statt dessen einen gewöhnlichen Kieselstein zu dem Sonnenstein in den Lederbeutel.

Niemand hatte ihn dabei gesehen. Oder? Als Nick aufsah, bemerkte er ganz in der Nähe den hoch beladenen Karren von Set-Ammon. Der Händler lenkte seinen Ochsen zwischen den Dienstbotenhäusern auf die Villa zu.

„Gewürze! Drachenkraut!", pries er mit melodischer Stimme seine Waren an. „Feine Seide! Schmuck! Hausrat!"

Er warf Nick einen verschwörerischen Blick zu und hob grüßend die Hand. Nick blinzelte irritiert. Hatte Set-Ammon gesehen, dass er die Steine ausgetauscht hatte? Das war doch gar nicht möglich ...? Vielleicht grüßte er ihn ja nur aus alter Freundschaft.

„So, da hast du die beiden Steine!", sagte Nick betont ungezwungen und reichte Tamael den Beutel. Tamael warf ihn schnell in das Loch, und alle vier begannen die Erde darauf zu häufen. Schon war das Loch voll. Elmaryn klopfte mit der flachen Hand darauf, um die Erde festzustampfen.

„Au!"

Nicks Kopf fuhr herum. Elmaryn hatte den Schmerzensschrei ausgestoßen. Sie betrachtete ihre Handfläche, in der ein tiefer Schnitt klaffte. Blut quoll hervor. Im nächsten Augenblick schloss sich die braune, seidige Haut über dem Schnitt, und die Hand sah aus wie zuvor. Nur Elmaryns schmerzerfüllte Miene zeigte, dass die Wunde unter der Haut noch vorhanden war.

„Was ist los?", fragte Tamael teilnahmsvoll.

„Äh ... nichts." Elmaryn lächelte verzerrt.

„Sie hat sich an irgendwas geschnitten!", sagte Nick.

„Nein, hab ich nicht." Sie hielt ihm die unversehrt scheinende Hand hin.

„Aber ich hab's doch gesehen!", rief Nick entrüstet. „Hör mal ... ich weiß von deiner Überhaut. Du ... du solltest sie abnehmen ... Du brauchst frische Luft auf deinen Verletzungen!"

„Niemals!" Elmaryn schrie fast. „Das kann ich nicht!"

„Entschuldigt, wenn ich euch unterbreche ...", meldete sich Piersek schüchtern. „Ich habe das gefunden, woran sie sich verletzt hat ..." Er hob einen länglichen Gegenstand hoch, den er aus der Erde gegraben hatte. „Verzeiht ... ich will mich nicht wichtig machen ... aber ich glaube, dass das ein sehr bedeutsamer Fund ist ..."

„Was ist das?", fragte Tamael.

„Ein Schnitzmesser", erklärte Piersek. „Es gehörte einem Zwerg, der vor vielen Schawets verschwunden ist ... Vikonn. Hier ist sein Name eingraviert." Er deutete auf den Griff des kleinen Messerchens, wo winzige Zeichen eingeritzt waren.

Nick berührte das Instrument. Es war scharf wie ein Rasiermesser, obwohl es seit Wochen halb in der Erde vergraben gelegen war. Wenn Elmaryn mit Schwung draufgeklopft hatte, konnte der Schnitt glatt bis auf den Knochen durchgehen!

„Aber ... das bedeutet ..." Tamael begriff die Tragweite dieser Entdeckung. „Das bedeutet, dass der Zwerg Vikonn hier gewesen ist!"

„Oder dass ein Niddach ihm sein Messer weggenommen und hier verloren hat", ergänzte Piersek.

„Jedenfalls haben die Niddachs und die verschwundenen Zwerge doch etwas miteinander zu tun!", spann Tamael den Gedanken weiter, und Piersek nickte dazu.

„Trotzdem sollten wir jetzt nach dem Drachen sehen", schlug Elmaryn mit vor Schmerz schwacher Stimme vor, „sonst bin ich nicht rechtzeitig zum Nachtgebet zurück."

*

Sie gingen zum Seeufer hinunter. Um zur Seegrotte zu gelangen, war es am kürzesten, quer über den See zu schwimmen. Davor hatte Nick ziemliche Angst, denn Schwimmen gehörte ebenso wie Baumklettern zu den Sportarten, die er nie richtig erlernen durfte. Er konnte zwar schwimmen, aber hatte es nie in einem Gewässer probieren dürfen, das tiefer als hüfttief war. Und jetzt sollte er gleich einen ganzen See durchschwimmen? Seine Finger tasteten nach dem Mondstein in der Tasche, aber er hatte Angst, dass Tamael seinen Schwindel entdecken würde.

Die drei anderen standen schon bis zum Bauch im Wasser, da rief Elmaryn plötzlich: „Schaut mal – Freundschaftsfische!"

Ein Schwarm von Fischen, so groß wie etwa fünfjährige Kinder, näherte sich ihnen.

„Das ist ja gut!", freute sich Tamael. Die Fische schwammen ganz zutraulich heran und stupsten die Kinder mit den Flossen. Tamael, Elmaryn und Piersek ergriffen jeder die Rückenflosse eines Tieres.

„Nimm auch einen Fisch!", rief Tamael Nick zu. „Sie ziehen uns hinüber, das geht ganz schnell!"

Erleichtert hielt Nick sich an einem Fisch fest. In wenigen Minuten überquerten sie den See und erreichten das andere Ufer.

„Danke, Fisch!", flüsterte Nick, als sie sicher drüben waren. Sie stiegen zum Höhleneingang hinauf. Nick bemerkte besorgt, dass Elmaryn noch immer hinkte. Seine Schrammen hingegen taten kaum noch weh, und das kühle Bad hatte ihn zusätzlich erfrischt.

Oben angekommen nahm Tamael zwei Feuersteine aus seiner Tasche und zündete ein paar Fackeln an. Dann begannen sie den steilen Abstieg zu dem unterirdischen See. Immer tiefer ging es ins Innere des Berges. Nick dachte daran, dass er beim letzten Mal auf diesem steilen Pfad auch noch einen zentnerschweren, verletzten Drachen hatte stützen müssen, und er war ganz froh, dass er diesmal nur darauf achten musste, wo er seine eigenen Füße hinsetzte.

Als sie an das stille, dunkle Wasser gelangten, waren keine Boote da.

„Wahrscheinlich opfern sie gerade", vermutete Piersek. „Es tut mir sehr Leid ... Wir müssen warten."

Sie setzten sich ans Ufer. Bald tauchte in der Ferne ein kleiner, flackernder Lichtpunkt auf, der langsam näher kam. Wenig später hörten sie auch ein leises, klagendes Singen. Die Zwerge sangen einen Bittchoral für El-Schaddai, damit er die verschwundenen Brüder befreien möge. Nick gab es einen Stich ins Herz. Wie viel Trauer das Verschwinden der Zwerge doch für ihre Angehörigen mit sich brachte! Und er war mit seiner Suche noch gar nicht besonders weit gediehen ...

Das Boot mit den Zwergen erreichte das Ufer. Im schwachen Schein flackernder Fackeln konnte Nick nicht erkennen, ob welche dabei waren, die er kannte. Aber die Zwerge erkannten ihn.

„Edler Abgesandter von El-Schaddai!", begrüßten sie ihn. „El-Schaddai sei Dank, dass er dich zu unserer Hilfe geschickt hat! Hast du die Verschwundenen schon gefunden?"

„Nein", musste Nick zugeben. „Aber wir wissen jetzt, dass die Niddachs etwas mit der Sache zu tun haben. Wir haben Vikonns Schnitzmesser bei ihnen gefunden."

Die Zwerge gaben bewundernde „Oh!"- und „Ach!"-Rufe von sich.

„Morgen forschen wir weiter", versprach Nick. „Aber jetzt besuchen wir den Drachen, der zu Unrecht verdächtigt wurde."

„Oh, der Arme!"

„Das tut uns Leid!"

„Bestellt ihm Grüße von uns!", riefen die Zwerge durcheinander.

Kurz darauf ruderten sie auf das dunkle Wasser hinaus. Tamael spähte in alle Seitenarme hinein. Glücklicherweise brannte bei den Drachen ein gewaltiges Feuer, so dass sie die richtige Abzweigung leicht fanden.

Leider trafen sie Odly in bejammernswerter Verfassung an. Er war fast grau, lag auf dem Bauch, reckte sein verletztes Hinterteil in die Höhe und klagte, dass seine letzte Stunde nahe sei. Onkel Maldek stand hilflos daneben und war vor Sorge orange.

„Oh", jammerte Odly und öffnete seine Augenlider zur Hälfte, „Odly muss sicher bald sterben!"

Nick untersuchte inzwischen die Pfeilwunde. Eigentlich fand

er, dass sie besser aussah als beim letzten Mal. Die weißen Stellen waren grünlich-gelb verschorft (und grün war schließlich die Farbe, die ein gesunder Drache haben sollte), und die gelb entzündeten Stellen waren ebenfalls zurückgegangen.

„Warum glaubst du, dass du sterben musst?", fragte Tamael besorgt. „Hast du so große Schmerzen?"

„Keine Schmerzen." Der Drache schloss ergeben die Augen. „Odly hört die Mal'achs singen, die ihn zu Adda holen wollen!"

„Was?"

„Ja, Odly hört Gesang ...", seufzte der Drache.

„Quatsch!", entfuhr es Nick. „Was du gerade gehört hast, waren die Zwerge, die auf dem See ihre Opfer dargebracht haben!"

Über Odlys Körper lief ein orangefarbener Schimmer der Missbilligung. „Odly ist doch nicht blöd!", rief er empört. Er vergaß sogar, sterbenskrank auszusehen, hob den Kopf und riss die Augen auf. „Odly kann singende Zwerge auf dem See von Mal'achs unterscheiden! Die Stimmen der Mal'achs kommen nicht von dort!" Er hob die Pfote und deutete auf den See. „Sie sind überall, manchmal ganz nah ... Aus allen Richtungen und aus keiner ... Ach, sie kommen Odly holen ..."

„Maldek sagt auch, dass das Unsinn ist!", mischte der Drachenonkel sich ein. „Maldek hört die Gesänge auch, und er ist nicht krank!" Er machte sich wieder an dem riesigen Kessel zu schaffen, in dem der unentbehrliche Kürbiseintopf blubberte.

Elmaryn hatte sich neben den Drachen gesetzt und untersuchte seine Verletzung. „Darf ich dich berühren?", fragte sie. Odly nickte schicksalsergeben. Elmaryn tippte zart auf die Wunde. Odly stöhnte.

„Tut das weh?", fragte Elmaryn.

„Ein bisschen."

„Wir Lematai verstehen etwas von Heilkunde", erklärte Elmaryn. „Wir haben ein Pflegeheim für Kranke, die keine Angehörigen haben. Mein Vater hat früher dort gearbeitet ... bevor er zu den

Niddachs gegangen ist ..." Sie seufzte. „Na ja, und ich habe auch einiges gelernt." Sie deutete auf einen Haufen Blätter, die in der Nähe des Feuers aufgeschichtet waren. „Kann ich davon etwas nehmen?"

„Ja, gerne", antwortete Onkel Maldek. „Das sind Gewürze ... für Kürbiseintopf und anderes Gemüse ..."

„Ich brauche nur das hier", erklärte Elmaryn und fischte geschickt ein paar runde, dunkelgrüne Blätter heraus. Nick beobachtete, dass sie es vermied, die rechte Hand allzu sehr zu benutzen.

Sie legte die Blätter auf Odlys Verletzung. Onkel Maldek half ihr, sie mit einer riesig langen Rolle Verband dort zu fixieren. Odly sah recht komisch aus mit dem einbandagierten Hinterteil. Doch sogar im Schein des Feuers war deutlich zu erkennen, dass seine Farbe während dieser Behandlung immer grüner wurde.

„Ich glaube, dass du in wenigen Tagen gesund sein wirst", meinte Elmaryn zuversichtlich. Odly nickte und ließ sich sogar dazu überreden, sich vorsichtig aufzusetzen und seinen Eintopf im Sitzen zu essen.

Doch ganz plötzlich wich alle Farbe aus ihm. Er wurde grau wie die Felswand und flüsterte: „Hört ihr die Mal'achs? Sie kommen Odly holen!"

Der Gesang aus dem Nichts

Die Kinder lauschten angestrengt. Anscheinend hatte Odly schärfere Ohren, denn sie konnten nichts hören. Nick wollte gerade etwas sagen, dass Odly sich das wohl nur einbildete, als er plötzlich doch ein Geräusch vernahm. Er hielt die Luft an und horchte mit größter Konzentration.

Jetzt kam es näher. Das heißt, „näher" war nicht genau das Wort dafür. Es schwoll an, aber es war unmöglich zu sagen, aus welcher Richtung es kam. Und es schien tatsächlich eine Art Gesang zu sein. Ein langsame, klagende Melodie aus dem Nichts. Kam sie von oben? Oder aus der Tiefe? Von hinten, aus dem Felsen? Es war unmöglich, das zu sagen. Nick spürte, wie sich die kleinen Haare in seinem Nacken aufstellten. Das war unheimlich.

Den anderen schien es ebenso zu gehen. Elmaryn zog den Kopf ein und blickte scheu um sich, um vielleicht den Urheber des Gesangs zu erspähen. Tamael sah ganz erschrocken drein. Onkel Maldeks Farbe spielte ins Gelbliche. Nur Piersek saß bolzengerade da, lauschte angestrengt, und das Licht des Feuers schien durch seine abstehenden Ohren hindurch.

„Piersek! Was ist los?", zischte Nick.

„Entschuldigung ... ich bin noch nicht ganz sicher ... Einen Augenblick noch ...", wisperte der Zwerg. Er wiegte seinen Kopf im Takt der Musik hin und her, und einige Sekunden später begann er die Melodie mitzusummen.

„Das ist nicht der Gesang des Todes-Mal'achs", sagte er schließlich. „Das ist ein sehr altes Lied von uns Zwergen ... Es wird nur selten gesungen. In Zeiten von Not und Bedrängnis. Ich habe es als Kind manchmal gehört, wenn eine Feuersbrunst unser Dorf bedrohte."

Nick erinnerte sich, dass das Zwergendorf von einem Wassergraben umgeben war. Daher war diese Gefahr nun wohl gebannt.

„Not und Bedrängnis!", jammerte Odly. „Odly wird sterben, oh, oh!"

„Verzeih, wenn ich dir widerspreche", wandte Piersek schüchtern ein, „aber die Zwerge singen dieses Lied, wenn sie *selbst* in Not und Bedrängnis sind ... Es ist ein Lied, das sagt, dass sie El-Schaddai auch in schweren Zeiten vertrauen ... Ich glaube nicht, dass es für dich gesungen wird."

„Nicht?" Odly riss die Augen auf. „Das heißt, Odly ist nicht in Not und Bedrängnis?"

„Ich fürchte nein."

„Hurra!" Odlys Farbe wechselte plötzlich zu grün. „Odly stirbt nicht!"

Nick, Tamael und Elmaryn starrten Piersek an.

„Du glaubst also, dass wir Zwerge singen hören, die in Not und Bedrängnis sind?", wiederholte Nick, und langsam wurde ihm klar, was das bedeutete.

Piersek nickte so heftig, dass seine Ohren flatterten.

„Aber von wo kommt dieser Gesang?" Tamael schaute sich um, sah aber nur massiven Fels ringsherum.

„Entschuldigung ... ich möchte mich nicht wichtig machen ... aber ich denke ... nun ja, ich bin schließlich Bergmann ..." Piersek brachte ein schüchternes Lächeln zu Stande. „Wenn in einem Bergwerk jemand singt oder an die Wand klopft, dann hört man es manchmal ganz woanders ... Man hört es durch den Fels, versteht ihr? Es klingt dann, als käme es von überall ... oder von nirgends. So wie dieser Gesang hier."

„Du glaubst also, dass die verschwundenen Zwerge irgendwo hier, in der Seegrotte sind?", fragte Elmaryn aufgeregt.

„Nicht unbedingt in der Seegrotte." Pierseks Ohren glühten vor Eifer. „Aber irgendwo hier in diesem Berg. Weiter gegen Sonnenuntergang liegt unser Rubin-Bergwerk ... Aber das ist zu weit weg. Ich glaube, von dort würde man sie hier nicht mehr hören. Dort können sie nicht sein. Aber irgendwo hier in der Nähe gibt es noch eine verlassene Mine ... ein Labyrinth aus Höhlen ... Seit Jahrhunderten werden dort keine Rubine gefunden, darum kennt es fast niemand mehr."

„*Fast* niemand? Das heißt, es gibt jemanden, der es noch kennt?", fragte Nick schnell.

Piersek nickte. „Tirsall, ein ganz alter Zwerg, weiß, glaube ich, wo der Eingang liegt. Er hat es von seinem Urgroßvater gehört."

„Dann fragen wir ihn und suchen die verschwundenen Zwerge im Höhlenlabyrinth!", frohlockte Nick. Endlich kamen sie der Sache näher! Was für ein Glück, dass sie Odly gerade jetzt besucht hatten! Was für ein Glück, dass die Verbindung sich zur Abendessens-Zeit nicht geöffnet hatte ... sonst säße Nick jetzt womöglich mit Angela vor dem Fernseher, statt diese wichtige Entdeckung hier zu machen!

„Können wir das morgen tun?", bat Elmaryn. „Es ist spät, und ich muss zum Nachtgebet zurück sein!"

„Odly kommt auch mit morgen, er ist schon viel gesund!", rief Odly, der plötzlich neue Lebensfreude spürte.

„Wir holen dich am Eingang zur Seegrotte ab", schlug Tamael vor. „Um den zweiten Schattenstrich!"

*

Während Piersek und Tamael das Boot über das schwarze Wasser zurückruderten, nahm Nick Elmaryns Hand. Sie zuckte zusammen, als er ihre Handfläche berührte.

„Elmaryn", sagte Nick sanft. „Du musst diese Haut aufmachen. Deine Hand tut doch immer noch weh –"

„Tut sie nicht!", behauptete Elmaryn trotzig.

„Aber ich merke es doch. Das Messer, an dem du dich geschnitten hast, hat wochenlang in der Erde gelegen. Es war total dreckig, und der ganze Dreck ist jetzt in deiner Wunde! Das kann eitern, das kann eine Blutvergiftung oder sonst was geben!" Nick kannte sich aus. All das hatte er schließlich schon mehrmals gehabt. „Du hast gesagt, dass du etwas von Heilkunde verstehst. Dann weißt du doch, dass du die Wunde säubern und verbinden musst. Und Luft dranlassen. Glaub mir doch!"

„Das geht nicht."

„Warum nicht?"

„Ich kann doch nicht so unvollkommen vor El-Schaddai treten!", rief sie verzweifelt.

„Wieso unvollkommen?"

„El-Schaddai ist vollkommen. An ihm ist kein Fehler. Kein Makel. Ich dagegen bin voller Fehler. Die Haut deckt all meine Unvollkommenheiten zu. Ich darf meinen Schmerz nicht zeigen."

„Aber das ist doch verrückt!", rief Tamael und geriet beim Rudern aus dem Takt. „Yahobai weiß doch, dass wir Fehler und Mängel und Schmerzen haben! Deswegen hat er doch Yeshua zu uns geschickt!"

„Du verstehst das nicht!", sagte Elmaryn mit Tränen in den Augen. „Wer voller Fehler und Verletzungen ist, die er aus Dummheit und Ungeschicklichkeit und ... und ... *Sündigkeit* empfangen hat, ist es nicht wert-"

„Quatsch!" Tamael hörte auf zu rudern. „Glaubst du wirklich, Yahobai weiß nicht, wie dumm und ungeschickt wir sind? Und er liebt uns trotzdem! Grade deswegen ist doch Yeshua gekommen! Willst du Yeshuas Opfer missachten, indem du versuchst, dich selbst vollkommen zu machen?!"

Mittlerweile konnte Nick der Diskussion nicht mehr folgen. Dieses ganze Gerede über Fehler und Vollkommenheit kam ihm nur vollkommen blödsinnig vor.

„Probier's doch einfach!", schlug er vor. „Nimm die Haut wenigstens auf der Hand runter und lass mich die Wunde säubern. Es tut doch nicht weh, die Haut runterzukratzen, oder?"

Sie schüttelte den Kopf und streckte ihm widerstrebend die Hand hin. Er zupfte und kratzte an ihrer Handfläche herum. Endlich gelang es ihm, ein Stück abzuziehen. Der Schnitt darunter sah böse aus, rot und angeschwollen, schwarz verschorftes Blut. Er wollte gerade eine Fackel näher halten, um besser zu sehen, als sich die offene Stelle von selbst wieder schloss. Makellose braune Haut bedeckte die Verletzung.

„Hee!", rief er aus. „Das gilt nicht!"

„Siehst du", flüsterte Elmaryn tränenerstickt, „selbst wenn ich wollte, würde es nicht gehen ..."

*

Elmaryn verabschiedete sich am Eingang zur Seegrotte von ihnen. Sie stieg zum See hinunter, um zur Niddach-Siedlung hinüber zu schwimmen, damit sie rechtzeitig zum Nachtgebet bei ihrem Vater war. Tamael und Nick wollten noch mit Piersek zum Zwergendorf gehen. Vielleicht erinnerte sich dieser alte Zwerg ja wirklich an den Eingang zum Höhlenlabyrinth.

Schon hatten sie die Passhöhe überquert und das Bergwerk hinter sich gelassen. Der Weg führte abwärts in die Mulde, wo das Dorf inmitten des Wassergrabens in der Abendsonne lag. Plötzlich hörten sie vor sich Hufgetrappel. Ein großer, gefleckter Ochse galoppierte ihnen entgegen die Straße herauf. Er zog einen Wagen, der mit Zwergen völlig überladen war. Hinter dem Wagen folgte noch ein zweiter. Nick, Tamael und Piersek konnten sich nur mit einem Sprung zur Seite davor retten, von den Ochsen niedergerannt zu werden.

„Was war denn das?", fragte Nick und rappelte sich aus dem Straßengraben hoch.

„Z... zwei Wagen voller Zwerge", stammelte Piersek überrumpelt. „Und sie hatten Knüppel und Heugabeln bei sich ... Aber wo sie hinwollten, weiß ich nicht. Um diese Zeit?" Erstaunt studierte er den Stand der Sonne, die schon tief über den Hügeln hing.

„Vielleicht sind wieder Zwerge entführt worden", meinte Tamael eifrig, „und sie fahren zum Bergwerk? Wir sollten auch dorthin gehen, vielleicht gibt es neue Spuren!"

„Wir kommen gerade von dort!", erinnerte ihn Nick. „Dort war rein gar nichts zu sehen!"

„Sie sind schon am Bergwerk vorbei", berichtete Piersek, der den Wagen mit zusammengekniffenen Augen nachschaute. „Ich kann sie nicht mehr sehen!"

„Gehen wir lieber ins Dorf und fragen dort, was los ist!" Nick hatte sich den Staub notdürftig aus Elmaryns Sachen geklopft und setzte sich in Bewegung.

Sie fanden die Dorfbewohner in Aufruhr vor. Auf dem Hauptplatz, wo Kleider und Geräte wüst durcheinander lagen, wurden hitzige Diskussionen geführt. König Theron war nirgends zu sehen.

„Was ist denn hier los?", fragten die Jungen, doch sie bekamen entweder keine Antwort oder gleich mehrere, die von verschiedenen Seiten auf sie niederprasselten. Nick verstand etwas von Niddachs und von Verrat. Es ergab keinen Sinn.

Plötzlich zupfte ihn jemand am Hemd. Er schaute hinunter. Es war Sipwit.

„Gut, dass du da bist, ehrwü- äh, mein Freund Nick!"

„Gut, dass *du* da bist, Freund Sipwit!", gab Nick erleichtert zurück. „Kannst du uns vielleicht sagen, was hier lost ist?" Er schaute befremdet über den Platz, wo die Zwerge einander wütend anbrüllten. Manche waren sogar schon zu Handgreiflichkeiten übergegangen. „Wo ist denn König Theron?"

„Theron!", schnaubte Sipwit verächtlich. „Der hat sich mit seinen Getreuen zum *Gebet* zurückgezogen! Man sollte meinen, er hätte Wichtigeres zu tun, wenn in seinem Volk ein Bürgerkrieg ausbricht!"

Sipwit lotste Nick durch die aufgebrachte Menge, die allerdings von ihnen keine Notiz nahm, und zog ihn zu einer Hütte außerhalb des Hauptplatzes. Tamael und Piersek folgten ihnen. „Hier ist mein bescheidenes Heim. Wenn es euch nichts ausmacht, kommt herein und teilt meine Mahlzeit mit mir – nicht, dass es eurer würdig wäre ..."

„Schon gut", unterbrach ihn Nick. Er ließ sich auf Hände und Knie nieder und krabbelte durch die Tür, die ihm nur bis zum Bauch reichte, in das Haus. Sipwit, Tamael und Piersek folgten.

Das Innere des Hauses war für eine Zwergenhütte recht geräumig. Das war ein Glück, denn sonst hätten Nick und Tamael ihre Beine nicht untergebracht. Sie setzten sich im Schneidersitz auf den Boden vor den kleinen Tisch, der ihnen nur bis zu den Knien ging. Piersek nahm einen kleinen Stuhl. Wenn die Jungen sich auf einen solchen Stuhl gesetzt hätten, wäre er wahrscheinlich einfach zusammengebrochen.

In einer Ecke von Sipwits Hütte brannte ein kleines, gemütliches Feuer. Der Rauch zog durch einen Kamin ab, der sorgfältig aus Kieselsteinen gemauert war. Über dem Feuer hing ein Kesselchen, das sich im Vergleich zu Onkel Maldeks Riesenkessel wie ein Fingerhut ausnahm. Sipwit rührte mit einem Teelöffel darin um und füllte ihnen drei Teller, die die Größe von kleinen Untertassen hatten, mit einem gelblichen Brei.

„Ihr seid doch bestimmt sehr hungrig", meinte er hoffnungsvoll.

„Äh, nein. Wir haben bei den Drachen zu essen bekommen ... Kürbiseintopf", sagte Piersek. „Es ist sehr nett von dir, dein Essen mit uns zu teilen, aber es ist nicht notwendig, danke vielmals!"

„Oh!" Sipwit sah richtig enttäuscht aus. „Aber der ehr- äh, der Gesandte El-Schaddais wird doch wenigstens probieren?"

„Na gut." Aus Höflichkeit tauchte Nick das kleine Löffelchen, das, wie er bemerkte, aus einem grünlichen Stein kunstvoll geschnitzt war, in den Brei und kostete. „Hmm, wirklich gut! Aber jetzt erzähl doch bitte, warum die Zwerge so aufgebracht sind!"

„Ja ... also, die Zwerge, die heute Nachmittag in der Grotte geopfert haben, erzählten bei ihrer Rückkehr, dass sie euch dort getroffen haben."

„Stimmt", bestätigte Nick.

„Und sie sagten auch, dass ihr bei den Niddachs etwas gefunden habt. Vikonns Schnitzmesser."

„Stimmt auch!"

„Nun, einige von uns waren sehr aufgebracht und wollten sofort zu den Niddachs hinüberlaufen. Theron hat natürlich alle beschwichtigt und beruhigt. Das macht er ja immer, egal was passiert. Ich habe gesagt, dass die Zwerge nicht in der Niddach-Siedlung sind, denn das habe ich ja heute Mittag selbst gesehen.

Außerdem weiß ich, dass die Niddachs bewaffnet sind und wir gegen sie keine Chance haben. Aber dann hat Set-Ammon gesagt-"

„Set-Ammon?", unterbrach Tamael. „Was hat denn der damit zu tun?"

„Er war eigentlich nur zufällig da. Wollte Schmuck eintauschen und Gewürze verkaufen und so. Also, er hat gesagt, dass er es verdächtig findet, dass sich die Jäger seit einiger Zeit immer bei den Niddachs herumtreiben. Er hat sie dort gesehen. Er treibt auch Handel mit den Niddachs, glaube ich."

„Ja, er war heute Nachmittag dort", bestätigte Nick.

„Na ja, und nachdem einige von uns daraufhin den Jägern den Krieg erklären wollten – gegen die wir auch keine Chance hätten –, hat Set-Ammon noch was anderes gesagt ..." Sipwit zögerte.

„Was denn?", ermunterte ihn Nick.

„Er hat gesagt, dass es doch merkwürdig ist, dass dieser Atrel, Priester der Lematai, praktisch schon bei den Niddachs wohnt ... und dass Vikonns Messer direkt vor Atrels Tür gefunden wurde."

„Woher wusste er das?", fuhr Tamael auf.

„Er hat es gesehen, glaube ich."

„Ja ... er war gerade zu der Zeit in der Nähe", gab Nick zu. „Aber ich hätte nicht gedacht, dass er uns so genau sehen konnte!"

„Also", schloss Sipwit seufzend, „jedenfalls haben sich daraufhin ein paar Zwerge zusammengerottet und bewaffnet und sind losgefahren, um mit Atrel abzurechnen."

„Was?!" Nick wäre gerne aufgesprungen, aber dann hätte er das Dach von Sipwits Hütte abgehoben, also unterdrückte er den Impuls. „Du meinst, die Zwerge auf den Wagen, denen wir begegnet sind, wollen Atrel überfallen – Elmaryns Vater?!"

Sipwit zuckte die Achseln. „Es sieht so aus, als ob er an irgendeiner Verschwörung beteiligt wäre. Set-Ammon erwähnte sogar, dass er" – Sipwit senkte seine Stimme zu einem vertraulichen Flüstern – „ein *verbotenes Buch* besitzen soll!"

Tamael zog die Augenbrauen hoch. Also musste es etwas Schlimmes sein, auch wenn Nick nicht wusste, was ein verbotenes Buch war.

„Wir müssen sofort aufbrechen!", rief Nick heldenhaft. „Wir können doch nicht zulassen, dass Elmaryns Vater etwas passiert!"

„Entschuldige", piepste Piersek demütig, „vielleicht sage ich etwas Dummes ... aber ... wir wissen doch nicht, ob Atrel nicht vielleicht wirklich schuldig ist ... Äh, nur weil wir Elmaryn mögen und ihr vertrauen, bedeutet das ja nicht, dass ihr Vater auch nett ist!" Er zog den Kopf zwischen die Schultern ein, fast als erwarte er, dass Nick ihn für seine vorlauten Worte schlagen würde.

Nick sah jedoch ein, dass da etwas Wahres dran war. „Na ja", gestand er, „das ist wahr ... Aber falls er tatsächlich etwas über die verschwundenen Zwerge weiß, wäre es gut, wenn wir es auch erfahren, oder? Und außerdem müssen wir Elmaryn beschützen!"

„Sie beschützen – ja! Ich hole uns einen Wagen!" Schon war Piersek aufgesprungen und sauste hinaus.

„Warte doch!", rief Sipwit ihm nach, aber Piersek war schon draußen. „Bis wir in der Niddach-Siedlung sind", fuhr Sipwit an Nick und Tamael gewendet fort, „ist doch längst alles vorbei. Die bewaffneten Zwerge sind vor einem halben Schattenstrich losgefahren!"

Nick zuckte die Achseln. „Wir müssen Elmaryn auf jeden Fall helfen. Vielleicht können wir die Zwerge aufhalten!"

Er krabbelte durch die kleine Tür ins Freie. Die anderen folgten ihm. Da kam auch schon Piersek angelaufen. Er führte einen Ochsen am Zügel, der einen Leiterwagen zog.

„Steigt ein, steigt ein!", rief er. „Vielleicht holen wir die anderen noch ein!"

In Horsts Gemächern

Mit atemberaubender Geschwindigkeit holperten sie am Ufer entlang rund um den See.

Als sie in der Nähe des Ge'ergoi-Dorfes vorbeifuhren, hielt Tamael den Wagen kurz an.

„Ramion!", schrie er einem Jungen zu, der mit einer Art Steinschleuder Zielübungen auf ein Steintürmchen machte. „Geh zu meinem Vater und sag ihm, dass wir noch einmal zur Niddach-Siedlung müssen! Die Zwerge haben Atrel von den Lematai überfallen!"

Ramion sah auf und schlenderte näher. „Ich verstehe kein Wort!", grinste er. „Was haben die Niddachs mit Atrel oder den Zwergen zu tun? Und was geht dich das an?"

„Ich hab jetzt keine Zeit, das zu erklären!", stieß Tamael hastig hervor. „Sag's ihm einfach, ja? Und übrigens – glaub ja nicht, dass ich das mit Gullub und dem Juckpulver vergessen habe! Darüber reden wir noch, wenn ich Zeit habe!"

Er wartete Ramions Antwort nicht ab, sondern spornte den Ochsen zum Weiterlaufen an. Immerhin bemerkte Nick beim Zurückschauen, dass Ramion auf das Dorf zustrebte.

*

Sie kamen zu spät. Die Tür von Elmaryns Hütte stand offen. Drinnen war nur ein großes Durcheinander zu erkennen. Elmaryn saß neben der Hütte unter einem Baum und starrte mit steinernem Blick in die Ferne.

„Elmaryn!" Nick hockte sich neben sie und legte fürsorglich den Arm um ihre Schultern. „Was ist passiert? Haben die Zwerge deinen Vater mitgenommen?"

Elmaryn wandte steif den Kopf. Nick erinnerte sich an ihr Gespräch heute Nachmittag – sie hatte gesagt, dass sie ihren Schmerz nicht zeigen durfte.

„Wir waren gerade beim Nachtgebet", berichtete sie mühsam, „als die Tür aufgerissen wurde und eine Horde Zwerge hereinstürzte. Sie waren mit Knüppeln und Heugabeln bewaffnet. Ein paar haben mich festgehalten, und die anderen haben meinen Vater gefesselt. Wir haben uns gewehrt, aber es waren einfach zu viele. Sie haben Vater mitgenommen. Wohin sie gegangen sind, weiß ich nicht. Ich weiß auch nicht, warum sie das überhaupt getan haben."

Nick erklärte ihr in kurzen Worten, was inzwischen im Zwergendorf geschehen war.

„Set-Ammon hat das Zwergenvolk gegen uns aufgebracht?", wunderte sie sich. „Aber warum denn?"

„Vielleicht glaubt er tatsächlich, dass dein Vater etwas mit den Entführungen zu tun hat", vermutete Nick. „Wir sollten lieber schauen, ob wir Spuren finden, bevor es dunkel wird. Zwei Wagen mit Ochsen müssen doch irgendwelche Spuren hinterlassen!"

„Aber sie sind zu Fuß gekommen!", wandte Elmaryn ein. „Nicht auf Wagen!"

„Dann haben sie die Wagen vielleicht am Ufer stehen gelassen!", folgerte Tamael. „Gehen wir hinunter!"

In der einbrechenden Dämmerung machten sie sich auf den Weg zum Seeufer. Als sie an der Villa der Niddachs vorbeikamen, bemerkte Nick:

„Da steht eine Tür offen! Wer wohnt denn da?"

„Das ist der Eingang, den Horst benutzt", erklärte Elmaryn. Sie wirkte jetzt völlig gefasst.

Nick sah Tamael an. „Horst ist doch heute Nachmittag durch die Verbindung nach Hamartin gegangen, nicht wahr?"

Tamael nickte.

„Kann er schon wieder zurück sein?", fragte Nick.

Elmaryn schüttelte den Kopf. „Wenn die Herrin die Verbindung heute ein zweites Mal geöffnet hätte, hätte ich es bestimmt bemerkt. Horst bleibt meistens ein, zwei Tage oder auch länger weg!"

„Dann geh ich jetzt in sein Zimmer und seh mich um!", flüsterte Nick wild entschlossen. „Ihr könnt derweil zum Ufer runtergehen und nach Spuren von Atrel suchen!"

„Tu das nicht!", bat Sipwit. „Das ist viel zu gefährlich! Wenn dich drinnen jemand entdeckt ... !"

„So eine Gelegenheit kommt nicht wieder!", fand Nick. „Wir wissen doch, dass die Niddachs etwas mit dem Verschwinden der Zwerge zu tun haben. Vielleicht finde ich da drin einen Hinweis, was hier vorgeht."

„Dann gehe ich mit dir", bot Sipwit an. „ ... wenn du es erlaubst, edler Abgesa-"

„Nein", fiel Nick ihm ins Wort. „Ich gehe allein. Ich bin der Abgesandte, und ich darf euch nicht auch noch in Gefahr bringen." Er war sehr stolz auf diesen Satz. Ein Held in einem Kinofilm hätte so etwas bestimmt auch gesagt! Er kam sich gerade sehr heldenhaft vor.

Sipwit grummelte widerstrebend, aber er fügte sich.

„Ich gehe mit!", sagte Tamael entschieden. „Und du hast mir nichts zu befehlen, klar?" Er sah Nick fest in die Augen.

„Na gut", murmelte Nick, der im Grunde ganz froh darüber war. „Aber sei bloß leise!"

„Hältst du mich für einen Idioten?", zischte Tamael. „Glaubst du, ich stimme ein Geheul an wie die Selumaks zur Brunftzeit?"

Nick wusste zwar nicht, was Selumaks waren, aber Brunftgeheul von wem auch immer wäre zweifellos in ihrer Situation nicht angebracht gewesen. Auf Zehenspitzen schlichen sie näher an die Villa heran, während Elmaryn und die Zwerge weiter zum Seeufer hinunterstiegen.

Horst schien ein eigenes Apartment zu besitzen. Sie traten durch die Tür in einen Vorraum, in dem ein schwarzer Mantel auf einem Haken hing. Weiter vorne kam ein Wohnzimmer mit einem großen Panoramafenster, das Ausblick auf die Terrasse mit dem Swimmingpool bot, und daneben gab es ein Schlafzimmer und ein Bad.

„Was willst du denn hier finden?", hauchte Tamael fast unhörbar.

Nick zuckte die Achseln. „Keine Ahnung. Irgendeinen Hinweis. Das da zum Beispiel!" Überrascht packte er Tamael am Arm und zeigte auf einen flachen Kasten, der im Wohnzimmer auf dem Couchtisch stand.

„Was ist das?", fragte Tamael.

„Ein Computer. Ein Laptop." Es gab kein edoneysisches Wort dafür.

„Und was soll das sein?"

„Äh ... eine Art ... Denkmaschine ..." Wie sollte er Tamael das erklären? Und wozu?

Er hatte den Laptop bereits aufgeklappt und den Einschalteknopf gefunden. Der Bildschirm leuchtete auf, und eine elektronische Stimme sagte auf Deutsch: „Hallo, Horst! Bitte gib das Passwort ein!"

Tamael fuhr erschrocken herum und hätte beinahe einen Sessel umgestoßen. „Raus hier! Da ist jemand!", zischte er.

„Reg dich ab!", murmelte Nick leise. „Das war doch nur der Computer, der das gesagt hat!"

„Der ... der kleine Kasten da?" Tamael sah im Dämmerlicht ganz blass aus.

„Horst ist doch blind, hast du das vergessen?", erinnerte ihn Nick. „Er kann nicht sehen, was auf dem Bildschirm ist, darum hat er einen Computer mit Spracherkennung. Ich hätte es mir denken können!"

„Puh!" Tamael ließ sich hinter Nick, der vor dem niedrigen Tischchen kniete, auf dem Boden nieder.

„Passwort ... hm, was könnte das sein?", flüsterte Nick. Probehalber drückte er die Escape-Taste. Es funktionierte! Horst hatte gar kein Passwort. Wozu auch? In Edoney gab es niemanden, der einen Computer bedienen konnte!

„Willkommen, Horst!", sagte die Computerstimme. „Möchtest du die Textverarbeitung starten?"

„Verstehst du, was der Kasten sagt?", wisperte Tamael.

„Ja. Er spricht deutsch", antwortete Nick und suchte den Lautstärkeregler, um das Ding leise zu stellen.

„Ich glaube, ich verstehe jetzt, warum Yahobai ausgerechnet dich geschickt hat!", hauchte Tamael.

Nick betrachtete unschlüssig die Tastatur. Neben den Buchstaben waren winzige erhabene Pünktchen auf die Tasten aufgeklebt. Blindenschrift, vermutete Nick. Was sollte er jetzt eingeben? Was wollte er denn erfahren? Der Einfachheit halber drückte er „Enter".

Der Computer schien zu wissen, was Horst normalerweise wollte, denn er öffnete eine Datei und las sie mit eintöniger Elektronikstimme vor:

„Aufträge seit dem 12. Januar: Vittorio Bottelli – drei Ladungen Hasch. Dimitrij Wassilijewitsch – fünf Lieferungen weißen Phosphor in Tanks. Sinisa Vikovic – drei Lieferungen weißen Phosphor und eine Ladung Hasch ... "

So ging es weiter. Nick, der im Unterschied zu Horst ja auch den Bildschirm sehen konnte, drehte den Ton ganz ab und überflog die Datei. Leute mit fremdländischen Namen hatten Phosphor, Hasch oder auch Rubine bestellt. Nick erinnerte sich, dass Ramesh und die Herrin über Haschisch gesprochen hatten. Das war wohl dasselbe wie Hasch. Rauschgift? Handelten die Niddachs mit Drogen? War Phosphor wohl auch eine Droge? Oder ganz etwas anderes? Aus irgendeinem Grund musste Nick bei diesem Wort an Klebebildchen denken, die im Dunkeln leuchteten. Was ging hier vor? Und was hatte das mit dem Verschwinden der Zwerge zu tun?

Auf einmal rammte Tamael ihm den Ellbogen in die Seite. „Da kommt wer!", flüsterte er hastig.

Blitzschnell schaltete Nick den Laptop ab und klappte es zu. Lautlos schlichen sie zur Tür und glitten hinaus. Im Wald, der die Villa umgab, war es mittlerweile schon recht dunkel geworden. Trotzdem konnten sie ein paar Gestalten sehen, die sich ihnen näherten. Nicks Herz klopfte wild. Seine Hand rutschte in die Hosentasche, wo er noch immer den Mondstein aufbewahrte. Plötzlich zuckte er zusammen, und sein Herz klopfte noch schneller als zuvor. In der Tasche waren *zwei* Steine!

Mit zitternden Fingern betastete er sie. Das eine war der Mondstein, der sich wie immer kühl anfühlte und durch die Finger sprang. Aber das andere ... ? Flach, rund wie eine Münze, warm ... konnte es der Sonnenstein sein? Aber den hatte Nick doch zusammen mit einem Kieselstein, in den Lederbeutel gewickelt, unter einem Baum vor Elmaryns Haus vergraben! Wie konnte er jetzt wieder in seiner Hosentasche sein?!

Set-Ammons Worte kamen ihm in den Sinn: *„Er gehört aber nun einmal zum anderen. Du musst beide miteinander nehmen."* Waren die beiden Steine auf eine geheimnisvolle Weise verbunden? Nicks Nackenhaare sträubten sich.

Inzwischen waren die Gestalten näher gekommen.

„Ach, es sind Elmaryn und die Zwerge!", atmete Tamael auf. „Hallo! Wartet auf uns! Habt ihr etwas gefunden?"

Sipwit ergriff das Wort: „Unten an der Uferstraße gibt es eine Menge Spuren. Auch welche von Ochsen und Wagen. Zum Beispiel von dem Wagen, mit dem wir selbst gekommen sind. Oder von gestern, von Set-Ammons Wagen. Es ist unmöglich festzustellen, wer wann in welche Richtung gefahren ist." Er seufzte.

Inzwischen waren die ersten Sterne herausgekommen, und Nick staunte wieder einmal, wie unheimlich viele es waren. Flüchtig streifte ihn die Frage, wo im Universum wohl seine Heimat sein mochte. Welcher dieser vielen tausend Lichtpunkte da oben war seine Sonne, um die die Erde kreiste?

Und dann war seine Heimat plötzlich ganz nah: Die Verbindung öffnete sich, und durch das runde Loch sah er einladend sein Zimmer und sein Bett. Auf der Erde war es mitten in der Nacht.

„Hm ...", begann er und schielte sehnsüchtig nach seinem Bett, „können wir heute noch etwas ausrichten? Oder sollten wir nicht lieber ein paar Stunden schlafen, um morgen mit frischer Kraft nach Atrel und den Zwergen zu suchen?"

„Ich glaube, das wäre das Klügste", stimmte Sipwit zu, und auch die anderen waren dafür.

„Wenn du willst", sagte Tamael zu Elmaryn, „dann schlafe ich heute bei dir zu Hause ... damit du nicht allein sein musst."

Elmaryn nickte dankbar.

Nick stotterte verlegen: „Wenn die Verbindung sich öffnet, muss ich gehen. Ich muss mich ja auch zu Hause einmal zeigen."

„Schon gut. Treffen wir uns morgen beim ersten Schattenstrich hier bei Elmaryn" schlug Tamael vor.

„Okay." Nick hatte keine Ahnung, wann auf Edoney der erste Schattenstrich sein würde, aber er vertraute darauf, dass die Verbindung ihn rechtzeitig herbringen würde.

Gift

Erst schlief er wie ein Stein, doch als auf der Erde ein trüber Morgen graute, wurde sein Schlaf unruhig. Immer wilder und verwickelter wurden seine Träume, in denen er Zwerge und Drachen jagte – oder jagten sie ihn? –, und schließlich erwachte er.

Er fühlte sich hundeelend. Sein Magen tat weh, und ihm war furchtbar schlecht. Eine Welle von Übelkeit schlug über ihm zusammen. Er schaffte es gerade noch ins Bad, wo er sich röchelnd übergab. Jetzt hätte er gern nach Angela gerufen, doch sie konnte mit ihrem verstauchten Fuß nicht zu ihm heraufkommen. Schade. Er hätte etwas Trost gebrauchen können!

Endlich hatte auch der letzte Rest von Kürbiseintopf Nicks Magen auf dem falschen Weg verlassen. Er keuchte und wischte sich den Schweiß von der Stirn. Jetzt brauchte er ein Glas Wasser, um sich den Mund auszuspülen. Er säuberte das Waschbecken und griff nach seinem Zahnputzbecher. Dabei fiel sein Blick auf sein Gesicht im Spiegel. Er erstarrte.

Sein Gesicht war blass und verquollen – nun ja, das konnte man erwarten, nachdem er gerade fürchterlich erbrochen hatte. Aber seine Augen! Dort, wo rund um die goldbraune Iris eigentlich das Weiße sein sollte, war alles rot! Und diese blutunterlaufenen, roten Augen starrten Nick trostlos aus dem Spiegel an!

Entsetzt öffnete er den Mund – und erschrak noch mehr. Seine Lippen waren innen blauschwarz verfärbt, und seine Zunge war völlig schwarz. Schlimmer noch, als wenn er Heidelbeeren gegessen hätte. Er sah aus wie aus einem Vampirfilm entstiegen. Nur die spitzen Zähne fehlten noch.

Zitternd ließ er sich auf dem Badewannenrand nieder. Was war nur mit ihm los? Da stimmte doch was nicht! Er brauchte Hilfe. Er musste sich Angela anvertrauen.

Er fürchtete sich ein bisschen davor, Angela gegenüberzutreten. Würde sie etwas sagen wegen gestern, als er versehentlich die Verbindung mitten in der Küche geöffnet hatte und sie ihn in Edoney stehen sah? Oder hatte sie wirklich nichts gemerkt? Wie auch immer, er musste zu ihr hinuntergehen. Immerhin besaß er genug Geistesgegenwart, vorher Elmaryns edoneysische Kleider gegen seinen Schlafanzug zu tauschen.

Matt schleppte er sich die Treppe hinunter.

Angela war schon auf. Sie saß auf der Couch im Wohnzimmer, ihr Bein hochgelagert, und stopfte Strümpfe. Als sie Nick in seinem erbarmungswürdigen Zustand sah, schlug sie die Hand vor den Mund.

„Nicky! Was ist mit dir?"

„Ich ... ich weiß nicht ... mir war so schlecht ... " Er lehnte sich gegen die Couch. Sie zog ihn auf ihren Schoß, ohne auf ihr Bein zu achten.

„Dir war schlecht? Hast du gebrochen?"

„Mhm."

„Das ist gut. Was immer du gegessen hast, jetzt ist es draußen." Sie seufzte erleichtert. „Vielleicht war der Braten schon verdorben, den ich dir gestern aufs Brot getan habe? Oder das harte Ei?"

Nick hatte den Braten an Tamael verschenkt und das Ei an Elmaryn, und er hoffte, dass es beiden gut ging. Trotzdem nickte er. Er konnte Angela doch nicht sagen, dass er megascharfen Drachen-Kürbiseintopf gegessen hatte!

Sie streichelte ihm über die zerzausten Haare. „Lass mich aufstehen, dann koche ich dir einen Tee, von dem dir besser wird, ja?"

Er nickte nur und rutschte von ihrem Schoß. Sie hinkte, vorsichtig auftretend, an ihrer Krücke in die Küche. Eine Weile hörte Nick gar nichts von ihr. Dann kam das Geräusch eines Wasserkessels, und schließlich kehrte Angela mit einer Tasse Tee zurück. Das Gebräu war grünlich, roch scharf und schmeckte auch scharf – irgendwie nach Drachenkraut, fand Nick, aber das konnte es ja wohl kaum sein.

Er würgte ein paar Schlucke hinunter. Zuerst dachte er, er müsste sich gleich wieder übergeben, doch dann merkte er, wie die Übelkeit nachließ.

Er verbrachte den Vormittag im Schlafanzug auf der Couch, an Angela gelehnt, und sah fern. Zu mehr war er nicht im Stande. Und in Edoney war sowieso noch Nacht. Erst gegen Mittag hatte er das Gefühl, dass es ihm besser ging. Außerdem musste es bald Zeit sein, seine Freunde zu treffen.

„Ich geh mich jetzt anziehen", verkündete er. „Ich nehm' was zu essen mit rauf. Vielleicht komme ich nicht zum Abendessen runter, okay?" Noch ein wenig zittrig stieg er in sein Zimmer hinauf. Sein Spiegelbild hatte sich deutlich verbessert. Seine Augen waren nur noch ein bisschen rot, und an den Lippen und an der Zunge merkte man eine leichte dunkle Verfärbung.

Er zog Elmaryns schon ziemlich schmutzige Kleider an, doch die Verbindung öffnete sich noch nicht. Aber Nick hatte sowieso noch etwas zu tun.

Er schaltete den Computer in Dads Arbeitszimmer an und wählte sich ins Internet ein. Die Stichworte, die er suchte, hießen „Haschisch" und „Phosphor". Was er an Informationen bekam, war viel – und ziemlich verwirrend. Da informierte ihm zum Beispiel das Institut für Gemüse- und Zierpflanzenanbau, mit wie viel Phosphor er seine Gurken düngen sollte. Phosphor ... ein Düngemittel? War es das, was die Leute bei Horst bestellten? Über Haschisch erfuhr er, wie man erkennen konnte, ob jemand süchtig war, und er wurde aufgefordert, sich in eine Liste einzutragen, die „Legalisiert Haschisch!" forderte (was immer das auch bedeuten mochte).

Er surfte eine halbe Stunde durchs Internet, aber seine Enttäuschung wurde immer größer. Die meisten Seiten verstand er überhaupt nicht. Hatte Dad vielleicht Recht, wenn er immer wieder behauptete, das Internet würde maßlos überschätzt? Vielleicht war es wirklich gar nicht so toll, wie alle immer sagten?

Nick klinkte sich aus dem Internet aus und seufzte. Jetzt war er so schlau wie vorher.

Da fiel sein Blick auf Dads altes Lexikon. Sollte er …? Nun, einen Versuch war es wert. Nick schlug unter „Haschisch" und unter „Phosphor" nach, und in zehn Minuten fand er alles, was er wissen wollte. Der Mund blieb ihm offen stehen beim Lesen. Das war ja ein Hammer! Das mussten seine Freunde unbedingt erfahren! Gut, dass Dad sich ein Faxgerät gekauft hatte, das auch als Kopierer funktionierte. Nick kopierte die Seiten aus dem Lexikon und steckte die Blätter in die Brusttasche. Seine Freunde würden Augen machen!

*

Die Verbindung setzte ihn auf der Uferstraße unterhalb der Niddach-Siedlung ab. Tamael und die beiden Zwerge hatten sich schon bei Elmaryn eingefunden und frühstückten herrlich verlockende Früchte. Nick traute sich noch nicht, etwas zu essen.

„Also, wo fangen wir an?", fragte Tamael. „Suchen wir erst Atrel, oder gehen wir ins Höhlenlabyrinth und suchen die Zwerge?"

„Ich habe Tirsall gefragt", meldete Piersek, „und ich weiß jetzt, wo der Eingang zu den Höhlen ist!"

„Super!" Nick wandte sich an Elmaryn. „Sag du, was sollen wir zuerst tun?" Schließlich war es ihr Vater, der verschwunden war! „Übrigens hab ich euch was Tolles mitgebracht!" Er zog die kopierten Blätter aus der Tasche.

Elmaryn blickte ihm in die Augen und zögerte. Er begriff, dass sie zuerst noch über etwas anderes sprechen wollte, und steckte die Zettel wieder ein.

„Ich ... ich habe nachgedacht." Ihr Blick wanderte unschlüssig von Nick zu Tamael. „Über das, was ihr gesagt habt. Wegen meiner Haut."

„Ja?"

„Ich ... würde sie gern ... abnehmen."

Sie flüsterte nur noch. Nick begriff, dass es ihr sehr schwer fiel, das zu sagen. Noch nie hatte jemand vom Stamm der Lematai seine Überhaut abgenommen. Er dachte, dass sie große Schmerzen in der Hand haben musste, wenn sie sich zu diesem Entschluss durchgerungen hatte. Ihrem Gesichtsausdruck war jedoch nichts anzumerken. Sie hatte wirklich perfekt gelernt, ihren Schmerz zu unterdrücken!

„Aber ... ich weiß nicht, wie ich das machen soll", fuhr sie erstickt fort. „Sie wächst immer gleich nach."

Nick ergriff ihre Hand und versuchte, die Haut abzukratzen. Elmaryn zuckte zusammen und biss sich auf die Lippen. Ihre Handfläche war geschwollen, selbst unter der braun-samtenen Haut konnte man die Schwellung klar erkennen. Die Wunde darunter musste furchtbar aussehen!

Nick ließ sie los. Er war ein wenig ratlos.

Tamael saß im Schneidersitz da, hielt die Augen geschlossen und wirkte irgendwie abwesend. Sein Gesicht glänzte golden, als ob ein Mal'ach in der Nähe wäre.

„Du musst Yahobai um seine Hilfe bitten", sagte er sanft. „Wenn er will, dass deine Haut weggeht, dann wird es geschehen!"

Elmaryn nickte. Sie kniete sich auf den grasbewachsenen Boden vor ihrer Hütte, hob die Hände zum Himmel und begann zu singen.

Tamael unterbrach sie. „Sag's ihm einfach!", schlug er vor. Schließlich hatten sie für heute noch eine Menge andere Sachen vor!

„Also gut." Elmaryn konzentrierte sich. „El-Schaddai, du einziger, wahrer Gott, du König des Universums –"

„Yahobai, unser Vater!", kürzte Tamael die umständliche Anrede ab.

„Äh ..." Elmaryn fühlte sich von den ständigen Unterbrechungen irritiert. Sie war es gewohnt, El-Schaddai lange Gebete und umständliche Gesänge darzubringen. Es widerstrebte ihr, mit ihm einfach zu reden, als ob er ein Spielkamerad oder ein Verwandter wäre. „Sag's du!", bat sie.

„Gut." Tamael hob ebenfalls die Hände. „Yahobai, danke dass Elmaryn begriffen hat, dass die Überhaut ihr nichts Gutes tut. Bitte, wenn es dein Wille ist, dann nimm sie weg. Danke."

„Ja", fügte Elmaryn leise hinzu. „Ich möchte es."

Eine Weile war es still. Auch die Zwerge schwiegen ergriffen. Alle verstanden, dass dies für Elmaryn ein bedeutsamer Schritt war. Plötzlich zog Elmaryn scharf die Luft ein.

„Schaut doch!", rief sie aus.

Und das taten sie. Fasziniert sahen sie zu, wie die braune Haut auf Elmaryns Armen und Beinen (so weit sie eben aus der Kleidung herausschauten) verblasste, sich zu kleinen braunen Inseln zusammenzog und in kurzer Zeit völlig verschwunden war.

Zum Vorschein kam Elmaryns richtige Haut. Sie war heller als die Überhaut (kein Wunder – sie war ja nie an die Sonne gekommen!), und eine Anzahl von Narben und schlecht verheilten Wunden verliehen ihr ein unregelmäßig geflecktes Aussehen.

Elmaryn betrachtete sich mit einer Mischung aus Staunen und Entsetzen. „Ich ... ich sehe schrecklich aus!", flüsterte sie. „Ich kann mich doch so nicht mehr von El-Schaddai sehen lassen!"

„Quatsch!", entfuhr es Tamael. „Jetzt gerade! Er will doch all diese Verletzungen heilen!"

Nick nahm ihre Hand. Jetzt, wo die Handfläche endlich frei lag, konnte man den Schnitt sehen, den Vikonns Schnitzmesser hinterlassen hatte. Das Fleisch war rot und stark geschwollen, und gelblicher Eiter quoll unter dem schwarzen Schorf hervor.

„Sieht übel aus!", murmelte er. Aber auch am Knie, das ganz

blau geschlagen war, hatte Elmaryn eine eitrige Stelle, wo sich ein Dorn unter die Haut gebohrt hatte. Das musste passiert sein, als sie auf der Flucht vor dem dicken Niddach mit dem Revolver vom Dach der Baracke in das Dornengestrüpp gesprungen waren.

„Gut, dass das alles ans Licht kommt!" Nick hatte die Pinzette aus seinem Taschenmesser genommen und fummelte den Dorn vorsichtig aus Elmaryns Knie. Sie verzog keine Miene, obwohl es bestimmt wehtat.

Sie selbst quetschte den Eiter aus ihrer Handverletzung. „Ich werde Kräuter drauftun", murmelte sie. „Ich kenn mich ja aus." Sie ging ins Haus und sie hörten sie drinnen herumstöbern.

„Uff", stöhnte Tamael, als sie ihn nicht hören konnte. „Diese Überhaut ist ja wirklich ein Problem! Ich dachte immer, sie soll die Lematai vor Verletzungen schützen! In Wirklichkeit macht sie die Sachen nur schlimmer! Ich bin echt froh, dass sie sie runtergenommen hat!"

„Gut, gut." Nick wurde langsam ungeduldig. „Aber ich habe euch sensationelle Neuigkeiten mitgebracht ... "

Elmaryn kam wieder aus der Hütte. Sie hatte sich Kräuter um die Hand und ums Knie gewickelt. Jetzt sah sie Nick scharf an.

„He, jetzt seh ich das erst!", sagte sie erstaunt. „Wie siehst du denn aus? Streck mal die Zunge raus!" Sie inspizierte sein Gesicht. „Rote Augen ... schwarze Zunge ... hast du etwa Trolläpfel gegessen?!" Panik schwang in ihrer Stimme mit.

„Ich hab nichts gegessen", beteuerte Nick. „Aber mir war heute Nacht fürchterlich schlecht ... Das mit den Augen und der schwarzen Zunge war vorhin noch viel schlimmer."

Jetzt zeigten sich auch die anderen entsetzt und redeten alle durcheinander.

„Und du bist sicher, dass du keine Trolläpfel gegessen hast?", fragte Tamael.

„Nein ... nur was Angela mir gegeben hat ... Und den Eintopf bei den Drachen, natürlich."

„Der hat dich gerettet!", platzte Elmaryn heraus, und sie erklärte: „Es ist offensichtlich, dass du Trolläpfel gegessen hast. Die Augen, die Zunge ... das ist ganz eindeutig. Trolläpfel sind sehr giftig. Man stirbt gewöhnlich davon! Zum Glück sind sie sehr selten, und das Einzige, was dagegen hilft, ist Drachenkraut. Gut, dass in Odlys Eintopf so viel davon war!"

„Aber ...", stotterte Nick verwirrt. „Ich habe keine Äpfel gegessen ... Da bin ich ganz sicher!"

Sie schwiegen betroffen. Schließlich sprach Piersek aus, was alle dachten: „Dann hat jemand versucht, dich zu vergiften!"

Die Finsternis

Ein langes Schweigen folgte. Die Gedanken in Nicks Kopf überschlugen sich.

„Warum sollte mich jemand vergiften? Und wer?", fragte er schließlich ratlos. Unfälle hatte er ja schon oft gehabt. Natürlich hatte er auch das eine oder andere Mal versehentlich etwas Giftiges gegessen und war beim Magen-Auspumpen im Krankenhaus gelandet. Aber dass ihn anscheinend jemand umzubringen versuchte, das war neu!

„Ich habe doch nichts Ungewöhnliches gegessen ...", sinnierte er. „Die Brote, die Angela mir mitgegeben hat ... Aber davon habt ihr alle gegessen, und euch wurde nicht schlecht. Außerdem würde Angela mich nicht vergiften, niemals!" Allein der Gedanke war lächerlich. Außerdem hatte Angela ihm den Tee gekocht, der ihn wieder gesund machte. Merkwürdig, jetzt fiel ihm ein, dass der Tee nach Drachenkraut geschmeckt hatte ... *Drachenkraut ist das Einzige, was dagegen hilft ...* Wie hatte Angela das wissen können?

„Kürbiseintopf", sagte Sipwit plötzlich.

„Was?"

„Ihr alle habt doch bei den Drachen Eintopf gegessen! Da könnten die Trolläpfel drin gewesen sein!"

„Unsinn!", verteidigte Nick die Drachen. „Wir haben doch alle davon gegessen! Und außer mir wurde niemand krank!"

„Es wäre einfach gewesen", gab Sipwit zu bedenken, „die Äpfel nur in deine Portion zu mischen!"

Ein betretenes Schweigen folgte diesen Worten. Der Verdacht gegen Odly hing schwer in der Luft. Nick fühlte sich wie gelähmt. Er hatte die Drachen als Freunde betrachtet – konnte es wirklich sein, dass sie sein Vertrauen so missbrauchten? Hatten die Drachen etwa doch etwas mit dem Verschwinden der Zwerge zu tun und versuchten, Nick aus dem Weg zu räumen, weil er Nachforschungen anstellte? Der Gedanke war äußerst unbehaglich.

„Na ja, wie auch immer", sagte Nick schließlich gepresst. „Lasst uns weitermachen ... Ich habe etwas Interessantes herausgefunden!" Er zog die Kopien der Lexikon-Seiten aus der Tasche und faltete sie auf. „Ich habe gestern in Horsts Wohnung eine Liste gefunden", berichtete er, „von Leuten, die Dinge bei Horst bestellt haben: Phosphor und Haschisch."

„Was ist das?", fragte Elmaryn.

Nick strich die Zettel glatt. „Phosphor ist ein Zeug, aus dem man Brandbomben herstellen kann", erklärte er. „Das sind Waffen. Äh, Dinger, die man von oben auf eine Stadt wirft, und dann verbrennen die Häuser und die Leute."

Die anderen gaben entsetzte „Oh!"-Rufe von sich.

„Wozu braucht man das?", fragte Piersek angewidert.

„Na ja ... im Krieg, wenn man mit den anderen Leuten im Streit liegt ... Wenn man kämpft ... "

„Wie furchtbar!", flüsterte Elmaryn.

„Also, jedenfalls verkauft Horst anscheinend diesen Phosphor nach Hamartin", ergänzte Nick. „Und Haschisch, das verkauft er auch, das ist ein Rauschgift. Das macht ... hm, das macht, dass man angenehme Gefühle hat ... aber man wird davon schwindlig und ganz dumm im Kopf."

„So wie der Jäger, den wir gestern im Wald gefunden haben?", fragte Piersek. „Der ... ‚betrunken' war?"

„Ja. So ähnlich, nur noch schlimmer. Und es wird aus dieser Pflanze hergestellt." Nick zeigte den anderen das Bild, das er aus dem Lexikon kopiert hatte. „Man nennt die Pflanze Hanf."

„Das ist Seilkraut!", stellte Tamael fest.

„Dann stimmt es, was Nick sagt", murmelte Elmaryn, und jetzt, wo sie keine Überhaut mehr trug, konnte man sehen, dass sie blass wurde. „Die Niddachs bauen jede Menge Seilkraut an."

„Aber das ist ja schrecklich!", schrie der kleine Piersek und sprang vor Erregung auf. „Das dürfen sie nicht ... so schreckliche Sachen herstellen! Wir müssen etwas dagegen unternehmen, sobald wir die Zwerge und Atrel befreit haben!"

„Ja", sagte Nick., „Ich glaube, ich weiß jetzt, wie das alles zusammenhängt!"

„Ja?"

„Dieser Phosphor", erklärte Nick eifrig, „wird als Phosphat abgebaut und dann im Labor verändert."

„Das Labor ist in dieser Baracke, in der es so gestunken hat!", begriff Tamael.

„Genau. Und das Phosphat gibt's wahrscheinlich in dem alten Höhlenlabyrinth, und die Niddachs haben die Zwerge entführt, damit sie es dort für sie ausgraben!"

Plötzlich ergab alles einen Sinn. Die anderen sahen Nick bewundernd an.

Da ertönte hinter der Hütte eine schneidende Stimme: „Das ist ja wirklich hochinteressant!"

Alle Köpfe fuhren herum.

Hinter Elmaryns Hütte traten Ramesh und Horst hervor, gefolgt von ein paar Niddachs mit Revolvern und Stricken.

*

Sie saßen da wie gelähmt. Aber auch wenn sie aufgesprungen und weggelaufen wären, hätten sie keine Chance gehabt. Rundherum tauchten bewaffnete Männer auf. Wie lange hatte Ramesh schon bei ihrer Unterhaltung zugehört?

„Da haben wir ja wirklich ein besonders schlaues Bürschchen gefangen!", stellte der blinde Horst bissig auf Deutsch fest und wandte sein Gesicht mit der schwarzen Sonnenbrille ungefähr in Nicks Richtung. „Dann warst es wohl auch du, der gestern an meinem Computer herumgespielt und den Ton abgedreht hat!?"

Nick rutschte das Herz in die Hose. Dass ihm aber auch so ein dummer Fehler passieren musste!

„Was für ein Jammer", bemerkte Ramesh kalt, „dass unsere kleinen Schlauköpfe mit ihrem Wissen nicht mehr viel anfangen können!" Er sprach edoneysisch, sodass auch Elmaryn und die Zwerge ihn verstehen konnten. Dann rief er auf Englisch: „Ergreift sie!"

Jetzt ging alles blitzschnell. Die Niddachs wollten sich auf die Kinder stürzen. Nicks Hand glitt wie von selbst in die Hosentasche und ergriff den Mondstein.

„Mach uns unsichtbar!", schrie er.

Und dann geschah etwas Entsetzliches.

Der Mondstein drehte sich in Nicks Hand herum, und was Nick immer vermutet hatte, erwies sich jetzt als wahr: Er hatte noch nie die Rückseite des Steins gesehen.

Jetzt sah er sie zum ersten Mal.

Die Rückseite war schwarz. Pechschwarz. Sie war das Gegenteil von Licht, ja sie schien das Licht geradezu aufzusaugen und zu verschlucken.

Ringsum schrien irgendwelche Leute vor Entsetzen laut auf. Nick wollte den Mondstein von sich schleudern, aber er war wie gelähmt. Mit schreckgeweiteten Augen und doch auf eine unheimliche Weise fasziniert starrte er den Stein in seiner Hand an, der das Licht um sie her verschlang. In Sekundenschnelle wurde es dunkel. Die letzten Reste von Licht stürzten in den schwarzen Schlund, und dann war es vollständig finster. Noch nie hatte Nick eine so vollständige, lichtlose Schwärze erlebt. Es war beklemmend.

Die dunkle Seite des Mondes, schossen ihm Dads Worte durch den Kopf. *Wir sehen niemals die Rückseite. Als ob der Mond ein Geheimnis hätte ...* Und dann fiel ihm ein, was Tamael gesagt hatte: *Jedes Rindvieh würde erkennen, dass der Stein von Aphanes kommt ...*

Nick atmete schwer. Der Mondstein hatte seinen Wunsch erfüllt: Sie waren unsichtbar. Aber diese absolute, tiefschwarze Finsternis war eindeutig schlimmer, als von den Niddachs gefangen zu werden. Nicks Herz füllte sich mit Panik.

„Was ist los?", ertönte Horsts Stimme. Er sprach Englisch mit einem harten Akzent. „Habt ihr sie?"

„Äh ... es ist plötzlich stockfinster geworden", hörten sie Ramesh sagen. Natürlich, der blinde Horst hatte als Einziger nicht bemerkt, was passiert war!

„So? Wirklich?" Horst klang richtig gemein. „Na, dann habe ich endlich auch einmal einen kleinen Vorteil!"

Im nächsten Augenblick hörten sie einen erschrockenen Aufschrei. Er kam von Piersek.

„Ich hab einen!", rief Horst. „Ihr anderen, falls einer von euch weglaufen sollte, schneide ich dem da die Kehle durch! Und keine Tricks! Ich höre es, wenn sich einer davonschleicht!"

Sie saßen da wie versteinert. Die Finsternis war schrecklicher als alles andere.

Die Sekunden verstrichen. Keiner wagte sich zu rühren. Da plötzlich bemerkte Nick in der vollkommenen Dunkelheit einen schwachen Lichtschimmer. Er kam aus seiner Hosentasche und schien durch das Gewebe von Elmaryns Hose hindurch.

Der Sonnenstein! Das stille, goldene Licht war als Einziges nicht vom Mondstein verschlungen worden. Wie ein ferner, tröstlicher Stern leuchtete der Stein durch die Hosentasche.

Da begriff Nick. Der Mondstein kam von Aphanes, aber der Sonnenstein von Yahobai. *Der macht, was er will. Manche sagen, er will immer nur dein Bestes ...* Der Sonnenstein war auf geheimnisvolle Weise zu Nick zurückgekehrt, nachdem er ihn vergraben hatte. *Die beiden gehören zusammen ...* Yahobai ließ Nick nicht allein! Yahobai lieferte ihn nicht schutzlos der Macht von Aphanes aus!

Nick befeuchtete seine trockenen Lippen. „Yahobai", flüsterte er unhörbar. „Lass uns nicht hier in der Finsternis allein! Bitte bring das Licht zurück!"

Ein paar Sekunden lang geschah gar nichts. Doch dann wurde der Himmel plötzlich heller, und auf einmal schien wieder die Sonne, als ob sie sich nur mal eben kurz hinter einer Wolke versteckt hätte. Alle blinzelten erleichtert. Manch einer seufzte auf.

„Nehmt sie fest!", schrie Ramesh, kaum dass das Licht wieder da war.

Die Niddachs besannen sich darauf, was ihr Job war, und stürzten sich auf die Kinder. In wenigen Minuten hatten sie Nick, Tamael, Elmaryn und Piersek die Hände auf den Rücken gefesselt. Festgezogene Stricke schnitten sich schmerzhaft ins Fleisch.

Nick blickte sich verstohlen um.

Sipwit fehlte.

Eingesperrt

Horst und Ramesh trieben ihre Gefangenen den Pfad hinunter an den See, zur Mündung des schmutzigen kleinen Flusses, wo sie ihr Motorboot unter einem großen Baum versteckt hatten. Nick bemerkte am Seeufer auch ein kleines Ruderboot. Mit dem waren wohl die Zwerge heute früh über den See gekommen.

Die beiden Männer stießen die Kinder von Zeit zu Zeit in den Rücken, um sie anzutreiben. Ansonsten kümmerten sie sich nicht um sie, sondern sprachen miteinander. Da sie englisch redeten, konnten Nick und Tamael sie verstehen, außer wenn sie sehr leise sprachen.

„Die Herrin darf keinesfalls etwas davon erfahren", schnappte Nick auf. Und Ramesh antwortete etwas wie „ ... zu den anderen in die Mine ..."

Horst sagte „endgültige Lösung", und Ramesh meinte, dass ihnen „schon etwas einfallen" würde. Nick hatte keine Ahnung, wovon die beiden sprachen oder wo sie sie hinbringen wollten. Aber er hatte sowieso keine Wahl. Ramesh bedrohte sie die ganze Zeit mit einem Revolver, und Nick hatte das unerfreuliche Gefühl, dass er ihn bei Gelegenheit auch benutzen würde.

Die Männer stießen sie ins Boot und kletterten hinterher. Verängstigt drückten sich die Kinder in einen Winkel. Ramesh legte ab. Das Boot, offenbar elektrisch angetrieben, glitt lautlos auf den See hinaus. Ramesh blickte immer wieder sorgenvoll zur Villa zurück.

Sie fuhren weit in Richtung Mittag und legten schließlich am gegenüberliegenden Seeufer an. Auf dieser Seite des Sees lag sowohl das Zwergendorf mit dem Bergwerk als auch die Seegrotte, in der Odly wohnte. Allerdings befanden sich diese Orte alle ein ganzes Stück rechts von ihnen.

In der höher steigenden Sonne begannen sie den steilen Aufstieg auf den Berg. Ramesh fragte Horst, der immer wieder über Wurzeln und Steine stolperte, mehrmals, ob er wirklich mitkommen wollte. Aber Horst bestand darauf. So kamen sie nur langsam voran. Die festgeschnürten Fesseln an den Handgelenken taten gemein weh. Nick überlegte die ganze Zeit, ob ein Fluchtversuch einen Sinn hätte. Doch im niedrigen Strauchwerk gab es keinen Platz, wo sie sich vor Rameshs Revolver hätten verstecken können. Also stiegen sie gehorsam den gewundenen Pfad bergauf und wagten nicht zu reden.

Nach einem beschwerlichen Aufstieg erreichten sie eine schmale Felsspalte. Erst bei genauem Hinsehen entdeckte Nick, dass dies der Eingang zu einer Höhle war. Piersek stieß ihn mit dem Ellbogen an und rollte bedeutungsvoll mit den Augen, als ob er ihm etwas sagen wollte. Doch gleich rammte Ramesh dem Zwerg eine Faust zwischen die Schulterblätter, so dass er ein paar Schritte vorwärts stolperte, und brüllte: „Hab ich gesagt, dass ihr euch unterhalten dürft?!"

Alle zwängten sich durch den Spalt in das Innere des Berges. Nach dem Aufstieg in der prallen Sonne war die feuchte Kühle in der Höhle direkt eine Wohltat.

Ramesh hatte beim Höhleneingang eine große Taschenlampe ergriffen und beleuchtete den Boden eines Stollens, der anscheinend viel begangen wurde. Nick begann zu ahnen, was Piersek ihm hatte sagen wollen: Dies war das Höhlenlabyrinth, in dem vermutlich die verschwundenen Zwerge gefangen gehalten wurden! Er wurde ganz aufgeregt. Ramesh und Horst hatten sie freiwillig an den Ort gebracht, den sie suchten! Jetzt mussten sie nur noch ihre Bewacher und die Fesseln loswerden ...

Das Labyrinth trug seinen Namen zu Recht. Immer wieder zweigten links und rechts Gänge ab. Ramesh ging mit sicheren Schritten voran und bog einmal links, dann wieder rechts ab. Nick betrachtete die Felswände, ob vielleicht irgendwelche Markierungen angebracht waren, an denen man sich orientieren konnte, doch er fand nichts. Falls es ihnen tatsächlich irgendwie gelingen sollte, Horst und Ramesh abzuschütteln, wären sie trotzdem in dem Gewirr unterirdischer Höhlen hoffnungslos gefangen, denn sie würden nie wieder herausfinden!

Der Gang öffnete sich zu einer weiten Halle, von der in alle Richtungen Stollen wegführten. In manchen davon verliefen Schienen. Die Halle war von Fackeln einigermaßen beleuchtet. Zwei Niddachs saßen auf Holzschemeln neben einem improvisierten Tisch, der aus einem Fass mit einem Brett darüber bestand, und aßen Wurstbrote.

„He, ihr da!", rief Ramesh statt eines Grußes. „Ich bringe euch ein paar Gefangene, die auf das Schärfste zu bewachen sind, ist das klar?"

Die beiden Männer kamen näher, betrachteten die Kinder und grinsten.

„Da gibt's nichts zu grinsen!", herrschte Ramesh sie an. „Das sind ein paar ziemlich gerissene kleine Schnüffler, die entschieden zu viel wissen! Sperrt sie ein!"

„Ja, Herr!", beeilte sich einer der Männer zu antworten. Er ging zu einer Vertiefung in der Felswand, die durch ein Eisengitter abgesperrt war und wie eine Gefängniszelle wirkte. Der Mann nahm einen Schlüssel, der mit mehreren anderen an seinem Gürtel hing, und schloss das Gitter auf.

„Hinein mit euch!"

Den Kindern blieb nichts anderes übrig, als sich in der kleinen Höhle einsperren zu lassen. Horst rüttelte am Gitter, um zu prüfen, ob es auch gut abgeschlossen war.

„Und was machen wir jetzt mit ihnen?", fragte er. „Warum erschießen wir sie nicht gleich?"

Nicks Magen hob sich, und sein Herz schien stillzustehen. Der Kerl wollte sie doch nicht etwa umbringen?!

„Idiot!", zischte Ramesh. „Falls ihre Leichen je gefunden werden, dann weiß doch jeder gleich, was passiert ist! Willst du einen Krieg mit sämtlichen Völkern hier in der Gegend? Nicht alle sind so schafsdumm und geduldig wie diese vertrottelten Zwerge! Wir müssen etwas Unauffälliges machen! Es muss wie ein Unfall aussehen! Keinesfalls darf der Verdacht auf uns fallen. Schon wegen der Herrin!"

Nick musste sich setzen. Seine Knie wurden weich. Die beiden meinten es ernst!

Horst nickte zustimmend und sagte: „Wir könnten sie im See versenken."

„Womöglich kann die Brut schwimmen!"

„Ein Unfall in den Bergen? Von einem Felsen zerschmettert?"

„Gleich alle vier? Das wirkt unwahrscheinlich."

„Feuer? Das ist gut: Sie haben sich verlaufen, haben ein Lagerfeuer angezündet und sind von einem kleinen Waldbrand überrascht worden!"

„Du willst ein Stück Wald abbrennen?"

„Warum nicht? Es gibt doch wirklich genug davon hier!", meinte Horst spöttisch.

„Na gut. Wir legen die Leichen so hin, dass sie später auch gefunden werden. So ein Waldbrand wird ja hoffentlich irgendwem auffallen."

Nicks Magen krampfte sich zusammen. Sein Herz raste, und er zitterte am ganzen Körper. Noch nie hatte er so viel Angst gehabt wie jetzt – und er hatte sich wahrhaftig schon oft gefürchtet! Es war grässlich zuzuhören, wie sich jemand darüber unterhielt, was er mit Nicks Leiche tun wollte!

„Was für ein bedauerlicher kleiner Unfall!" Horsts Lachen ging Nick durch und durch. „Wir sollten am besten einen Kanister Benzin besorgen! Wir haben ja jetzt Zeit, da die Kleinen hier sicher verwahrt sind!"

„Gut." Ramesh sah die beiden Männer, die die Zelle bewachten, drohend an: „Kein Wort zu irgendwem, ist das klar? Wenn irgendjemand hiervon erfährt, seid ihr beide tot!"

Die Männer nickten stumm. Ramesh nahm Horst am Arm und die beiden entfernten sich durch den Gang, durch den sie gekommen waren.

Als sie fort waren, nahmen die beiden Bewacher wieder ihre Plätze neben dem Tisch ein und aßen ihre Brote weiter.

Nick wagte als Erster zu sprechen. „Die ... die wollen uns töten!", flüsterte er.

Tamael saß neben ihm. Er wirkte gefasst. „Es ist in Yahobais Hand", murmelte er.

„Und deswegen lässt dich das kalt?", fuhr Nick auf.

Tamael zuckte die Achseln. „Wenn es Yahobais Ratschluss ist, dass ich heute sterbe, dann kehre ich heim zu ihm", bemerkte er. „Aber lieber lebe ich noch ein bisschen!", fügte er hinzu.

Piersek hatte sich von hinten an Nick herangeschoben und wisperte: „Kannst du mein Schnitzmesser aus dem Gürtel ziehen? Es ist jetzt direkt bei deinen Händen!"

Nick versuchte die Finger hinter dem Rücken zu bewegen, die sich wegen der engen Fesseln schon ganz abgestorben anfühlten. Er tastete nach dem kleinen Messer und zog es aus Pierseks Gürtel.

„Jetzt halte es still. Ich probiere, ob ich meine Fessel durchschneiden kann!", flüsterte Piersek. Nick spürte, wie der Zwerg hinter seinem Rücken rumorte.

„Geschafft!" Piersek nahm Nick das Messer aus den steifen Fingern, und im nächsten Augenblick fielen die Stricke von Nicks Händen zu Boden.

Die beiden Niddachs sahen nicht her, denn sie hatten jetzt ein Kartenspiel begonnen. Nick rieb sich die Handgelenke. Seine Finger kribbelten, als endlich wieder Blut hineinströmte. Piersek befreite auch Elmaryn und Tamael von ihren Fesseln.

Nick fühlte sich schon viel besser, obwohl er noch immer in einer kleinen Felsenzelle eingesperrt saß und Horst und Ramesh in spätestens einer Stunde wiederkommen würden, um sie alle zu töten.

„Was machen wir jetzt?", fragte er. „Hat jemand eine Idee, wie wir hier rauskommen?"

„Vielleicht befreit uns Sipwit!", hoffte Piersek.

Daran hatte Nick auch schon gedacht. Irgendwie war es Sipwit gelungen, trotz Horsts Drohungen, dass er sie hören konnte, zu fliehen. Allerdings war kaum anzunehmen, dass er wusste, wo sie sich jetzt befanden!

„Nick", sagte Tamael ernst, „hast du den Mondstein noch?"

„Hä? Du hast vielleicht Probleme! Weißt du im Augenblick nichts Wichtigeres?!" Nick schüttelte verwundert den Kopf.

„Nein, im Ernst! Du musst ihn endlich hergeben! Merkst du denn nicht, dass immer etwas Schreckliches geschieht, wenn du ihn benützt? Der verfluchte Stein erfüllt zwar deine Wünsche – aber immer so, dass hauptsächlich Aphanes etwas davon hat!"

Nick versuchte sich zu erinnern, ob das stimmte, aber Tamael fuhr unerbittlich fort: „Du musst beide Steine zusammen hergeben! Wenn du nur einen wegwirfst, kommt der andere immer wieder zu dir zurück. Du darfst Aphanes keine Macht über dich geben! Vertrau lieber auf Yahobai. Er weiß schon, was gut für uns ist!"

„Na gut." Die jüngsten Ereignisse hatten Nick überzeugt. Die Finsternis, die entstand, als der Mondstein alles Licht verschluckte, war das Schlimmste, woran er sich überhaupt erinnern konnte.

„Schmeiß ihn einfach raus!", schlug Elmaryn vor.

Aber Nick hatte eine bessere Idee. „Hey! Ihr da, Aufpasser!", rief er den Niddachs auf Englisch zu. „Ich hab hier etwas!"

Einer der Männer erhob sich, legte seine Karten auf den Tisch und schlenderte näher. Er war ein drahtiger Kerl, der sich anscheinend schon ein paar Tage nicht rasiert hatte.

„Ja, was haben wir denn da?", fragte er herablassend. „Eine von den Kröten kann richtig sprechen ... nicht nur so ein Zwergengebrabbel?"

„Ich hab hier was für euch", flüsterte Nick vertraulich und zeigte ihm die beiden leuchtenden Steine. „Ich gebe es euch, wenn ihr uns rauslasst."

Der Niddach lachte dröhnend. „Du bist ein kleiner Witzbold, was? Glaubst du, ich lasse mich von Ramesh erschießen – für zwei glänzende Steine?! Und selbst wenn's Goldklumpen wären!"

„Psst!" Nick winkte ihn näher heran. „Das ist was viel Besseres als Gold! Das ist ein Mondstein! Der kann Wünsche erfüllen! Damit seid ihr mit einem Schlag viel mächtiger als Ramesh!"

„Ach, was du nicht sagst!" Der Niddach schlug sich vor Lachen auf die Schenkel. „Wenn das so ist, warum wünschst du dir nicht einfach, dass du frei wärst?"

Darauf wusste Nick nichts zu erwidern. Er konnte dem Kerl doch nicht sagen, dass der Mondstein mit der dunklen Macht von Aphanes arbeitete, mit der Nick nichts mehr zu tun haben wollte!

„Aber weißt du was?", fuhr der Wächter fort. „Ich glaube, die Steine gefallen mir doch. Ich nehm sie mir einfach!" Er griff durch die Gitterstäbe und riss Nick die Steine aus der Hand.

„Hee!" Nick wollte aufbrausen, aber Piersek hielt ihn zurück. „Lass ihn nur!", flüsterte er. „Vertrau einfach auf El-Schaddai!"

Zitternd vor Empörung (und auch vor Angst) setzte Nick sich wieder zu den anderen auf den Boden. Er wünschte, er könnte auch mit so großer Gelassenheit darauf vertrauen, dass Yahobai die Lage im Griff hatte!

Der Niddach, der die Steine genommen hatte, setzte sich wieder zum Kartenspielen hin.

„Was hast du da?", fragte der andere. Er war dicker als der Erste, trug eine blaue Latzhose und darunter nur ein weißes Ripp-Unterhemd, und rauchte eine Zigarette nach der anderen.

„Nichts", knurrte der Angesprochene.

„Ist das Gold?" Der Dicke versuchte, dem Dünnen die Steine aus der Hand zu winden.

„Pfoten weg! Das gehört mir!", brüllte der Dünne.

„Von wegen! Du hast es den Kindern weggenommen, ich hab's

genau gesehen! Das gehört mir genauso wie dir!" Der Dicke sprang auf. „Teilen wir wenigstens!"

„Warum sollte ich teilen?" Der Dünne erhob sich ebenfalls und ballte kampflustig die Fäuste.

Die Kinder umklammerten die Gitterstäbe und verfolgten das Geschehen mit Spannung.

„Gut, dann teilen wir eben nicht!" Der Dicke versetzte dem Dünnen einen gewaltigen Schlag vor die Brust. Der Dünne stürzte sich mit Gebrüll auf ihn. Schon wälzten sich beide auf dem felsigen Boden.

Atemlos beobachteten die Gefangenen die Prügelei ihrer Wächter. Jetzt griff der Dünne nach dem Brett, das ihnen als Tisch gedient hatte, und hob es hoch, um es dem Dicken auf den Kopf zu schlagen. Die Karten fielen zu Boden. Gleichzeitig holte der Dicke zu einem gewaltigen Schlag aus. Der Dünne ließ das Brett auf den Kopf seines Gegners krachen und erhielt gleichzeitig einen Stoß von ihm, so dass er rückwärts taumelte und mit dem Rücken gegen die Gitterstäbe der Zelle prallte.

Auf diesen Augenblick hatte Piersek gewartet. Er hatte vorsorglich seinen Gürtel abgenommen, und jetzt schlang er ihn geistesgegenwärtig um den Hals des Mannes und zog ihn damit gegen das Gitter.

Der Dicke war unter dem Schlag mit dem Brett zusammengebrochen und lag reglos am Boden. Der Dünne, dessen Hals von Piersek zusammengedrückt wurde, rang nach Luft und versuchte erfolglos, den Druck des Gürtels auf seine Kehle zu lockern. Blitzschnell hob Tamael einen großen Steinbrocken vom Boden auf und ließ ihn zwischen den Gitterstäben auf den Kopf des Mannes krachen. Gleichzeitig griff Elmaryn hinaus und löste den Schlüsselbund von seinem Gürtel.

Der Wächter sackte unter Tamaels Schlag stöhnend zusammen und rührte sich nicht mehr.

„Gut gemacht! Jetzt aber schnell!" Piersek schnallte seinen Gürtel wieder um. Elmaryn probierte mit fliegenden Fingern alle Schlüssel durch. Quietschend öffnete sich das Gitter.

Nick hatte das ganze Geschehen zitternd beobachtet. Alles war so schnell gegangen, dass er noch gar nicht richtig begriffen hatte, dass sie frei waren.

Tamael zog ihn am Ärmel. „Komm jetzt, bevor die zwei aufwachen!"

Hastig stürzten sie aus ihrer Zelle. Elmaryn und Piersek zerrten den Dünnen, der direkt vor der Tür lag, in das Gefängnis hinein. Tamael und Nick mühten sich mit dem Dicken ab. Endlich lag auch er in der Zelle, und sie schlossen die beiden ein.

Jeder schnappte sich eine Fackel von der Wand, und dann rannten sie in den Gang, aus dem sie gekommen waren. Nicks Herz klopfte zum Zerspringen. Er hoffte inständig, dass Pierseks Erfahrung als Bergmann ihm half, den richtigen Weg hinauszufinden!

Hinter der zweiten Biegung trafen sie Sipwit.

Verrat

„Ihr seid frei!", rief Sipwit überrascht aus, als er die vier um die Ecke stürmen sah. „Oh ... welch ein Glück! El-Schaddai sei Dank!"

„Wie kommst *du* denn hierher?", staunte Tamael.

„Ich ... äh, ich bin euch gefolgt!", stotterte der Zwerg verlegen. „Ich ... habe hier überlegt, wie ich euch helfen könnte ... Nun habt ihr euch selbst befreit!"

„Red nicht lang!", rief Nick. „Kennst du dich aus? Wie kommen wir hier raus?"

„Ich denke, ich habe einen gewissen Überblick ...", gab Sipwit zu. „Ich glaube, ich weiß auch, wo sie die verschwundenen Zwerge gefangen halten. Ich habe sie auf dem Weg hierher singen gehört."

„Können wir sie befreien?", fragte Piersek aufgeregt.

„Sind sie bewacht?", erkundigte sich Elmaryn.

Nick überlegte blitzschnell. Wenn es ihnen gelang, die gefangenen Zwerge zu befreien, wäre Atrels Unschuld bewiesen und die Zwerge, die ihn verschleppt hatten, würden ihn bestimmt freilassen. Allerdings war das Unternehmen höchst gefährlich, denn Horst und Ramesh konnten jeden Augenblick zurückkehren und feststellen, dass sie entflohen waren. Ob es ihnen gelingen würde, in dem unterirdischen Labyrinth unbemerkt eine Horde Zwerge an den beiden vorbeizuschmuggeln?

„Wir versuchen es!", entschied er.

„Es gibt ein paar Wächter", gab Sipwit zu, „und verschlossene Gittertüren."

„Könnte es sein, dass das hier die Schlüssel zu diesen Türen sind?" Elmaryn hob den Schlüsselbund hoch, den sie dem dünnen Niddach vom Gürtel genommen hatte und den sie immer noch in der Hand hielt.

Sipwits Zwergengesicht zeigte Erstaunen, doch dann zog es sich zu einem breiten Grinsen auseinander.

„Das ist ja großartig!", rief er. „Folgt mir, ich führe euch!"

Schon ging es voran, über holprigen Felsengrund, durch enge Spalten, dann wieder durch geräumige Gänge und weite Dome. Nick hatte längst jede Orientierung verloren, aber Sipwit schien genau zu wissen, wohin er ging. Auch Piersek hatte anscheinend noch ein Gefühl für die Richtung, denn einmal hielt er Sipwit an und sagte zweifelnd:

„Geht es hier nicht in Richtung Ausgang? Wir wollen doch zu den Gefangenen!"

„Ja", gab Sipwit zurück, „aber zu den Gefangenen geht es auch hier!"

Nach einem längeren Marsch (eigentlich hatte Nick den Eindruck, als wären sie Umwege gegangen) hörten sie auf einmal schwach den unheimlichen Gesang aus dem Nichts, den sie schon bei Odly gehört hatten.

„Das sind sie!", flüsterte Piersek und blieb stehen, um zu lauschen.

„Komm weiter!", drängte Nick. „Bald sind sie frei!"

Insgeheim machte er sich Sorgen wegen der Wächter, die doch bestimmt bewaffnet waren. Die Edoneysier, die so etwas nicht kannten, wussten ja nicht, auf was sie sich da möglicherweise einließen! Nick versuchte sein klopfendes Herz zu beruhigen und sich einzureden, dass Yahobai sie schließlich bis hierher gebracht hatte und sie auch weiterhin führen würde. Es gelang ihm nicht besonders.

Nach einer weiteren Viertelstunde sahen sie am Ende eines Ganges Tageslicht hereinschimmern. Piersek hatte also Recht gehabt, sie waren tatsächlich zum Ausgang zurückgekehrt!

„Gleich da vorne ist eine Gittertür, dort zweigt der Weg in die Mine ab!", flüsterte Sipwit.

Was für eine Mine? Was weiß Sipwit?, schoss es Nick durch

den Kopf. Sie hatten einen abgesperrten Gang erreicht, der nur wenige Schritte vom Höhleneingang entfernt abzweigte. Elmaryn probierte den Schlüsselbund durch. Tatsächlich passte ein Schlüssel. Sie öffnete das Gitter, und alle drängten hindurch.

Der metallene Klang der zuschlagenden Tür ließ sie herumfahren.

Sipwit war hinter ihnen zurückgeblieben. Er hatte die Tür zugeworfen und sperrte mit dem Schlüssel, der noch im Schloss steckte, hinter ihnen ab.

Sie waren in die Falle gegangen.

*

„Sipwit!", kreischte Piersek, und seine großen Ohren flatterten. „Was machst du? Warum sperrst du uns ein?"

Sipwit ließ sich in sicherer Entfernung vor dem Gitter nieder und sah sich nervös um. „Ihr versteht alle nichts!", spuckte er. „Ihr und Theron, und all diese dummen Zwerge, die nur an der Vergangenheit hängen! Nichts versteht ihr!"

„Was sollten wir denn verstehen?", fragte Elmaryn sanft. Vielleicht konnte sie Sipwit ja durch gutes Zureden dazu bringen, dass er sie freiließ!

„Die Niddachs bringen uns den Fortschritt!", fauchte Sipwit. „Sachen, von denen ihr keine Vorstellung habt ... die uns das Leben erleichtern. Kaltes Licht! Geräte, die unsere Arbeit tun! Und neue Spiele! Die schönsten, großartigsten, lustigsten Spiele, unvorstellbar! Dagegen sind Kugelwettschleifen und Schnellrudern Kinderkram! Wir sollten den Niddachs dabei helfen, uns all diese Dinge zu bringen, statt sie zu verachten! Aber ihr habt ja keine Ahnung!"

„Und woher weißt du das alles?", fragte Elmaryn weiter in dem sanften Tonfall. Nick bewunderte sie. Er hätte nicht so ruhig bleiben können, er hätte den Zwerg angebrüllt!

„Ich", sagte Sipwit stolz und warf sich in die Brust, „war mit Ramesh in Hamartin und habe alles gesehen!"

Den anderen blieb der Mund offen stehen. Selbst Elmaryn verlor die Fassung. Sipwit war in Hamartin gewesen?! Also spielte er schon die ganze Zeit über ein doppeltes Spiel mit ihnen! Er hatte von Anfang an mit Ramesh zusammengearbeitet!

Wie ein Blitz fuhr die Erkenntnis in Nicks Gehirn: Dann war es also auch Sipwit gewesen, der versucht hatte, ihn zu vergiften! Mit einem Schlag erinnerte er sich, dass er an diesem Abend nicht nur Odlys Eintopf gegessen hatte, sondern auf Sipwits Drängen auch einen Löffel Brei in dessen Hütte gekostet hatte! Der Schweiß brach ihm aus bei dem Gedanken, was passiert wäre, wenn er mehr als diesen winzigen Löffel voll gegessen hätte! Und wenn er nicht vorher mit Odlys Eintopf eine große Menge Drachenkraut zu sich genommen hätte – das einzige Gegenmittel!

Sipwit, den sie für einen Freund gehalten hatten, war ein tödlicher Gegner!

Nick saß wie gelähmt neben der Gittertür. Die Erkenntnis überwältigte ihn. Er war nicht fähig, einen klaren Gedanken zu fassen. Wie hatte er sich nur so täuschen können?

„Komm!" Tamael zog ihn am Ärmel. „Wir müssen weg von dieser Tür!"

„Wohin?"

„Tiefer in den Berg hinein. Die anderen Zwerge suchen. Gemeinsam sind wir stärker! Und vielleicht gibt es einen anderen Ausgang!"

„Entschuldige, wenn ich dir widerspreche", warf Piersek ein und errötete. „Aber ich glaube, es wäre besser, hier zu bleiben."

„Warum?"

„Es gibt bestimmt keinen anderen Ausgang aus diesem Teil des Labyrinths, der nicht versperrt ist", erklärte der Zwerg. „Ramesh scheint sich hier gut auszukennen, und er würde bestimmt nicht so einen Fehler begehen, einen Ausgang offen zu lassen. Wenn wir überhaupt eine Chance haben rauszukommen, dann hier."

Tamael ließ sich entmutigt auf den Boden sinken. Das hieß ja, dass sie auf Sipwits Wohlwollen angewiesen waren – und da sah es düster für sie aus!

„Sipwit", redete Elmaryn neuerlich auf den Zwerg ein, der mit grimmiger Miene vor der Tür saß. „Wenn Horst und Ramesh zurückkommen, werden sie uns töten – willst du das? Kannst du das verantworten?"

„Für den Fortschritt müssen auch Opfer gebracht werden", knurrte Sipwit. Es klang, als hätte er diesen Satz von Horst gelernt.

„Lass ihn", murmelte Nick. „Er hat schließlich auch versucht, mich zu vergiften – er schreckt nicht davor zurück, uns töten zu lassen!"

„Dann sollten wir uns vielleicht doch lieber verstecken!" In Elmaryns Stimme klang erstmals so etwas wie Panik mit.

„Ja, aber-" Die Worte blieben Nick im Hals stecken. Denn in diesem Augenblick verdunkelte sich das Licht, das durch den Höhleneingang hereinfiel. Eine Gestalt schob sich durch den Spalt, und dann eine zweite. Es waren Ramesh und Horst. Sie kamen zurück, und beide trugen in jeder Hand einen Benzinkanister.

„Weg hier!", schrie Nick und rappelte sich auf, um in den Gang hineinzufliehen.

„Hilfe!", kreischte Elmaryn völlig sinnlos – denn wer sollte ihnen helfen? „Rette uns!"

Vielleicht meinte sie Yahobai. Allerdings müsste der sich schon etwas einfallen lassen, um sie jetzt noch zu retten!

Da verdunkelte sich der Lichtspalt wieder, und eine Stimme rief: „Da seid ihr ja! Odly hat auf euch gewartet! Warum habt ihr mich nicht abgeholt?"

„Odly!", schrien alle vier zugleich. „Hilf uns!" Nick hätte vor Erleichterung fast geheult.

Der junge Drache zwängte sich durch den Spalt in die Höhle

und sprang näher. Ramesh machte erschrocken einen Satz zur Seite und ließ seine Kanister fallen.

Horst drehte nervös den Kopf und fragte: „Was ist los? Wer ist da?"

„Diese Männer haben uns eingesperrt!", schrie Tamael.

„Wer? Die da?" Odly packte Horst und Ramesh jeweils mit einer Pfote und hob sie ein Stück vom Boden hoch.

Ramesh schrie vor Angst auf und bedeckte sein Gesicht schützend mit den Händen. Horst trat mit den Füßen um sich und brüllte: „Was ist los? Ramesh, was ist das?"

„Ja, diese beiden!", riefen die Kinder.

„Gemeinheit!", bemerkte Odly vorwurfsvoll. „Odlys Freunde einzusperren! Pfui!"

Er warf sich Ramesh, der winselnd um Gnade flehte, über die Schulter wie einen Sack Müll. Der Inder in seinem strahlend weißen Anzug flog durch die Luft und krachte neben dem Höhleneingang gegen die Felswand. Stöhnend wälzte er sich am Boden.

„Du auch: Pfui!", wiederholte Odly streng und warf Horst hinterher.

„Aaahrg!" Mit einem Schmerzensschrei landete der Blinde neben Ramesh auf dem felsigen Boden. Ramesh rappelte sich auf und kroch aus der Höhle ins Freie, wobei er Horst hinter sich herzog.

„Der Zwerg! Halte den Zwerg auf!", kreischte Nick.

Sipwit wollte den Augenblick nutzen, um unbemerkt zu entwischen, aber schon hatte Odly ihn am Kragen gepackt und hob ihn hoch. Sipwits rasche Laufschritte wurden zu einem nutzlosen Strampeln in der Luft.

„Er hat die Schlüssel!", schrie Elmaryn.

„So?" Odly schaute den Zwerg böse an. „Du hast zugesperrt? Pfui, pfui, pfui!" Er nahm die Schlüssel an sich. Mit einem wohlgezielten Wurf schleuderte er Sipwit durch den Ausgang der Höhle ins Freie.

„Hurra!" Die Kinder sprangen vor Freude auf und ab, als Odly ihnen den Schlüsselbund durch das Gitter reichte. Nick schloss auf und fiel dem Drachen um den Hals.

„Du hast uns gerettet!", jubelte er. „Gerade im richtigen Moment!"

„Dich hat El-Schaddai geschickt!", strahlte Elmaryn.

„Ihr seid am Morgen nicht gekommen, um Odly abzuholen, wie versprochen", berichtete der Drache. „Da ist Odly selbst hergekommen und hat die Männer hinaufsteigen gesehen. Dann hat Odly euch gefunden."

„Das war sehr klug von dir!", lobte Tamael.

„Und habt ihr die Zwerge schon befreit?", fragte Odly.

„Nein. Aber wir sind nahe dran."

„Wenn es euch nichts ausmacht", meldete sich Piersek zu Wort, „dann schlage ich vor, dass wir diesem Weg folgen." Er zeigte tiefer in den Stollen, in dem sie gefangen gewesen waren. „Und – nicht dass ich mich wichtig machen möchte – aber… wenn ihr leise seid, können wir die Verschwundenen vielleicht wieder singen hören."

*

Jetzt, wo ihre Verfolger sie nicht mehr bedrohten, kam ihnen das ganze Unternehmen gleich viel einfacher vor. Sogar der Gedanke an möglicherweise bewaffnete Wächter machte Nick keine Sorgen mehr. Sie hatten doch Odly dabei, der so stark war und außerdem Feuer speien konnte! Nick schämte sich zutiefst, dass er Odly kurze Zeit verdächtigt hatte, ihn vergiftet zu haben. Gut, dass der Drache das nicht wusste!

Jetzt mussten sie die verschwundenen Zwerge nur noch finden. Nick hoffte auf Pierseks Instinkt und Erfahrung als Bergmann. Er selbst hätte sich in diesem Höhlenlabyrinth schon nach zwei Minuten hoffnungslos verlaufen. Tamael und Elmaryn schien es ähnlich zu gehen, denn sie alle ließen Piersek den Vortritt.

Der Zwerg marschierte zügig voran. Manchmal bog er in einen Seitengang ab. Nick hatte keine Ahnung, wann oder warum er das tat. Er gab es auch auf, sich zu merken, wo sie entlanggegangen waren. Wenn Piersek sie nicht wieder herausführte, dann mussten sie wohl für immer im Inneren des Berges herumirren. Nick konzentrierte sich darauf, die aufkeimende Panik bei diesem Gedanken zu unterdrücken.

Auch die anderen gingen schweigend. Das flackernde Licht der Fackeln beleuchtete immer nur einen kleinen Abschnitt des Ganges. Vor ihnen im Dunkeln konnten alle möglichen Gefahren lauern. Hatte Nick wirklich gerade noch gedacht, dass die Sache ohne Horst und Ramesh schon so gut wie gelaufen war?! Je tiefer sie in den Berg vordrangen, desto heftiger wurde seine Sehnsucht nach Tageslicht und nach Mummy und Dad (vielleicht sogar nach Samantha) und nach dem einigermaßen sicheren Leben, das er bisher geführt hatte. Selbst seine ständigen Unfälle kamen ihm im Vergleich zu diesem Unternehmen hier harmlos, ja geradezu gemütlich vor!

Aber es half nichts. Er war der Abgesandte. Das Zwergenvolk setzte seine ganzen Hoffnungen auf ihn. Er durfte sie nicht enttäuschen!

Wie um ihn zu ermutigen hörte er plötzlich leise Geräusche.

Piersek blieb stehen. „Hört ihr das? Sie singen!", wisperte er.

Tatsächlich vernahmen sie jetzt schwach den klagenden Gesang, den sie schon bei ihrem Besuch bei Odly so unheimlich aus dem Nichts vernommen hatten, und dazu ein Poltern und Klirren und das Klopfen und Scharren von kleinen Spitzhacken.

„Wir haben es bald geschafft!", flüsterte Tamael. Es klang, als ob er sich selbst Mut zusprechen würde.

Nick dachte an die bewaffneten Wächter, und sein Magen fühlte sich an, als ob er schon wieder Trolläpfel gegessen hätte.

Sie bogen um zwei Ecken. Der Gesang wurde lauter. Und dann standen sie plötzlich in einer riesigen Felsenhalle. Vor ihnen schwankte eine schmale Brücke, die nur aus Seilen bestand, und verlor sich in der Dunkelheit.

Unter der Brücke gähnte ein Abgrund, der so tief war, dass man den Boden nicht erkennen konnte.

In der Mine

Piersek ging forsch auf die dünne Seilbrücke zu und wollte sie überqueren. Die anderen jedoch waren stehen geblieben.

„Warte", bat Nick. Er versuchte sein Schaudern zu überwinden und trat an den Rand des Abgrundes. Obwohl er seine Fackel hoch hielt und weit über die Schlucht streckte, sah er nichts als schwarze, bodenlose Tiefe.

Er hob ein Steinchen vom Boden auf und warf es hinunter. Alle lauschten angestrengt. Die Sekunden vergingen. Endlich hörten sie aus weiter Ferne ganz leise den Aufprall des Steines.

Sie sahen einander an.

„Ganz schön tief", murmelte Elmaryn und schluckte. Die anderen nickten nur stumm vor Schreck.

„Wir müssen gleich da sein!", ermunterte sie Piersek und wollte die schwankende Brücke betreten. Nun, er hatte gut reden! Ihn würde die Brücke aushalten! Aber was war mit den Kindern, die doch mindestens doppelt so schwer waren? Oder gar mit Odly?

„Was ist? Habt ihr Angst?", fragte der Drache. „Odly fürchtet sich nicht! Odly wird doch von Adda beschützt!" Freudig hopste er auf den Anfang der Seilbrücke zu und wollte hinübergehen.

„Nein! Odly, nicht!", kreischten alle vier zugleich. Odly blieb stehen und sah sie verwundert an. Über seine Haut lief, soweit man das im Fackelschein erkennen konnte, ein orangefarbener Schimmer der Missbilligung.

„Was ist denn los?"

„Dich halten diese Seile auf keinen Fall aus!", sprudelte Elmaryn hervor.

„Und Adda ...?", setzte Odly erstaunt an.

"Yahobai hat dir einen Verstand gegeben", sagte Tamael hastig. „Er beschützt dich vor vielen Gefahren einfach dadurch, dass er dir den Verstand gegeben hat, damit du dich selbst schützen kannst. Und *mein* Verstand sagt mir, dass diese Brücke abreißen wird, wenn du draufsteigst!"

Odly blickte betreten an seiner Leibesfülle herab, dann auf die Seile und dann in den gähnenden Abgrund. Offenbar sah er ein, dass die Kinder Recht hatten, denn seine Haut nahm einen betrübten bräunlichen Ton an, und er murmelte beschämt:

„Anscheinend beschützt Adda Odly heute durch *euren* Verstand ..."

„Ja, aber was machen wir jetzt?", fragte Elmaryn.

„Odly muss hier bleiben", bemerkte der Drache bekümmert. „Ihr geht allein."

Nicks Herz sank ihm in die Hose. Das hatte gerade noch gefehlt! Wie sollten sie ohne Odlys Hilfe die Wächter überwältigen? Die Kinder tauschten rasche Blicke. Wäre es nicht klüger, aufzugeben? Vielleicht könnten sie in die Dörfer gehen und ein paar kräftige Männer zur Verstärkung mitnehmen? Andererseits: Gegen Niddach-Waffen waren sie sowieso alle machtlos.

Nick biss die Zähne zusammen. „Also gut, gehen wir!", stieß er hervor.

„Bitte entschuldigt, ich will mich nicht vordrängen ..." Pierseks große Ohren glühten vor Eifer. „Aber ich denke, wir sollten einzeln über die Brücke gehen. Ich zuerst."

Nick bewunderte ihn. Wenn es nicht gerade ums Reden ging, war der Zwerg unglaublich mutig!

Piersek klemmte sich eine Fackel zwischen die Zähne und ergriff beherzt die beiden Seile, die als Geländer dienten. Vorsichtig trat er auf die Brücke hinaus, die sich wie eine lange schmale Strickleiter über den Abgrund spannte. Er tastete sich von einer Sprosse zur nächsten vor, wobei er sorgfältig darauf achtete, sich immer mit mindestens einer Hand festzuhalten. Die Seile schaukelten leicht unter seinem geringen Gewicht. Bald war er nur noch ein ferner Lichtpunkt in der schwarzen Finsternis.

Endlich, nach ein paar bangen Minuten, hörten sie seinen Ruf: „Ich bin drüben!"

Tamael ging als Nächster. Das rechnete Nick, auf dessen Stirn trotz der Kälte Schweißperlen standen, ihm wirklich hoch an. Unter Tamaels Gewicht hing die Brücke deutlich stärker durch, aber sie hielt. Bald war auch er auf der anderen Seite.

Jetzt wollte Elmaryn die Sache hinter sich bringen. Nick sah ihr zu, und seine Zähne klapperten. Schließlich war er an der Reihe. Jetzt gab es kein Zurück mehr.

Wie auch die anderen, nahm er seine Fackel quer in den Mund. Rinde knirschte zwischen seinen Zähnen. Er hatte Harz auf der Zunge und hätte es gerne ausgespuckt. Die Fackel zischte, und neben seinem Ohr fühlte es sich ziemlich warm an.

Mit schweißnassen Händen griff er nach den Handläufen und wagte seinen ersten Schritt auf die Brücke hinaus. Die Seile federten leicht. Er atmete tief und stieg auf die nächste Sprosse. Je weiter er sich vom Rand entfernte, desto tiefer hing die Brücke durch. Von dem Schaukeln konnte man seekrank werden.

Mit klopfendem Herzen war er ungefähr bis zur Mitte der Schlucht gelangt. Bisher hatte er es geschafft, sich ganz auf die Stricke und auf seine Füße in Elmaryns Sandalen zu konzentrieren. Aber jetzt überkam ihn plötzlich mit voller Wucht die Erkenntnis, dass die Schwärze zwischen den Seilen unter ihm ein bodenloser Abgrund war, über dem er schwebte – nur von ein paar spinnwebendünnen Schnüren gehalten!

Er merkte, wie ihm schwindlig wurde. Das war auch kein Wunder, denn schließlich hatte er gerade erst eine schlimme Vergiftung überstanden und den ganzen Tag noch nichts in den Magen gekriegt! Da stand er, in der Mitte der Brücke, und spürte, wie der Abgrund ihn hinunterziehen wollte. Seine Knie wurden weich – gleich würden sie unter ihm nachgeben … !

Noch nie, in all seinen Missgeschicken und Unglücksfällen, war er dem Tod so nah gewesen wie in diesem Augenblick.

Plötzlich rief Odly hinter ihm: „Nick, du musst nach vorn schauen, nicht hinunter! Geh weiter!"

Das weckte ihn auf. Odly hatte Recht! Wild entschlossen blickte er auf die drei Gestalten vor ihm, die den sicheren Rand schon erreicht hatten, und machte einen Schritt. Wer sagte denn, dass unter ihm ein Abgrund war? Es war so finster, dass er sich ebenso gut einen hübschen, festen Parkettboden vorstellen konnte, zehn Zentimeter unterhalb seiner Füße. Und schon ging alles viel leichter. Er durfte eben nur nicht an einen Abgrund denken, das war der ganze Trick.

Ehe er sich's versah, war er bei den anderen.

„Gut gemacht, Nick!", lobte Elmaryn, und Nick lächelte stolz. Sein Hemd war völlig durchgeschwitzt.

Nach wenigen Schritten durch einen gewundenen Gang blieb Piersek, der noch immer als Erster ging, abrupt stehen und drängte die Kinder zurück.

„Was ist?"

„Ich glaube, wir sind da!" Piersek löschte seine Fackel, und die Kinder taten es ihm gleich. Vorsichtig spähten sie um die letzte Biegung.

Vor ihnen öffnete sich eine große Höhle, die von vielen Fackeln erhellt wurde. Mehrere Gänge zweigten davon ab. Die meisten waren vergittert. Unter den Gittertüren verliefen Schienen, die alle auf einer Seite des Raumes zusammenkamen. Hier stand ein großer Niddach in Arbeitskleidung neben einer Art Maschine. Man sah ein großes Rad, über das ein dünnes Drahtseil abwärts lief, an dem wiederum ein Behälter aus Blech befestigt war. Allerlei Zahnräder und Hebel vervollständigten die Vorrichtung. Das Seil verschwand nach unten in einem großen Loch im Boden.

In der Nähe dieser Maschine lag ein großer Haufen eines grauweißen Pulvers, und zwei Zwerge schaufelten das Zeug mit kleinen Spaten in Säcke. Ein zweiter Niddach patrouillierte vor den vergitterten Türen auf und ab. Und von allen Seiten hörte man jetzt deutlich den Gesang.

„Gehören diese beiden Zwerge zu den Vermissten?", fragte Tamael fast unhörbar.

Piersek nickte, aber auch so war allen klar, dass sie gefunden hatten, was sie suchten.

„Was machen wir jetzt?", wisperte Elmaryn.

„Die beiden Niddachs sind bewaffnet!", flüsterte Nick. Wie er befürchtet hatte, trugen beide einen Revolver – und zwar schussbereit in der Hand.

„Wir müssen sie irgendwie überlisten", sagte Elmaryn.

Der kleinere Niddach, der um den Raum herumging, blieb jetzt stehen, klirrte mit einem Schlüsselbund und öffnete eine der Gittertüren. Ein kleiner, blecherner Bergwerkswagen wurde von drei Zwergen hereingeschoben. Obwohl der Wagen auf Schienen lief, konnte man sehen, wie sehr sie sich plagen mussten. Sie schoben den Wagen neben den Haufen mit dem grauweißen Pulver und kippten den Inhalt – ebenfalls graues Pulver – oben drauf. Dann kehrten sie um und zogen den leeren Wagen in den Gang zurück, aus dem sie gekommen waren. Der Niddach schloss hinter ihnen ab.

„O El-Schaddai, du Einziger, so flehen wir zu dir!", erscholl traurig der Gesang hinter all den vergitterten Türen. Auch die beiden, die die Säcke voll schaufelten, sangen mit.

„Ich könnte den Niddachs eine Ladung Juckpulver in den Kragen schießen", überlegte Tamael, „wenn ich nur näher herankäme!"

„Juckpulver? Hast du welches dabei?", staunte Nick.

„Ja, noch von vorgestern. Ich habe mit diesem Ramion Zielübungen gemacht. Wir üben für die Zeit der Aussaat, um die Vögel von den Feldern fern zu halten. Und dann hat der Idiot auf mein Bumuk geschossen, weißt du nicht mehr? Daraufhin hat es dich über den Haufen gerannt."

„Juckpulver klingt gut", flüsterte Elmaryn. „Aber triffst du denn auch?"

„Sicher. Ich bin einer der besten Schützen! Nur Ramion ist noch besser als ich. Auch wenn er ein Idiot ist!"

„Na gut", unterbrach ihn Nick, „aber von hier aus triffst nicht mal du! Du müsstest da nach vorne gehen, aber dann sehen sie dich!"

„Man müsste sie irgendwie ablenken", überlegte Elmaryn.

Die Zwerge hatte jetzt drei Säcke fertig gefüllt und zugebunden. Der große Niddach hievte die Säcke in den Blechbehälter seiner Maschine. Er zog an einem Hebel, und der volle Behälter senkte sich langsam an dem Drahtseil hinunter und verschwand durch das Loch im Boden. Wenig später kam auf der anderen Seite des Rades ein Gegengewicht in die Höhe geschwebt. Der Niddach hielt die Maschine an und betätigte einen anderen Hebel. Darauf setzte sich die Maschine in umgekehrter Richtung in Gang. Das Gegengewicht bewegte sich abwärts, und bald darauf erschien der leere Behälter wieder von unten. Piersek studierte den Mechanismus interessiert.

„Ich hab's!", verkündete Nick im Flüsterton. „Ich gehe raus und-"

„Du kannst doch nicht rausgehen!", fiel Elmaryn ihm ins Wort. „Die sind bewaffnet! Die werden auf dich schießen!" Schließlich hatte Nick selbst ihr erst gestern erklärt, wozu ein Revolver gut war!

„Nein", grinste Nick verschmitzt, „hör zu: Ich rede sie auf Englisch an. Englisch reden hier nur ihre Verbündeten! Das wird sie verwirren. Ich könnte zum Beispiel sagen, ich hätte eine Nachricht von Ramesh."

„Und die Nachricht lautet, dass sie dir sofort ihre Re-vol-ver geben sollen?!", spottete Tamael.

„Blödmann!", sagte Nick freundlich. „Ich lenke sie nur so lange ab, dass du dein Juckpulver abschießen kannst. Und wenn sie dann vor Schreck einen Augenblick lang nicht aufpassen, nehmen wir ihnen die Revolver weg. Na?" Er sah erwartungsvoll in die Runde.

Piersek wiegte seinen Kopf nachdenklich hin und her. „Da müssen wir aber alle sehr schnell sein", meinte er.

„Ja", flüsterte Elmaryn entschlossen, „aber es wird funktionieren – weil El-Schaddai mit uns kämpft!" Sie sagte das so voller Überzeugung, dass die anderen auch Mut fassten.

„Wir warten, bis wieder ein Wagen hereingeschoben wird", schlug Tamael vor. „Das bietet eine zusätzliche Deckung."

Sie besprachen noch genauer, wer wo stehen sollte und was Nick sagen würde. Dann schloss der kleinere Niddach wieder eine Gittertüre auf und ließ einen Wagen durch.

„Jetzt!", kommandierte Nick.

Alle nahmen ihre Plätze ein.

Nick kämpfte das mulmige Gefühl in seinem Magen nieder. Er straffte seine Schultern und bemühte sich, möglichst selbstbewusst auszusehen. Dann trat er aus dem finsteren Gang in den Lichtschein der Halle.

„Hallo, ihr zwei!", rief er auf Englisch. Zu seiner eigenen Überraschung klang seine Stimme einigermaßen fest.

Die beiden Niddachs fuhren herum und starrten ihn an. Beide hatten sofort ihre Waffen auf ihn gerichtet. „Wer bist du? Was machst du hier?", bellte der Größere, der die Maschine bediente.

Nick atmete tief durch, um ruhig zu bleiben. „Ich komme mit einer Nachricht von Ramesh!", behauptete er.

„Wer bist du? Dich habe ich noch nie gesehen!", sagte jetzt der kleinere Niddach misstrauisch und kam näher.

„Ich bin erst seit zwei Tagen hier", bemerkte Nick lässig, und das war ja nicht einmal gelogen. Bis jetzt lief es gut. Dass er Englisch sprach, schien die beiden zumindest stutzig zu machen. „Ich soll euch etwas von Ramesh ausrichten." Während er sprach, bewegte Nick sich langsam quer durch die Halle. Die Männer behielten ihn im Auge, und so drehten sie der Stelle, wo Nicks Verbündete lauerten, allmählich den Rücken zu.

„So? Was ist das für eine Nachricht?" Die Stimme des kleineren Niddachs verriet noch immer leichte Zweifel.

„Es gibt hier in der Gegend neuerdings Insekten", sagte Nick bedächtig. Aus den Augenwinkeln gewahrte er Piersek, der sich an der Höhlenwand entlang näher schlich und von einer schattigen Nische zur nächsten huschte. Einer der Zwerge, die den Grubenwagen hereingeschoben hatten, bemerkte es auch. Ein Ausdruck ungläubigen Verstehens erhellte sein Gesicht. Nick hoffte bloß, dass er sich nicht verriet. „Diese Insekten übertragen eine böse Krankheit", fuhr der Junge fort. „Erst spürt man nur einen leichten Schlag und ein bisschen Jucken, aber dann bekommt man fürchterliche Geschwüre am ganzen Körper, und man kriegt schwer Luft ..."

Hinter dem Rücken der beiden Wächter ging Tamael in Aufstellung. Die drei Zwerge mit dem Wagen und die beiden, die die Säcke voll schaufelten, hatten jetzt alle bemerkt, dass hier irgendetwas vor sich ging. Aber sie hielten still.

„Also passen Sie bloß auf, dass diese Biester Sie nicht erwischen!" Nick sah den Männern fest in die Augen, um zu verhindern, dass sie sich womöglich umdrehten. „Und wenn Sie etwas spüren, dann müssen Sie gleich Hilfe holen!"

„Unsinn!", knurrte der Kleinere. „Hier in den Höhlen gibt's doch überhaupt keine Insekten! Machst du einen Witz mit uns oder was?! Wehe, wenn Ramesh dich erwischt!" Er machte einen drohenden Schritt auf Nick zu. Der blinzelte nervös. Auf was wartete Tamael denn bloß?

Ploff! Plaff! Tamael war wirklich ein guter Schütze.

Die beiden Männer zuckten zusammen. Die Hand des einen fuhr zu seinem Genick, der andere griff sich an den Hinterkopf.

„Was ist das?!", schrien sie und begannen sich zu kratzen. „Hilfe!"

Auf diesen Augenblick der Unaufmerksamkeit hatte Piersek gewartet. Wie ein Geschoss sauste er aus seiner dunklen Ecke und riss dem größeren Niddach den Revolver aus der Hand. Nick sprang zu dem Kleineren, der ihm näher stand, und trat mit dem Fuß gegen dessen Waffe. Sie flog ihm aus der Hand, und noch bevor er reagieren konnte, hatte Elmaryn sie aus seiner Reichweite gekickt.

„Schnell!", brüllte Piersek. „Das ist unsere Chance!" Das galt den fünf gefangenen Zwergen, die die Szene atemlos verfolgt hatten. Sie wussten sofort, was zu tun war. Schreiend stürzten sie sich auf die beiden waffenlosen Männer, die sich heftig kratzten. Ein wildes Handgemenge entstand.

Die anderen Zwerge hatten das Geschrei und das Getümmel gehört und kamen vorsichtig in ihren Stollen näher. Sie drückten sich gegen die vergitterten Türen und feuerten die Kämpfer mit aufmunternden Zurufen an. Der eine Gang, aus dem die drei Zwerge den Wagen gebracht hatten, stand offen, und von hier strömten Zwerge mit kleinen Spitzhacken zur Verstärkung herbei. Gegen drei Kinder, zwei volle Ladungen Juckpulver und einen Haufen Zwerge hatten die beiden Niddachs keine Chance. Im Nu lagen sie fest verschnürt auf dem Boden, mit kleinen Gürteln und Hemden säuberlich gefesselt, und auf jedem saßen fünf bis sechs Zwerge und drückten ihm fast die Luft ab.

Gefährliche Gegner

Die Zwerge hinter den vergitterten Türen brachen in „Hurra"-Rufe aus. Elmaryn, die mittlerweile schon fast eine Expertin für Schlüssel geworden war, nahm dem kleineren Niddach den Schlüsselbund ab und öffnete der Reihe nach alle Stollen. Von überall her strömten Zwerge in die Halle und begrüßten Piersek mit Freudentränen in den Augen.

„Damit kommt ihr niemals durch!", keuchte der größere Mann, der unter der Last von fünf Zwergen nur schwer atmen konnte. „Es sind noch andere Leute im Berg; sicher hört uns bald jemand! Dann werdet ihr diese Höhle in einer Holzkiste verlassen – als Leiche!"

Nick dachte an die beiden Männer, die sie irgendwo anders in diesem Labyrinth in eine Felsenzelle eingesperrt hatten. Möglicherweise gab es tatsächlich noch mehr Leute hier. Sie mussten sehen, dass sie so schnell wie möglich von hier wegkamen!

„Hilfe!", schrie der Niddach gepresst, und der andere, der noch weniger Luft bekam, stimmte ein. Blitzschnell zogen ein paar Zwerge ihre Hemden aus und verbanden den beiden den Mund, so dass sie nur noch ein dumpfes Grunzen von sich geben konnten.

Nick hob die Hände. „Bitte Ruhe!", rief er.

Die Zwerge hörten auf, Piersek zu umarmen und mit Fragen zu bestürmen und wandten sich Nick zu.

„Bist du der Auserwählte von El-Schaddai?"

„Unser Retter, der heldenhafte Nick aus Hamartin!"

„Piersek hat uns gerade erzählt –"

„Ja ja, schon gut!" Nick hatte keine Lust, die geballte Ehrerbietung von hundert Zwergen huldvoll entgegenzunehmen. Dazu war jetzt auch keine Zeit! „Wir müssen schnell weg von hier, bevor noch mehr Niddachs mit Waffen kommen!" Er dachte mit Schaudern an den Weg zurück: den gähnenden Abgrund und daran, wie ewig lange es dauern würde, bis all diese Zwerge einzeln über die Brücke gelangt waren.

Ein älterer, grauhaariger Zwerg trat vor und verbeugte sich vor Nick bis zum Boden.

„Gestatte, o ehrwürdiger Auserwählter, dass ich einen Vorschlag mache!"

„Ja, aber schnell!"

„Wir haben uns schon seit mehreren Schawets Gedanken darüber gemacht, wie wir am besten von hier fliehen könnten, nur ist es uns nie gelungen, die Wächter zu überwältigen. Wir waren ja auch stets in kleine Gruppen aufgeteilt und in den Stollen eingesperrt ... Nun, jedenfalls dachten wir, dass wir am schnellsten mit dieser Maschine ins Freie gelangen könnten." Er deutete auf die Vorrichtung mit dem beweglichen Blechbehälter.

„Was ist das?", fragte Nick.

„Die Niddachs benutzen es, um die Säcke mit dem Salz abzuseilen", erklärte der ältere Zwerg. Er trat an das Loch im Boden und zeigte hinunter. „Hier unten gibt es einen Seitenarm des Sees, der in einer Höhle liegt. Die Niddachs können mit ihrem Boot bis unter dieses Loch fahren, um die Säcke einzuladen."

Nick trat an den Rand des Loches und spähte hinunter. Direkt unter der Öffnung lagen ein paar Säcke, die der Niddach heute Morgen schon hinuntergelassen hatte. Daneben begann das Wasser. Ein Widerschein von Tageslicht spiegelte sich in den Wellen. Tatsächlich schien sich dieser Teil der Höhle ins Freie zu öffnen. So nah war die Freiheit!

Rasch schätzte Nick die Höhe ab. Bis zum Boden neben dem Wasser war es etwa so weit wie aus dem dritten Stock eines Hauses. Zu hoch, um zu springen. Die Säcke, die schon unten lagen, konnten einen so hohen Sprung nicht abfangen. Und das Drahtseil, an dem der Blechbehälter hing, war zu dünn, als dass man daran hätte klettern können. Also mussten sie wohl wirklich mit Hilfe der Maschine hinunterfahren.

„Los, steigt ein!"

Jedes Kind ergriff einen Zwerg und hob ihn in den Blecheimer. Mehr als fünf Zwerge, eng gedrängt, passten nicht hinein. Piersek, der vorhin genau zugesehen hatte, zog kräftig an dem Hebel, der die Maschine in Gang setzte. Der Eimer mit den Zwergen rasselte in die Tiefe. Viel zu schnell! Vor Schreck ließ Piersek den Hebel los.

Der Eimer hielt ruckartig an und schaukelte so heftig hin und her, dass die Zwerge beinahe herausgefallen wären.

„Das ist die Bremse!", erklärte der ältere Zwerg von vorhin. „Du darfst sie nur ganz leicht lockern, sonst fällt der Behälter zu schnell hinunter. Ich habe oft genug zugesehen. Schau!" Er zog ganz leicht und gefühlvoll an dem Hebel, und der Eimer schwebte sacht in die Tiefe und setzte mit einem sanften Ruck unten auf.

„Jetzt kommt der andere Hebel, nicht?", fragte Piersek.

„Der andere Hebel kippt den Behälter und leert die Säcke aus", erklärte der Alte. „Wir kippen ihn nur ein bisschen, dann können die da unten leichter aussteigen."

„Fertig!", erscholl es von unten. Piersek lockerte vorsichtig den Bremshebel, und das Gegengewicht zog den leeren Eimer wieder herauf. Bald hatte Piersek den Bogen heraus und schaffte es sogar, den Behälter oben so anzuhalten, dass die Zwerge ohne Hilfe bequem einsteigen konnten. Die Halle leerte sich.

Nick, Tamael und Elmaryn beobachteten, wie eine Ladung Zwerge nach der anderen im Boden versank.

„Der Letzte kann nicht runterfahren", bemerkte Tamael, „weil niemand mehr da ist, der die Bremse bedient."

Daran hatte Nick auch schon gedacht, und er verspürte ein ziemliches Unbehagen bei dem Gedanken.

„Piersek soll alle hinunterlassen", schlug Elmaryn vor, „und auf dem anderen Weg wieder zurückgehen. Odly wartet ja auch noch hinter der Brücke."

„Warum gerade Piersek?"

„Weil er der Einzige von uns ist, der aus diesem Labyrinth wieder rausfindet."

Das klang logisch, aber Nick fühlte sich nicht wohl dabei. *„Ich bin der Abgesandte, und ich darf euch nicht auch noch in Gefahr bringen."* Hatte er das nicht erst gestern zu seinen Freunden gesagt, bevor er in Horsts Apartment eingedrungen war? Irgendwie hatte er das Gefühl, dass er hier einen Auftrag zu erledigen hatte. Es war nicht fair, den kleinen Piersek im Berg allein zu lassen und sich in Freiheit und Sicherheit zu bringen!

„Ich gehe mit Piersek zurück", flüsterte Nick. Auch wenn das bedeutete, dass er noch einmal über die Hängebrücke musste ... Aber wie sagte Odly immer? *Adda beschützt mich ...*

„Ich gehe mit dir", sagte Tamael schnell.

„Ich auch", fügte Elmaryn hinzu.

Nick seufzte erleichtert. Wenn seine Freunde dabei waren, fühlte er sich gleich viel besser.

„Hoffentlich stoßen wir vor dem Eingang der Höhle nicht auf Horst und Ramesh!", überlegte Elmaryn.

„Ach nein, bestimmt nicht! Die haben so eine Angst vor Odly, die sind sicher über alle Berge davongerannt!", meinte Nick.

Die letzten Zwerge schwebten in die Tiefe. Piersek holte den leeren Behälter wieder herauf und wies einladend darauf.

„Bitte, steigt ein!"

„Nein", sagte Nick. „Wir gehen mit dir zurück. Wir können dich doch nicht ganz allein hier lassen."

„Oh!" Der blonde Zwerg errötete bis in die Haarwurzeln. „Du bist so gütig zu mir ... welche Ehre ... Aber ich komme schon zurecht. Der Drache wartet doch auch noch auf mich."

„Trotzdem. Wir lassen dich nicht allein. Es gibt noch andere Niddachs hier im Berg. Vielleicht ist es gefährlich."

Piersek verbeugte sich tief. „Ich preise El-Schaddai für die Weisheit, Güte und Großzügigkeit, die er dir verliehen hat, o edler ..."

„Ja doch, danke", unterbrach ihn Nick hastig. „Lass uns gehen!" Er trat noch einmal neben das Loch und rief zu den befreiten Zwergen hinunter: „Wir gehen durch den Berg zurück. Ihr findet doch nach Hause, oder? Wir treffen uns in eurem Dorf!" Er ignorierte die dankbaren und ehrerbietigen Zurufe von unten. „Bis dann!"

Die beiden gefesselten Niddachs wälzten sich auf dem Boden und versuchten, die Stellen, wo Tamaels Juckpulver sie getroffen hatte, am felsigen Untergrund zu scheuern. Jetzt, wo keine Zwerge mehr auf ihnen hockten, konnten sie leichter atmen. Dem einen war es gelungen, den Knebel von seinem Mund zu verrutschen.

„Dafür werdet ihr büßen!", geiferte er. „Wir kriegen euch!"

„Entschuldigt, dass ich euch mit Juckpulver beschossen habe!", sagte Tamael höflich. Es war das erste Mal, dass er mit einem Niddach Englisch sprach. „Wenn ihr ein Bad nehmt, geht der Juckreiz wieder weg."

Der Mann fauchte etwas Unverständliches und versuchte mit seinen gefesselten Beinen nach ihm zu treten.

Die Kinder nahmen sich Fackeln von der Wand, und Piersek ging ihnen voran in den Gang, aus dem sie gekommen waren. Nach ein paar Schritten erreichten sie den Abgrund mit der Hängebrücke. Odly wartete noch auf der anderen Seite. Als er sie sah, begann er zu hüpfen und zu winken und Feuer zu speien.

„Habt ihr sie?", rief er ihnen aufgeregt zu. „Habt ihr die Zwerge gefunden?"

„Ja!", jubelte Nick, „wir haben sie befreit!"

Beim zweiten Mal fiel ihm das Überqueren der Schlucht schon viel leichter, weil er wusste, dass er es schon einmal geschafft hatte. Odly überschüttete sie mit Fragen. Lebhaft erzählend wanderten sie hinter Piersek her durch die gewundenen unterirdischen Gänge. Nick hoffte insgeheim, dass die befreiten Bergleute vor ihnen im Zwergendorf ankommen würden. Bestimmt würde man ihnen dann einen großartigen Empfang bereiten – als Helden und unerschrockenen Rettern aus großer Gefahr!

Er ahnte nicht, dass noch eine große Gefahr zwischen ihnen und dem Ausgang wartete ...

Sie waren schon ein ganzes Stück gegangen, als sie hinter einer Biegung einen schwachen Lichtschein wahrnahmen. Das ersehnte Tageslicht konnte es noch nicht sein, aber es war auch nicht der zuckende Schein einer Fackel. Zu spät begriffen sie, was es war: der gelbliche Lichtkegel einer starken Taschenlampe! Und da traten ihnen auch schon drei Gestalten in den Weg.

Horst, Ramesh und Sipwit!

Die fünf zuckten zurück und sahen sich nach einer Fluchtmöglichkeit um, doch in diesem Bereich des Stollens gab es keinerlei Abzweigungen oder Nischen, die ihnen vor Rameshs Revolver hätten Schutz bieten können. Ängstlich drängten sie sich zusammen.

Ramesh, dessen weißer Anzug etwas ramponiert aussah und dessen Turban ein wenig schief saß, gab ein hässliches Lachen von sich.

„Wir haben da etwas gefangen", sagte er selbstgefällig zu Horst.

Horst verzog sein Gesicht unter der schwarzen Sonnenbrille zu einem breiten Grinsen und leckte sich die Lippen.

„Das wird ein Fest!", schmatzte er. „Wir bringen sie ins Freie – ja, sie sollen einmal noch die Freiheit sehen, hähähä! Dann schütten wir das Benzin über sie und machen ein hübsches kleines Feuerchen!"

Nick spürte, wie die Haare in seinem Nacken sich sträubten. Er fühlte sich schwindlig.

„Schade, dass ich es nicht sehen kann!", fuhr Horst gierig fort. „Aber das Knistern und Prasseln kann ich ja immerhin hören, die Schreie, den Geruch ..." Er schmatzte genießerisch.

Nick hätte sich ganz gern übergeben, nur dass er nichts im Magen hatte. Wo blieb Yahobais Hilfe? Wollte er nicht vielleicht schnell mal die Verbindung öffnen?!

„Hab ich dir eigentlich je erzählt", plauderte Horst in munterem Ton weiter, „wie ich damals mein Augenlicht verloren habe? Nein? Das war auch ein Unfall mit einem Benzinkanister!" Er betonte das Wort „Unfall" spöttisch und lachte gemein.

„So", sagte Ramesh, der sich vornehm im Hintergrund hielt (fast sah es aus, als hätte er Angst vor Odly), und wedelte mit seinem Revolver. „Es wird wohl besser sein, wenn wir sie fesseln. Das kann der Drache machen." Er wechselte zu Edoneysisch. „He, du Drache! Fessle deine Freunde, aber heute noch, ja?"

„Oh, der Drache ist auch dabei?", bemerkte Horst erfreut. „Sehr gut. Auf die Kinder und den Zwerg solltest du lieber nicht schießen, sonst fällt gleich ein unschöner Verdacht auf uns. Aber bei dem Drachenvieh ist das egal."

Nick fühlte sich elend. Jetzt wurde Odly auch noch mit hineingezogen! Die Haut des Drachen war zwar feuerfest, aber kugelsicher war sie wohl nicht ...

Da plötzlich trat Tamael vor und stellte sich schützend vor seine Freunde. Nick blinzelte ungläubig. Er wäre am liebsten in einem Mauseloch verschwunden, aber Tamael wagte es, sich mit diesen bösen Männern anzulegen?! Wo nahm der Junge nur diesen Mut her?

„Es macht mir nichts aus, heute zu sterben!", sagte Tamael mit heller Stimme auf Englisch. (Da war Nick aber ganz anderer Ansicht! Wollte Tamael die Kerle auch noch provozieren? Das war doch nun wirklich nicht notwendig ...) „Wenn ihr mich tötet, gehe ich heim zu Yahobai", fuhr Tamael fort. „Aber egal ob ihr uns verbrennt oder mit dem Re-vol-ver tötet: Eure bösen Taten werden auf jeden Fall offenbar! Wir haben die Zwerge, die ihr eingesperrt habt, schon befreit, und sie werden im ganzen Land erzählen, was ihr getan habt! Dann habt ihr Krieg mit allen Völkern in Edoney! Wir werden euch von hier vertreiben, zurück nach Sündland, wo ihr hingehört!"

Zum ersten Mal kapierte Nick, dass Hamartin „Sündland" bedeutete. Doch er hatte wenig Zeit, sich über diese Erkenntnis zu freuen. Mit wütend geballten Fäusten machte Horst einen bedrohlichen Schritt nach vorne, wobei er gegen Sipwit stieß, der die ganze Zeit schweigend und ziemlich unbehaglich dreinschauend daneben gestanden hatte.

Gleichzeitig brüllte Ramesh: „Ich mach dich kalt, du freche Kröte!", und zielte auf Tamael. Der zog blitzartig den Kopf ein, und im gleichen Augenblick schoss eine Feuersäule aus Odlys Maul über die Kinder hinweg und traf Horst und Sipwit.

Horst schrie auf und hob schützend die Arme vors Gesicht. Er stolperte rückwärts und riss im Fallen Ramesh mit zu Boden. Der Revolver in dessen Rechten schlug gegen die Felswand. Piersek sprang über Horst und Sipwit, die sich brüllend am Boden wälzten, hinweg und wand Ramesh die Waffe aus der Hand. Rameshs Finger krallten sich um Pierseks Bein. Der Zwerg stolperte, doch noch im Fallen schleuderte er den Revolver in Richtung seiner Freunde.

Im nächsten Augenblick schon hatte Odly Ramesh eine Hinterpfote auf die Brust gestellt. Er beugte sich über ihn und sagte drohend: „Lass sofort meinen Freund los, sonst ... !" Dabei stiegen Rauchkringel aus seinen Nasenlöchern und deuteten an, was „sonst" passieren würde.

Ramesh stöhnte unter dem Druck von Odlys Bein und gab Piersek frei. Elmaryn hatte inzwischen den Revolver aufgehoben und richtete die Mündung zitternd auf Ramesh. Jetzt endlich fand Nick seine Fassung wieder.

„Du wirst uns jetzt vorbeilassen!", herrschte er Ramesh an. Er sprach Edoneysisch, damit alle ihn verstehen konnten – bis auf Horst, aber der wälzte sich ohnehin nur mit seinen versengten, rauchenden Kleidern am Boden, hielt die Hände vors Gesicht gepresst und stöhnte laut.

„Geh in den Raum, wo die Maschine steht", befahl Nick. „Dort liegen zwei gefesselte Männer. Und in der Zelle haben wir auch noch zwei eingesperrt. Die können euch von mir aus helfen." Er machte eine huldvolle Geste. „Aber wehe, wenn ihr uns noch einmal belästigt!"

„Okay! Wir machen, was du sagst!", versicherte Ramesh hastig und warf angstvolle Blicke auf Odly, der noch immer auf seiner Brust stand.

Horst murmelte: „Ich bin verletzt, Hilfe!", und Sipwit, dessen Kleidung ebenfalls verbrannt war, wimmerte nur leise.

„Kommt, wir gehen!"

Odly wartete, bis alle sich an ihren Feinden vorübergedrückt hatten, dann erst nahm er den Fuß von Rameshs Brust.

„Pfui!", fauchte er noch und spuckte ein paar Funken. Dann folgte er den anderen.

Nick atmete auf. Jetzt waren die drei Kerle doch hoffentlich endgültig außer Gefecht gesetzt! Er hatte es eilig, endlich aus diesem unterirdischen Labyrinth herauszukommen!

Nach ein paar Schritten blieb Piersek stehen.

„Was ist? Weißt du den Weg nicht mehr?", fragte Nick alarmiert.

„Doch. Oh, verzeih, wenn ich dich beunruhigt habe ... es ist nur ..." Piersek lauschte angestrengt mit seinen großen, abstehenden Ohren. „Hört ihr nichts?"

Sie horchten jetzt alle. Es war ein leises Stöhnen.

„Hilfe ... sie haben mich allein gelassen ... helft mir doch!"

Das war Sipwits Stimme.

Die Rückkehr

Die Kinder und Piersek sahen einander an.

„Er ist verletzt!", sagte Elmaryn und wollte zurückgehen.

„Halt!" Nick erwischte sie am Ärmel und hielt sie zurück. „Spinnst du?! Das ist doch eine Falle! Wahrscheinlich steht Ramesh mit dem Revolver hinter einer Ecke und wartet nur darauf, uns umzubringen!"

Elmaryn runzelte die Stirn. Hinterhältigkeit war etwas, was in Edoney nicht sehr bekannt war. Sie rechnete einfach nicht damit, aber natürlich konnte Nick Recht haben.

„Hilfe!", ächzte Sipwit. „Hört mich jemand?"

„Eigentlich klingt er richtig verzweifelt", meinte Elmaryn unsicher. „Wenn Ramesh nun wirklich mit Horst weggegangen ist? Wir können ihn doch nicht einfach hier liegen lassen – er ist verletzt!"

„Er ist eine Schande für das ganze Volk der Zwerge!", ereiferte sich Piersek, und es war ungewohnt, ihn so aufgebracht zu sehen. „Er hat versucht, den ehrwürdigen Nick zu vergiften! Er hat mit diesen ... diesen *Niddachs* zusammengearbeitet! Er ist ... er ist ..." Der Zwerg fand kein Wort, das angemessen ausdrückte, wofür er Sipwit hielt.

„Pfui!", bestätigte Odly, und seine Haut glänzte gelb.

Tamael wiegte seinen Kopf hin und her und überlegte. „Er hat versucht, Nick zu vergiften", räumte er ein. „Aber gibt uns das das Recht, ihn jetzt einfach liegen zu lassen? Möchte Yahobai nicht trotzdem, dass wir ihm helfen?"

„Das denke ich schon!", rief Elmaryn. „Man muss jedem helfen, auch seinen Feinden."

„Und ich sage, es ist eine Falle!", wiederholte Nick. „Womöglich laufen wir direkt vor Rameshs Revolver!"

„Nein!", sagte Elmaryn plötzlich. „Denn den habe ich!" Sie zog die Waffe aus dem Gürtel. „Piersek hat ihn ihm weggenommen, weißt du nicht mehr?"

„Und wenn er noch einen hat?", versetzte Nick. „Oder ein Messer? Der Kerl ist doch bestimmt bewaffnet bis an die Zähne!"

„Wir bedrohen ihn mit diesem hier. Kannst du das?" Elmaryn gab ihm den Revolver.

Nick schaute erschrocken auf die Waffe. Noch nie hatte er so ein Ding in der Hand gehalten, geschweige denn damit geschossen. Er wusste nicht einmal, ob es eine Art Sicherheitssperre hatte, und schon gar nicht, wie man sie löste, falls es eine hatte. Und ganz sicher würde er es niemals über sich bringen, damit auf einen echten, lebendigen Menschen zu feuern – nicht mal auf seinen ärgsten Feind! Es war doch ein riesiger Unterschied, ob man so eine Szene im Fernsehen sah, oder ob man tatsächlich selbst eine geladene Waffe in der Hand hielt!

„Ich ... ich weiß nicht ...", stammelte er überrumpelt.

„Los, komm schon!" Tamael schubste ihn aufmunternd. „Du warst doch bisher auch nicht feige!"

Nick verdrehte genervt die Augen zur Decke. Wie sollte ein Mensch, der schon im normalen Leben ständig lebensgefährliche Unfälle hatte, einem anderen erklären, warum er nicht unbedingt in den Hinterhalt eines tödlichen Feindes zurückgehen wollte? Konnte Tamael, der immer unter Yahobais Schutz in Frieden und Sicherheit gelebt hatte, so was überhaupt verstehen?

„El-Schaddai ist mit uns!", flüsterte Elmaryn.

Nick seufzte abgrundtief und hoffte bloß, dass sie Recht hatte.

Vorsichtig schlichen sie zu der Stelle zurück, wo Sipwit lag. Nick hielt den Revolver drohend vor sich hin, wie er es bei James Bond gesehen hatte.

Sipwit schien tatsächlich allein zu sein, aber das konnte ja täuschen.

„Keine Bewegung, oder ich schieße!", rief Nick so Furcht erregend, wie er es mit seiner zitternden Stimme fertig brachte. Irgendwie rechnete er damit, dass Ramesh ihn plötzlich von hinten anspringen würde oder etwas Ähnliches. Doch nichts geschah.

Elmaryn kniete neben dem Zwerg nieder. „Bist du allein?", fragte sie.

Sipwit hielt die Hände vors Gesicht gepresst und nickte. „Ramesh hat nur Horst mitgenommen. Mich braucht er nicht mehr …" Verzweiflung schwang in seiner Stimme. „Er sagt, ich bin an allem schuld …"

Jetzt konnte Piersek nicht mehr an sich halten. „Du bist nicht mehr wert, ein Zwerg zu sein!", schnaubte er außer sich. Trotz seiner Angst musste Nick grinsen. Konnte man denn etwa aufhören, ein Zwerg zu sein? „Du hast uns verraten!", fuhr Piersek wutentbrannt fort. „Du wolltest den ehrwürdigen Abgesandten El-Schaddais vergiften … und uns alle Ramesh ausliefern, der uns töten wollte!"

„Ich wusste nicht, dass es Trolläpfel waren!", wimmerte Sipwit hinter seinen Händen hervor. „Ramesh gab mir ein Pulver, das ich Nick ins Essen mischen sollte … Ich wusste nicht, dass es aus Trolläpfeln gemacht war! Ich dachte überhaupt nicht, dass es Ramesh und Horst mit dem Töten richtig ernst war …"

Das klang fast schon glaubhaft. Edoneysier rechneten einfach nicht mit so viel Grausamkeit. Das war hier unüblich. Andererseits hatte Sipwit sie die ganze Zeit über hintergangen – wer konnte wissen, ob er jetzt die Wahrheit sagte?

„Lass mal sehen!", bat Elmaryn. Sie kniete neben dem Zwerg nieder und schob seine Hände vom Gesicht weg. Was sie sah, war nicht gerade schön. Odlys Feuerstrahl hatte nicht nur Sipwits Hemd verkohlt, sondern Augenbrauen und Haare weggebrannt und auf der Stirn, dem Hals und der Brust große Brandwunden hinterlassen. Was vom Gesicht nicht versengt war, war rußgeschwärzt. Im Schein der Fackeln war der Unterschied nicht genau zu erkennen.

„El-Schaddai erbarme sich!", flüsterte Elmaryn erschrocken.

„Owehoweh!", jammerte Odly. „Wie konnte das nur passieren! Odly wollte doch nicht ... Odly war aufgeregt, und da ... Oh! Wenn Odly sich fürchtet, kann er das Feuer nicht richtig zurückhalten ... Hups!" Er schlug die Pfoten vor das Maul, als hätte er versehentlich gerülpst, oder als könne er damit den Feuerstrahl von vorhin ungeschehen machen.

„Willst du ihn wirklich hier lassen?", fragte Tamael an Nick gewendet.

Nick zuckte die Achseln. „Nehmen wir ihn halt mit", brummte er.

„Odly kann ihn tragen!", erbot sich der Drache, immer noch die Pfoten vors Maul gepresst.

Sie halfen Sipwit, sich auf Odlys Rücken zwischen die Zacken zu setzen. Der Zwerg stöhnte und war sehr schwach. Er musste große Schmerzen haben.

„Keine Angst, das wird schon wieder", meinte Elmaryn. „In unserem Pflegeheim habe ich solche Verletzungen schon öfter gesehen. Man behandelt sie mit Feuerminze und nassen Tüchern, die alle zwei Schattenstriche gewechselt werden müssen. In ein paar Schawets bist du wieder gesund."

Sipwit antwortete mit einem dumpfen Grunzen.

Sie kamen jetzt nur langsam voran. Odly ging recht vorsichtig. Jedes Mal, wenn sie durch einen engen Spalt schlüpfen mussten, musste Sipwit absteigen, wobei die Kinder ihn stützten. Nachdem Odly seinen fülligen Körper durch die Engstelle gezwängt hatte, halfen sie Sipwit wieder auf seinen Rücken.

Nick hoffte inständig, dass Pierseks Orientierungssinn ihn nicht verließ. Sein Verlangen nach Tageslicht war inzwischen ins Astronomische gewachsen. Von finsteren, feuchten Höhlen hatte er vorläufig genug.

Endlich zwinkerte ihnen von Ferne der Ausgang als freundlicher Lichtschein zu. Unwillkürlich gingen alle schneller, und bald standen sie vor dem Spalt, durch den die Sonne so hell hereinflutete, dass sie blinzeln mussten. Die Benzinkanister, die Horst und Ramesh heraufgeschleppt hatten, lagen noch herum. Sipwit ließ sich stöhnend in die Arme der Kinder fallen, damit Odly sich durch den engen Spalt ins Freie quetschen konnten. Nick und Tamael trugen den Zwerg hinaus und legten ihn auf den steinigen Boden.

Es war herrlich, wieder Luft, Licht und Sonne um sich her zu spüren! Nick dehnte sich und atmete tief ein. Es musste gegen Mittag sein. Eigentlich hatte er nur ein paar Stunden in dem Labyrinth verbracht, aber es kam ihm wie Wochen vor.

Die anderen hatten sich um Sipwit geschart und betrachteten seine Verletzungen bei Tageslicht. Die verbrannten Hautfetzen und das rohe Fleisch darunter sahen wirklich scheußlich aus. Nick wandte sich ab. Er wollte gar nicht so genau hinsehen. (Dabei hatte er selbst schon solche Wunden gehabt, natürlich.) Flüchtig streifte ihn der Gedanke, dass Horst noch viel schlimmer dran sein musste. Nun, dem geschah aber recht! Er hatte Piersek und die Kinder mit Benzin übergießen und anzünden wollen, und jetzt hatte es ihn selbst erwischt!

„Wohin bringt ihr mich?", ächzte Sipwit.

Ja, was sollten sie jetzt mit ihm machen? Ratlos sahen die Kinder einander an.

„Nicht ins Zwergendorf", flüsterte Sipwit und versteckte sich wieder hinter seinen Händen.

„Wenigstens hast du noch einen Funken Verstand!", fauchte Piersek angewidert. „Die anderen Zwerge würden Selumak-Futter aus dir machen!"

„Ich glaube, er hat nicht Angst, sondern er schämt sich", beschwichtigte ihn Tamael. „Also, wohin mit ihm?"

„Am besten wäre er im Pflegeheim der Lematai aufgehoben", stellte Elmaryn fest. „Er braucht einen Arzt."

„Das ist aber ein riesiger Umweg", gab Tamael zu bedenken.

„Wir sollten jetzt möglichst schnell ins Zwergendorf gehen und alles erzählen und bitten, dass dein Vater freigelassen wird!"

Elmaryn nickte. Das wollte sie natürlich auch.

„Odly bringt ihn zu den Lematai!", bot Odly an. „Odly hat das Feuer gemacht ... er will das wieder gutmachen. Wenigstens ein bisschen. Odly rennt viel schneller als ihr."

„Gute Idee." Nick konnte sich noch lebhaft an Odlys Höchstgeschwindigkeit erinnern. „Aber einer von uns sollte mitkommen. Ein Drache allein ... ? Die Lematai könnten das falsch auffassen und sich bedroht fühlen – womöglich rufen sie die Jäger zu Hilfe, und die schießen wieder! Was meint ihr?"

Die anderen nickten.

Elmaryn sah betreten auf ihre zerschrammten, verkrusteten Schienbeine herunter. „Ich glaube, ich gehe lieber nicht mit", flüsterte sie.

Nick begriff. Ohne ihre Überhaut wagte sie sich nicht in ihr Dorf zurück. Was würden ihre Stammesangehörigen bloß dazu sagen, wenn sie sie ohne Überhaut sahen? Konnte sie denn überhaupt jemals nach Hause zurück?

„Ich gehe mit", sagte Tamael schnell.

„Gut. Wir anderen wandern derweil in Richtung Zwergendorf. Wir warten beim Eingang zum Bergwerk auf euch."

„Oder wir auf euch!" Odly grinste verschmitzt und wurde vor Vergnügen blau. Offenbar war er sicher, dass er den Weg bis zum Lematai-Dorf und wieder zurück zu den Zwergen schneller zurücklegen konnte als die Kinder und Piersek das Stück bis zum Bergwerk. Und das, obwohl er auch noch Reiter beförderte!

„Das wollen wir doch sehen, wer schneller ist!", lachte Nick. Sie halfen Sipwit wieder auf den Rücken des Drachen. Tamael setzte sich dahinter und hielt sowohl sich als auch den verletzten Zwerg fest. Schon ging es los! In wenigen Sekunden waren Odly und seine Begleiter nur noch eine Staubwolke in weiter Ferne.

„Da müssen wir uns aber ranhalten!", meinte Elmaryn.

*

Tatsächlich saßen Odly und Tamael schon am vereinbarten Treffpunkt, als sie nach ungefähr einem Schattenstrich zum Bergwerk kamen. Der Drache sah überhaupt nicht müde oder erschöpft aus, sondern recht vergnügt. Die beiden hatten sich die Wartezeit damit verkürzt, große Mengen Birnen und Kirschen (oder etwas Ähnliches) zu pflücken. Odly mit seiner unbändigen Kraft hatte – wohl aus Versehen – gleich einen ganzen Ast vom Baum abgebrochen, und biss die Birnen direkt aus den Zweigen. Hungrig stürzten sich alle auf das Obst. Nick hatte seine Vergiftung anscheinend völlig überwunden, denn auch sein Magen knurrte.

„Wir wären ja noch früher hier gewesen", prahlte Odly, „aber Odly konnte gar nicht richtig rennen, weil uns so viele Leute entgegengekommen sind. Und Wagen. Ständig musste Odly Haken schlagen und ausweichen! Stimmt's?" Er wandte sich aufmunternd an Tamael.

„Ah ... äh ... ja ja ...", stotterte der, und gab dann zu: „Ehrlich gesagt, habe ich nichts gesehen – ich hatte die Augen zu ..."

Nick grinste. Also gab es auch etwas, wovor der unerschrockene Tamael sich fürchtete!

„Kommt weiter!", sagte er und nahm noch in jede Hand eine Birne. „Wir sollten endlich dafür sorgen, dass Atrel befreit wird!"

Sie stiegen den kurzen Weg von der Passhöhe zum Zwergendorf hinunter. Nick sah sich neugierig um. Was man ihnen wohl für einen Empfang bereiten würde? Sicher würde König Theron sie persönlich begrüßen und ihnen zu ihrem umwerfenden Erfolg gratulieren! Jetzt würde es endlich geschehen wie in Nicks Fantasiewelt: Die Zwerge würden ihre Kappen in die Luft werfen, ihm zujubeln und ihn als Helden feiern. Er war schon mächtig aufgeregt.

Sie erreichten die Brücke, die über den Wassergraben führte. Noch kam ihnen niemand entgegen. Keine frohlockende Menschenmenge drängte sich durch die Straßen, um ihre Helden willkommen zu heißen. Im Gegenteil, das Dorf wirkte richtig ausgestorben! Nur eine magere Katze sonnte sich auf einem warmen Stein.

Merkwürdig! Naja, vielleicht hatten sich alle auf dem Hauptplatz versammelt ... ?

Sie bogen auf den Platz ein. Er war genauso leer wie das übrige Dorf. Das war entschieden sonderbar! Nick stellte sich in die Mitte des Platzes; er kletterte sogar auf Therons kleinen steinernen Thron, um einen besseren Überblick zu haben, dabei war er ohnehin im Stehen schon fast so groß wie ein Haus. Er blickte sich um. Nichts regte sich. Was sollte das werden? Eine Überraschung vielleicht?

Nick überlegte gerade, ob er vielleicht laut rufen sollte, als er zwischen den Häusern eine Bewegung bemerkte. Schnell sprang er vom Steinthron und rannte mit raschen Schritten zum Rand des Platzes. Was er gesehen hatte, war ein kleines Zwergenmädchen, das gerade durch eine spaltbreit geöffnete Tür in ein Haus schlüpfen wollte.

Nick erwischte das Kind an einem Zipfel seiner Schürze und hielt es fest. „Was ist hier los?", schrie er das verschreckte Zwerglein an. „Wo sind denn alle?"

Krieg

Statt einer Antwort begann die Kleine zu weinen. Piersek, Odly, Tamael und Elmaryn waren neugierig näher gekommen. Piersek öffnete die Tür hinter dem Zwergenkind und spähte hinein.

Drinnen war es trotz der Mittagssonne dunkel, weil alle Fensterläden verschlossen waren. „Hallo? Ist da wer? Ich bin's, Piersek!", rief er.

Jetzt regte sich etwas im Dunkel. Jemand schlurfte näher und trat in den Lichtstreifen, der durch die Tür hereinfiel. Es war eine greise, gebückte Zwergin mit weißem Haar.

„Piersek!", rief sie aus, „El-Schaddai sei Dank! Du lebst!" Sie umarmte den Zwerg. Das kleine Mädchen huschte schnell hinter sie und versteckte sich dort.

Jetzt bemerkte die Zwergin, dass draußen noch andere Leute standen. Sie erkannte Nick und Tamael und verbeugte sich ehrfürchtig. „Der edle Abgesandte El-Schaddais und sein Freund!", grüßte sie. „Und – oh! – der Drache, dem wir Unrecht taten? Bitte verzeiht uns, ehrwürdiger Drache, wir wussten nicht ..."

„Schon gut!", wehrte Odly verlegen ab. „Odly hat es schon vergessen!"

„Wo sind alle?", fragte Nick. „Was ist passiert? Sind die Zwerge, die wir befreit haben, hierher gekommen?"

Die Zwergin seufzte tief und strich ihre Schürze glatt. Sie spähte aus der Tür, als erwarte sie irgendeine Gefahr, doch da sie nichts sah, trat sie schließlich vor das Haus und begann zu erzählen: „Die vermissten Bergleute sind vor ungefähr einem Schattenstrich hier angekommen. Das war eine Freude! Alles hat sich umarmt und begrüßt, jeder hat El-Schaddai gedankt! Aber dann haben sie berichtet, was passiert ist, und dann-"

„Was haben sie denn erzählt?", unterbrach Nick. Schließlich hatte er selbst noch gar nicht gehört, wie es den gefangenen Zwergen nun wirklich ergangen war!

Die Zwergin schaute nervös um sich, als überlegte sie, ob sie genug Zeit hatte für die ganze Geschichte.

„Also, begonnen hat es mit der Gefangennahme", berichtete sie. „In der Eingangshalle des Bergwerks. Es war bei allen gleich. Die Männer hörten ein Zischen – manche spürten auch einen seltsamen Geruch –, und dann wurde es dunkel um sie."

„Vielleicht ein Betäubungsgas", murmelte Nick mehr zu sich selbst.

„Als sie erwachten, waren sie in einer Höhle, die sie nicht kannten. Die Höhle war vergittert, und Niddachs hielten abwechselnd Wache. Dort mussten unsere Leute von da an wohnen. Sie durften das Tageslicht nicht sehen, und man erlaubte ihnen nicht einmal, den Schawet zu feiern. Außerdem wurden sie gezwungen, ein graues Salz abzubauen, dessen Nutzen uns nicht bekannt ist. Die Niddachs brachten das Salz mit Booten weg. Niemand sagte unseren Männern, warum oder wozu sie dort arbeiten sollten. Die meisten Niddachs verstehen nämlich unsere Sprache nicht. Na ja, und dann seid ihr gekommen und habt die Wächter überlistet. Das wisst ihr ja selbst. Die befreiten Bergleute sind so schnell wie möglich nach Hause gelaufen und haben uns alles erzählt. Set-Ammon war auch gerade in der Nähe, und der hat dann gesagt, dass wir die Niddachs von hier vertreiben müssen, weil sie eine Gefahr für den Frieden und die Sicherheit sind.

Und die Jäger auch, weil sie ihnen helfen. Viele haben ihm zugestimmt." Die Zwergin senkte die Stimme zu einem Flüstern. „Jemand hat sogar gesagt, dass die Niddachs mit Aphanes zusammenarbeiten!", raunte sie.

„Ja? Und?", drängte Nick sie zum Weitersprechen.

Sie zuckte die Achseln. „Ein Teil unserer Leute hat schließlich beschlossen, die Niddachs zu bekämpfen. Die meisten von uns sind mitgefahren. Nur die alten Leute und die Kinder haben sie zurückgelassen. Sie wollen auch noch die Lematai und die Ge'ergoi um Unterstützung bitten."

„Ah ja!" Odly nickte heftig mit seinem großen Kopf, denn jetzt verstand er. „Das waren die vielen Leute, die Odly entgegengekommen sind!"

„Wann war das?", fragte Nick alarmiert, ohne auf Odly zu achten.

„Vielleicht vor einem halben Schattenstrich", schätzte die Frau.

„Wir müssen sie aufhalten!", schrie Nick entsetzt. „Schnell!"

„Warum?", staunte Odly. „Vielleicht wär's gut, wenn die Niddachs von hier weggehen!"

„Weil die Niddachs Waffen haben!", kreischte Nick in Panik. „Waffen, von denen ihr friedlichen Leute hier keine Ahnung habt! Denkt doch nur mal an die Revolver!" Er war jetzt außer sich. „Wenn die Edoneysier die Niddachs angreifen, dann werden viele Leute verletzt werden oder sogar sterben! Denkt doch mal nach!"

Die greise Zwergin schlug erschrocken die Hand vor den Mund. „El-Schaddai schütze sie!", murmelte sie.

Die Kinder und Piersek waren bleich geworden, und Odlys Farbe verblasste zu einem sorgenvollen Gelb.

„Odly rennt los und hält sie auf", schnaufte er. Rauchkringel stiegen aus seiner Nase.

„Ich komme mit dir!", sagte Nick rasch. „Auf mich werden sie hören. Ich bin der Abgesandte."

„Ich komme auch mit!", rief Piersek.

„Mein Vater!", warf Elmaryn ein.

„Tut mir Leid, der muss noch ein bisschen warten!", rief Nick und kletterte schon auf Odlys Rücken.

„Ich meine: Mein Vater könnte mit der Herrin reden!", ergänzte Elmaryn hastig. „Sie hat Macht über Ramesh und Horst. Sonst tun die beiden wieder etwas Böses! Du weißt, wie sie sind! Bestimmt wollen sie jetzt Rache nehmen!"

„Da hat sie Recht!", fiel Tamael ein. Und zur Zwergin gewendet fragte er: „Wo haben die Zwerge Atrel versteckt, den Priester der Lematai?"

Die Zwergin schüttelte den Kopf. „Das weiß ich nicht. Das hat mir keiner gesagt."

Jetzt standen alle ratlos da. Odly, mit Nick und Piersek auf dem Rücken, hüpfte unschlüssig auf und ab. Das kleine Mädchen zupfte die Zwergengreisin am Rock.

„Nicht jetzt, Sambill!", wehrte die Alte ab.

„Insel", piepste Sambill.

„Ja ja. Erzähl mir das später, Schätzchen!"

„Insel", wiederholte die Kleine.

„Was?", platzte Tamael heraus und beugte sich zu dem Mädchen nieder. „Weißt du was über Atrel?"

„Insel", sagte das Kind noch einmal. Jetzt begriff die Großmutter. Sie hob Sambill hoch und sah ihr in das kleine Gesicht.

„Du meinst, Atrel ist auf einer Insel?", fragte sie.

Sambill nickte. „Ich habs gehört, wie Vater und Lisonn das gesagt hab'n!", nuschelte sie ihr ins Ohr.

Die Inseln im See!

„Danke, Sambill!", rief Tamael, und schon stürzten sie alle davon.

*

Oben auf der Passhöhe hielten sie an. Unter ihnen breitete sich blau und friedlich der See aus, und in seiner Mitte lagen vier kleine Inseln.

„Auf welcher wird Atrel wohl sein?", fragte Tamael nervös.

Nick kramte den Operngucker aus seinem Rucksack und sah hindurch. „Was ist das?", fragte Elmaryn.

„Ein Fernglas. Dadurch sieht man die Dinge größer", erklärte Nick.

„Darf ich auch mal?"

Nick reichte ihr das Ding.

„Es sieht alles viel näher aus!", rief sie entzückt.

„Ja, aber siehst du deinen Vater?", drängte Nick.

„Nein ... oder ... warte mal ... Vor der einen Insel liegt ein Boot ... ja, ein Zwergenboot!"

„Dort muss Atrel sein!", rief Tamael. „Los, komm! Ich gehe mit dir!"

„Unten am Ufer liegen Boote, die gewöhnlich für den Ruderwettbewerb benutzt werden", sagte Piersek. „Nehmt eines davon!"

„Wenn ihr Atrel habt, fahrt gleich weiter zur Niddach-Siedlung!", kommandierte Nick. „Ich versuche inzwischen, einen Kampf zu verhindern! Los, Odly!"

Mit Nick und Piersek auf dem Rücken stob Odly in Richtung Ge'ergoi-Dorf davon, während Tamael und Elmaryn zum Seeufer hinunterrannten.

*

Das Dorf der Ge'ergoi wirkte genau so verlassen wie das Zwergendorf. Nicks Herz krampfte sich zusammen. Er musste plötzlich an Asimot und Laimonis denken. Ob die beiden wohl auch in den Kampf gezogen waren, ohne zu wissen, auf welche Gefahr sie sich da einließen? Und was sollte dann aus ihren beiden kleinen Mädchen werden? Nick schluckte hart.

„Schnell, weiter!", rief er dem Drachen zu und klammerte sich in den Rückenzacken fest.

Sie umrundeten den See und holten die wütende Menge kurz vor der Niddach-Siedlung ein. Hunderte von Edoneysiern von verschiedenen Völkern, Männer, Frauen und größere Kinder, mit nichts anderem bewaffnet als mit Knüppeln und Steinen, marschierten unter lauten Drohrufen die Straße entlang.

„Kannst du sie überholen?", schrie Nick dem Drachen durch den Lärm ins Ohr. Odly musste einen großen Umweg durch den Wald machen, um an der Menge vorbeizukommen. Endlich standen sie vor den Leuten auf dem Weg. Odly breitete die Arme aus wie ein Verkehrspolizist. Nick kletterte auf Odlys Schultern, um besser gesehen zu werden. Piersek stützte ihn, damit er das Gleichgewicht nicht verlor.

„Leute von Edoney!", schrie Nick, so laut er konnte.

Die Menschen in den vorderen Reihen schauten verwirrt und verlangsamten ihren Schritt. Die hinteren hatten noch nicht mitgekriegt, was da vorne vor sich ging, und drängten nach. Odly wich ein paar Schritte zurück, und Nick kam ins Schwanken.

„Hört mir zu!", brüllte Nick, als er das Gleichgewicht wieder gefunden hatte. Jetzt hatten alle bemerkt, was los war. Die Menge hielt an. Ein Murmeln und Raunen ging durch die Reihen.

„Ist das nicht Tamael von Asimot?"

„Nein, das ist doch El-Schaddais Gesandter ..."

„Ihr dürft die Niddachs nicht angreifen!", schrie Nick. Unwillige Stimmen erhoben sich, doch Nick fuhr fort: „Sie haben schreckliche Waffen, die euch töten werden! Ihr habt keine Chance!"

„Hört nicht auf ihn!", erscholl eine Stimme. „Er ist selbst ein Niddach!" Kriegerisches Geschrei erhob sich auf diese Worte, und die Menge setzte sich wieder in Bewegung. Odly machte einen Schritt rückwärts.

„Ich bin der Gesandte von Yahobai!", kreischte Nick verzweifelt. „Glaubt mir! Sie werden euch töten! Wir müssen eine friedliche Lösung finden!"

Ein Steinbrocken sauste über die Köpfe der Menge hinweg und krachte dumpf gegen Odlys Brust. Der Drache sackte zusammen und rang nach Luft. Nick kippte vornüber und kollerte über Odlys Kopf herunter, obwohl Piersek ihn festzuhalten versuchte. Im Fallen sah er aus den Augenwinkeln dunkle Schatten, die zwischen den aufgebrachten Leuten herumhuschten. *Krize!*, schoss es ihm durch den Kopf. Dann schlug er auf dem Boden auf.

Als er sich benommen wieder aufrappelte, rannten gerade die letzten Edoneysier an ihnen vorbei und erkletterten den bewaldeten Abhang, der zur Villa hinaufführte. Er hätte am liebsten geheult. Sein Kopf tat weh, und er fühlte Blut an der Stirn.

„Wir müssen sie aufhalten!", sagte er verzweifelt, und jetzt rollten ihm doch tatsächlich ein paar Tränen aus den Augen.

„Nur Adda hilft jetzt!", keuchte Odly und klopfte sich auf die Brust, wo ihn der Stein getroffen hatte. Er deutete auf Piersek, der zusammengekauert auf dem Boden lag und zu beten schien.

Mit einem Mal begriff Nick, dass die beiden Recht hatten. Die Edoneysier wurden von Krizen, von bösen Engeln, beeinflusst. Sie trieben die Leute unaufhaltsam in einen Kampf, den sie von vornherein verloren hatten. Schon waren viele Völker in die Sache verwickelt: die Zwerge, die Ge'ergoi und Lematai, die Jäger. Es war noch gar nicht abzusehen, wie viel Unheil über diesen Planeten kommen würde! Hier ging es nicht nur um einen Krieg zwischen Edoney und den Niddachs. Hier ging es um einen Krieg zwischen Gut und Böse – um einen Krieg zwischen Yahobai und Aphanes!

„Oh Gott, Yahobai, hilf uns!", stöhnte Nick, und zum ersten Mal sprach er Yahobai als „Gott" an. Er zog Piersek am Hemd und stolperte vorwärts. „Hoffentlich kommt Atrel bald!", murmelte er noch.

Sie liefen hinter dem kampfwütigen Volk den Hang hinauf. Schon lichtete sich der Wald, und die Villa kam ins Blickfeld. Die Niddachs schienen auf einen Angriff vorbereitet zu sein, denn oben auf der Terrasse patrouillierten einige Erdenmänner mit Gewehren und auch ein paar Jäger mit Pfeil und Bogen. Nick fühlte sich elend.

Die ersten Edoneysier erreichten den Fuß der steilen Böschung unterhalb der Terrasse.

„Bleibt stehen!", brüllte Nick noch einmal, aber niemand hörte ihn.

Da ging plötzlich ein Aufschrei durch die Menge.

Mit einem lauten fauchenden Geräusch loderte am Fuß der Böschung auf einmal eine Wand aus Feuer empor.

Die Herrin

Die vordersten Kämpfer taumelten zurück und bedeckten ihr Gesicht mit den Armen. Frauen kreischten. Angst und Verwirrung kam auf. Das Volk lief kopflos umher, aber schon begannen einige, nach einem Ausweg zu suchen, wie sie das Feuer umgehen konnten.

Es roch nach Benzin. Hitze breitete sich aus.

„Ich hab's euch doch gesagt!", schrie Nick. „Und sie haben noch viel schrecklichere Waffen! Sie ..."

Aber keiner achtete auf ihn. Hilfe suchend sah er sich nach Odly um – und bemerkte einen dunklen Schatten neben dessen Kopf.

„Achtung, Odly!", kreischte er, und seine Stimme klang schrill. „Ein Kriz sitzt auf dir!"

Ohne auf ihn zu hören, bahnte Odly sich einen Weg durch die Menge und stürzte auf das Feuer zu.

„Nicht, Odly! Bleib da!", rief Nick, der keine Ahnung hatte, was der Drache vorhatte.

Odly hatte die Feuerwand erreicht – und setzte sich mit seinem dicken Hinterteil mitten in die Flammen.

„Aaah, tut das gut!", grunzte der Drache selig. „Endlich wird Odly warm! In diesen feuchten Höhlen könnte Odly sonst glatt Rheumatismus bekommen!" Er legte sich der Länge nach ins Feuer und strampelte vor Glück mit den Beinen. Das Volk starrte ihn verblüfft an.

Der Drache rollte und wälzte sich im Feuer, bis er es vollständig gelöscht hatte. Nur vereinzelt glühten noch Funken in der heißen Asche. Ein beißender Rauch stieg auf.

„Hurra! Hoch lebe der Drache! Bravo, Drache!", rief die Menge durcheinander. Der Weg war jetzt wieder frei, und schon stürmten die Mutigsten voran und rannten die Böschung hinauf. Unter ihnen war auch ein Junge, der von hinten wie Ramion aussah, der Typ, der Tamaels Bumuk mit Juckpulver beschossen hatte. Er spannte seine Steinschleuder und schoss irgendwas über den Rand der Terrasse hinauf. Andere taten es ihm gleich.

Odly, der sich eben noch grün vor Glück in der heißen Asche

gewälzt hatte, erkannte plötzlich, was er angerichtet hatte. Aufgeregt sprang er hin und her und versuchte, sich den Kämpfern in den Weg zu stellen.

„Nicht weitergehen!", rief er. „Niddachs haben Re-vol-ver, ganz böse! Ganz gefährlich!"

Piersek hatte sich wieder zu Boden geworfen, bedeckte den Kopf mit den Händen und betete wahrscheinlich. Nick hätte sich auch am liebsten die Ohren zugehalten, denn jeden Moment befürchtete er, den ersten Schuss zu hören.

Stattdessen ertönte etwas anderes. Auf einmal erfüllte eine gewaltige, donnernde Stimme die Luft und hallte von den Bergen wider.

„Völker von Edoney!", dröhnte die ungeheure Stimme.

„ ... von Edoney ... von Edoney ...", wiederholte das Echo leiser.

Die angreifende Menge erstarrte.

„Yahobais Stimme!", flüsterten einige. „El-Schaddai spricht zu uns!"

Die ersten Leute sanken auf die Knie.

„Ihr sollt diese Fremden freundlich aufnehmen!", befahl die Donnerstimme in schwerfälligem Edoneysisch.

„ ... aufnehmen! ... aufnehmen! ...", sagte das Echo.

Fast alle Edoneysier hatten sich jetzt zu Boden geworfen. Die Zwerge knieten zusammengekrümmt wie Piersek und bedeckten die Köpfe mit den Händen. Die Lematai erhoben Gesicht und Hände zum Himmel, und die Ge'ergoi breiteten die Arme aus. Alle waren überwältigt davon, dass ihr Gott leibhaftig mit ihnen sprach.

„Die Fremden tun meinen Willen!", verkündete die Stimme. „Ihr dürft sie nicht behindern!"

„... behindern! ... behindern!"

Alle schwiegen, von Ehrfurcht übermannt. Nur Nick erkannte plötzlich den seltsamen, harten Akzent, mit dem „Yahobai" sprach, und platzte heraus: „Das ist nicht Yahobais Stimme – das ist Ramesh mit einem Lautsprecher!"

Diesmal hörten ihn alle. Köpfe fuhren herum, und die heilige Stille löste sich in ein aufgeregtes Gemurmel auf.

Schließlich schrie jemand: „Die Niddachs treiben ihren Spott mit uns!"

„Sie verhöhnen Yahobai!", rief eine Frau. Mit Entsetzen bemerkte Nick, dass es Laimonis war. Schlagartig wurde ihm klar, dass er mit seiner Bemerkung nur erreicht hatte, dass der Angriff weiterging. Das war gerade das Gegenteil von dem, was er wollte!

„Hört mir doch mal zu!", schrie er, aber es war zu spät. Schon war wieder Bewegung in die Menge gekommen. Aus den Augenwinkeln bemerkte Nick etwas Dunkles neben seinem Gesicht.

Ein Kriz. Auch bei ihm!

„Ich muss was tun", keuchte er panisch. Aber was? Wenn doch nur Atrel endlich käme!

Atrel. Die Herrin. Natürlich! Die Herrin besaß Macht über Ramesh. Das hatte Elmaryn gesagt.

Nick zupfte Piersek am Hemd. „Komm mit!"

Piersek erhob sich und stolperte hinter Nick her. Odly sah die beiden gehen und bahnte sich einen Weg durch die Volksmenge, die an ihm vorüberströmte. Die Haut des Drachen war vor Angst und Sorge graubraun, seine kleinen Flügel hingen schlaff herunter.

„Wartet auf Odly!", grunzte er. „Odly will helfen!"

Sie liefen im Bogen unter der Villa vorbei und näherten sich der Blockhütte, in der die Herrin lebte. Niemand hielt sie auf. Alle Niddachs und alle Jäger schienen sich in der Villa versammelt zu haben, um den Angriff abzuwehren.

Beim Näherkommen bemerkte Nick, dass es immer finsterer wurde. Die Wolken zogen sich zusammen wie vor einem Gewitter.

„Sie öffnet die Verbindung!", rief er. Wollte sie womöglich fliehen? Das mussten sie um jeden Preis verhindern, denn er setzte jetzt all seine Hoffnung auf die Herrin. Sie rannten schneller. Keuchend erreichten sie die Hütte.

Sie fanden die Herrin und Horst hinter der Hütte bei den beiden großen Steinen. Horst lag auf einer Tragbahre. Sein Gesicht und sein Oberkörper waren mit nassen Handtüchern bedeckt, nur die blonde Stoppelfrisur schaute oben raus. Nick war froh, dass er Horsts Verletzungen nicht sehen musste. Sipwits Verbrennungen waren schon grässlich genug gewesen.

Die Herrin hielt ein Huhn unter dem Arm und wanderte singend in Achterschleifen um die beiden Steinsäulen. Ihr wallendes graues Haar, das von einem bunten Stirnband gehalten wurde, wehte im aufkommenden Gewitterwind. Das Huhn lebte noch. Es strampelte heftig und verfing sich mit den Krallen im Gewebe ihrer bestickten Bluse. Anscheinend hatte die Zeremonie gerade erst begonnen.

„Aufhören!", schrie Nick auf Englisch und stürzte auf die Herrin zu. Piersek und Odly hielten sich unschlüssig im Hintergrund.

Die Herrin sah erschrocken auf. Sie wirkte, als hätte man sie soeben aus dem Tiefschlaf geweckt. Vor Schreck lockerte sie ihren Griff, und das Huhn entschlüpfte ihr eilig und flatterte gackernd davon.

„Was ist los?", fragte sie verwirrt.

„Bitte!", keuchte Nick und fuchtelte mit den Armen. „Sie müssen kommen ... Drüben bei der Villa wird gekämpft ... Sie müssen sie aufhalten!"

„Wer kämpft? Mit wem? Und warum? Was willst du eigentlich?"

„Nur Sie können Ramesh aufhalten ... sonst passiert noch was Schreckliches!", stammelte Nick.

Die Herrin bemerkte, dass ihr das Huhn entwischt war. „So was Dummes!", ärgerte sie sich. „Jetzt muss ich von vorne anfangen! Siehst du nicht, dass ich beschäftigt bin? Dieser Mann hier",

– sie deutete auf Horst –, „muss dringend nach ... äh, in ein Krankenhaus!"

„Sie mühen sich hier ab", japste Nick aufgeregt, „um die Verbindung zu öffnen!" Er gestikulierte wild mit den Armen. Die Herrin fasste ihn scharf ins Auge und kam näher. „Aber wenn Yaho- ... wenn Gott wollte, dass sich die Verbindung öffnet, dann würde es von ganz alleine gehen!", sprudelte Nick hervor.

„So. Würde es das." Sie verschränkte die Arme und musterte ihn. „Hör mal, Kleiner ... Ich weiß zwar nicht, woher du überhaupt etwas über die Verbindung weißt oder wieso du Englisch sprichst. Aber ich will dir mal was sagen."

Nick trat von einem Fuß auf den anderen. Der Blick, mit dem die Herrin ihn ansah, war nicht unfreundlich. Irgendwie wirkte sie sogar nett – und sie erinnerte ihn von Ferne an irgendwen, bloß kam er nicht drauf, an wen. Aber das alles war im Augenblick unwichtig – wenn sie nur endlich kommen und Ramesh aufhalten würde!

„Es gibt keinen Gott, der etwas *wollen* kann", erklärte die Herrin. „Gott ist keine Person wie du und ich. Es gibt eine göttliche Macht, die in uns allen steckt. Auch in dir. Und in mir. Man muss nur wissen, wie man sich diese Macht zu Nutze machen kann, verstehst du? Und dazu muss man eben gewisse Regeln und Rituale einhalten. Wenn die Verbindung sich von selbst öffnen würde, dann hätte sie es doch jetzt getan, weil dieser Mann hier Hilfe braucht!"

Nick hätte ihr am liebsten laut ins Gesicht geschrien, dass sie Unrecht hatte. Yahobai war eine Person, und er wusste, was gut für seine Kinder war. Die „göttliche Macht", die die Herrin sich zu Nutze machen wollte, kam von Aphanes und brachte nur Böses, Verwirrung und Durcheinander hervor. Aber für lange philosophische Diskussionen war jetzt keine Zeit.

„Die Verbindung öffnet sich nicht, weil Sie nicht fortgehen dürfen! Sie werden hier gebraucht!", stieß er hervor.

Von der Villa her ertönte ein Knall. Nick zuckte zusammen. Ein Schuss! Der Schweiß brach ihm aus. Hoffentlich war nicht Laimonis getroffen, oder Asimot!

„Schnell! Sie schießen schon!", kreischte er. Wenn Yahobai wirklich wusste, was seine Kinder brauchten, warum schickte er jetzt nicht einen Mal'ach? Nick konnte wirklich dringend Hilfe gebrauchen!

Und in diesem Augenblick kam auch wirklich Hilfe. Es war zwar kein goldschimmernder Mal'ach, der da mit wehendem Umhang um die Ecke der Holzhütte gestürmt kam, aber der lang ersehnte Atrel, gefolgt von Tamael und Elmaryn.

„Atrel! Wie schön!" Die Herrin lächelte warmherzig. „Wo waren Sie denn den ganzen Vormittag?"

„Jetzt keine Zeit zu reden!", stieß Atrel atemlos in gebrochenem Englisch hervor. „Drüben bei Villa sie kämpfen! Kommen schnell, halten Ramesh auf!"

Die Herrin blickte irritiert zwischen Nick und Atrel hin und her.

„Das sag ich doch die ganze Zeit!", quietschte Nick und sprang vor Ungeduld in die Höhe.

Atrel nahm die Herrin einfach an der Hand und zog sie mit sich. Die Kinder, Piersek und Odly folgten ihnen.

*

Ein zweiter Schuss krachte, gerade als sie auf die Terrasse der Villa gestürmt kamen. Allerdings folgte kein Schmerzensschrei, und Nick hoffte inständig, dass niemand getroffen war.

Ramesh hob gerade wieder das Megaphon an den Mund und rief auf Edoneysisch: „Ich habe meinen Männern gesagt, dass sie niemanden verletzen dürfen. Aber ich kann sie nicht mehr lange aufhalten – sie wehren sich!"

Er nahm den Lautsprecher weg und raunte dem Niddach, der geschossen hatte, leise und auf Englisch zu: „Gut gemacht – genau wie besprochen! Wenn sie noch mal näher kommen, schieß wieder einem ins Bein!"

Nick schnappte empört nach Luft. Was trieb Ramesh da schon wieder für ein doppeltes Spiel?

Er sah sich rasch um. Mehrere Niddachs und Jäger standen entlang der niedrigen Mauer postiert, die die Terrasse begrenzte. Einige Frauen, auch die schwarzhaarige Yasuko, drängten sich im Inneren des Hauses zusammen und spähten ängstlich durch die Panoramascheibe. Nicks Blick wanderte die Böschung hinunter. Das Volk hatte sich ein wenig zurückgezogen und hinter Bäumen verschanzt. Ein Mann schien verletzt zu sein, und drei andere Leute umringten ihn besorgt. In diesem Moment erblickte Ramesh die Herrin und ihr kleines Gefolge, die die Terrasse betreten hatten. Die Herrin baute sich vor ihm auf, und obwohl sie klein und schlank war, flößte ihre Erscheinung allen Respekt ein.

„Was geht denn hier vor?", fragte sie laut.

Es wurde ganz still. Selbst das edoneysische Volk, das die englischen Worte nicht verstand, blickte erwartungsvoll hinauf.

„Ach, es gibt da ein kleines Missverständnis!", sagte Ramesh mit einer wegwerfenden Handbewegung. Er rang sich ein Lächeln ab und blinzelte nervös. Nick bemerkte, dass er einen frischen, schneeweißen Anzug trug und einen frischen Turban.

„So? Und wegen eines Missverständnisses lässt du auf die Leute da unten schießen?", fragte die Herrin in gebieterischem Tonfall.

„Ein Unfall", meinte Ramesh entschuldigend und deutete auf einen Niddach hinter ihm. „Robertson hat einen nervösen Zeigefinger ... " Er lachte kurz auf, aber seine Augen wanderten unruhig umher. „Ich habe gerade versucht, diesen Leuten zu erklären, was passiert ist ... Es sieht so aus, als hätte Horst ein paar Zwerge zu einer kleinen Gefälligkeit überredet, und jetzt fühlen sie sich übervorteilt und verlangen ihren Lohn ... "

Nick klappte den Mund auf und wieder zu. Das wurde ja immer

bunter! Jetzt war also Horst an allem schuld? Bloß weil er sich gerade nicht wehren konnte?!

„Er lügt!", schrie Tamael mit heller Stimme. Nick fuhr herum. Er hatte ganz vergessen, dass Tamael ja auch Englisch verstand.

„Stimmt! Er lügt wie gedruckt!", pflichtete Nick bei.

Die Herrin wandte sich um und sah Atrel fragend an. „Wissen Sie, was hier eigentlich los ist?"

Atrel verneigte sich würdevoll. „Glaube ich, bin schon informiert ... aber sollen lieber Kinder erzählen. Kinder waren dabei." Er machte eine huldvolle Handbewegung.

„Dann erzählt ihr", forderte die Herrin die beiden Jungen auf.

„Aber Liebste", schnurrte Ramesh, „du wirst doch nicht zwei eingeborenen Kindern mehr glauben als mir?"

Ein vernichtender Blick der Herrin brachte ihn zum Schweigen.

Nick nahm all seinen Mut zusammen und griff nach dem Megaphon in Rameshs Hand. Der Inder wagte nicht, sich zu widersetzen, und ließ los.

„Ich erzähle die Geschichte auf Edoneysisch, damit alle sie hören", sagte Nick zu Tamael. „Du übersetzt alles in die Niddach-Sprache."

Er hob das Megaphon an den Mund und begann zu berichten.

Der Ratschluss der Zwerge

„Dieser Mann hier, Ramesh" begann Nick, und seine lautsprecherverstärkte Stimme hallte weithin über den Wald und den See, „und sein Freund Horst, der Blinde, haben schon vor vielen Schawets begonnen, unschuldige Zwerge zu entführen!"

Ein empörtes Raunen ging durch die Menge.

„Sie haben sie mit vergifteter Luft betäubt, wenn sie sich zur Abfahrt vom Bergwerk fertig gemacht haben, und auf ihrem eigenen Wagen zum See hinuntergebracht. Den Ochsen samt Wagen ließen sie dann frei. Die Bergleute wurden in das Höhlenlabyrinth am anderen Ufer des Sees gebracht." Er deutete vage in die Richtung, wo das Labyrinth lag.

„Dort mussten sie Tag und Nacht arbeiten, nicht einmal den Schawet durften sie feiern! Sie mussten ein Pulver abgraben, das die Niddachs dann in ihre Siedlung brachten. Im Labor" – Nick zeigte zu dem Hügel hinauf, wo sich die Laborbaracke befand – „wurde aus dem Pulver dann giftiger weißer Phosphor hergestellt. Das ist eine sehr gefährliche Substanz, aus der man Bomben machen kann! Bomben braucht man, um im Krieg Städte, Häuser und Menschen zu verbrennen!"

Die Menschen am Fuß der Böschung murmelten entsetzt, einige schlugen die Hand vor den Mund, um einen Aufschrei zu unterdrücken.

„Dieses Zeug", fuhr Nick fort, „haben die beiden nach Hamartin verkauft, um reich zu werden! Außerdem bauen sie Seilkraut an, aus dem man ein Zeug herstellen kann, das Haschisch heißt. Manche Menschen aus Hamartin nehmen das gern ein, weil sie sich dann ... äh ... leichter und glücklicher fühlen und ihre Sorgen vergessen. Aber es macht sie schwindlig und dumm im Kopf, und man kann davon sehr krank werden!"

Das Volk machte seinem Unmut Luft. Einige schüttelten die Fäuste. Tamael übersetzte Nicks Worte für die Niddachs.

„Augenblick mal!", unterbrach die Herrin Nick, der gerade weitersprechen wollte. „Da irrst du dich aber! Haschisch erweitert das Bewusstsein, aber es macht weder süchtig noch krank! Das verwechselst du mit Rauschgift! Ich hätte niemals erlaubt, dass wir mit etwas Gefährlichem oder Giftigem handeln!"

„Haschisch ist aber Gift!", warf Nick ein, doch keiner hörte ihm zu.

Die Herrin wandte sich mit einem strafenden Blick an Ramesh. „Über diesen Phosphor reden wir noch!"

Ramesh funkelte sie wütend an, riss Nick den Lautsprecher aus der Hand und rief auf Edoneysisch: „Haschisch macht nicht krank! Es macht gute und schöne Ideen im Kopf! Die Herrin nimmt es selbst!"

„Er lügt!", schrie Nick und hüpfte auf und ab, doch da er nicht an den Lautsprecher kam, hörte ihn keiner.

„Und Phosphor ... den braucht man, um den Boden fruchtbarer zu machen!", behauptete Ramesh. „Man streut ihn aufs Feld, damit mehr wächst!"

Tamael übersetzte geduldig ins Englische. Nick zerrte Rameshs Hand mit dem Megaphon zu sich herunter und rief: „Nicht die weiße Phosphor-Sorte! Die ist giftig und wird für Bomben benutzt!"

„Aber das war Horsts Idee!", schrie Ramesh. Anscheinend hatte er sich jetzt eine neue Strategie zurechtgelegt. Er winkte zwei Niddachs, die losliefen und wenig später den verletzten Horst auf seiner Tragbahre auf die Terrasse brachten.

„Da!", rief Ramesh. „Horst hatte die Idee mit den Bomben! Er war früher, bevor er blind war, von Beruf Bombenmacher! Er hatte auch die Idee mit den Zwergen!"

Wütendes Geschrei erscholl von unten. Horst schien von der ganzen Sache nichts mitzukriegen, denn er rührte sich nicht.

„Aber", fuhr Ramesh dramatisch fort, „euer Gott hat ihm seine Strafe schon gegeben!" Er setzte Horst, der leise stöhnte, aufrecht hin, und zog die Handtücher von seinem Kopf weg.

Ein erschrockener Aufschrei ging durch die Menge. Nick drehte schnell den Kopf weg, aber das verhinderte nicht, dass er einen kurzen Blick auf Horsts verbranntes, entstelltes Gesicht erhaschte. Horst, der jetzt aufgewacht war, tastete hilflos nach dem Handtuch und bedeckte schließlich sein Gesicht mit den Armen, die ebenfalls Brandspuren trugen.

Die Leute am Fuß der Böschung redeten aufgeregt durcheinander. Sie scharten sich enger zusammen und bildeten einen Kreis. Sogar der Verletzte, den Robertsons erster Schuss gestreift hatte, humpelte näher. So berieten sie eine Zeit lang, während oben auf der Terrasse die Herrin und Ramesh sich ein wütendes Wortgefecht lieferten.

Schließlich löste sich ein einzelner Mann und ein grauhaariger Zwerg aus der Menge. „Wir kommen jetzt rauf!", rief der Mann. Es war Asimot, Tamaels Vater.

Die Herrin winkte den bewaffneten Männern und Jägern zu. Diese ließen ihre Waffen sinken und traten bis an die Hauswand zurück. Asimot und der ältere Zwerg stiegen die Böschung herauf.

„Wir haben einen Entschluss gefasst", sagte der Zwerg zur Herrin. Anscheinend war ihm klar, dass sie bei den Niddachs diejenige war, die etwas zu sagen hatte. Tamael übersetzte. „Wir wollen, dass diese beiden Männer", – der Zwerg zeigte auf Ramesh und Horst –, „aus Edoney weggehen. Sie haben nur Streit und Böses gebracht. Ihr anderen könnt bleiben, wenn es unbedingt sein muss. Und die Jäger ..." Er holte tief Luft. „Warum habt ihr den Niddachs geholfen?", rief er den Jägern zu.

Nick nahm Ramesh den Lautsprecher weg. „Die Jäger", erklärte er laut, „haben für die Niddachs gearbeitet, weil sie ihnen ein besonderes Getränk gegeben haben. Man nennt es Alkohol. Wenn man einmal davon getrunken hat, will man immer mehr davon. Darum mussten die Jäger für die Niddachs arbeiten – um immer mehr Alkohol zu bekommen!"

Die Jäger sahen betreten zu Boden. Dann trat ein junger Mann vor und sagte: „Es stimmt, was der Junge sagt. Aber jetzt sehe ich ein, dass dieser Alkohol von Aphanes kommt, und werde keinen mehr trinken. Ich werde in die Steppe zurückkehren, zu meiner Familie."

Nick wiederholte seine Worte durch den Lautsprecher. Das Volk unter den Bäumen brach in Hurra-Rufe aus.

„Gut", sagte der grauhaarige Zwerg. „Geht alle nach Hause. Und ihr Niddachs ... wer von euch möchte bleiben?"

Tamael übersetzte.

„Ich", sagte die Herrin schnell.

Yasuko trat aus dem Haus in die Mitte der Terrasse. „Ich bleibe auch", verkündete sie.

Mehrere Frauen und einige Männer traten neben sie und wollten auch in Edoney bleiben.

„In Ordnung", meinte der Zwerg. „Ihr anderen geht nach Hause ... nach Hamartin."

„Ich möchte auch hier bleiben", jammerte Ramesh. „Ich liebe dieses Land! Und ich liebe die Herrin!", setzte er schnell hinzu. „Und ohne Horst werde ich auch auf keine schlechten Gedanken mehr kommen! Ja, und überhaupt!" Er hatte plötzlich einen Einfall. „Ich will doch den Zwergen, die für Horst gearbeitet haben, noch ihren verdienten Lohn geben!" Er sah aufmunternd die Böschung hinunter. „Den wollt ihr doch?"

„Was ist es denn?", fragte ein weißhaariger Zwerg misstrauisch von unten und umklammerte noch immer vorsichtshalber seine Keule.

„Spielsachen!", rief Ramesh. „Spiele, die ihr noch nie gesehen habt!"

Jetzt waren die Zwerge, vor allem die jüngeren, nicht mehr zu halten. In Scharen kletterten sie die Böschung hinauf und drängten sich auf die Terrasse. Ramesh lief mit ein paar Männern ins Haus und kam gleich darauf mit Armen voller Spielzeug wieder. Da gab es einen Fußball und ein Frisbee, Flummis, Jojos mit und ohne Freilauf, Kreisel, Diabolo-Spiele, Knete, eine Puppe, die „Mama" sagen konnte, und eine Plastikente, die mit den Füßen paddelte, wenn man sie aufzog. Die Zwerge stürzten sich auf die Sachen, probierten, staunten, lachten.

„Moment mal", schrie Nick empört. „Du hast die Zwerge wochenlang für dich schuften lassen, und jetzt speist du sie mit billigem Plastikzeug ab?"

Tamael stupste ihn in den Rücken und raunte ihm ins Ohr: „Lass doch! Siehst du nicht, dass dieses Zeug genau das ist, was sich die Zwerge wünschen?"

Und das stimmte. Der alte Zwerg mit der Keule stand glückselig da und sah einem Flummi beim Auf- und Niederhüpfen zu. Ein anderer ließ sich von einem Niddach zeigen, wie man mit einem Jojo spielte, und zwei mit langen Bärten warfen einander ungeschickt ein Frisbee zu.

„Das dürft ihr alles behalten", lächelte Ramesh gönnerhaft. Er war jetzt wieder Herr der Lage.

„Kriegen wir noch mehr?", fragte eine junge Zwergin, die ein Stück rote Knete zwischen den Händen rollte.

„Natürlich. Ich gehe nach Hamartin und bringe euch –"

„Nein", unterbrach der grauhaarige Zwerg, der vorhin als Sprecher ausgewählt worden war. „Du gehst nach Hamartin und bleibst dort."

Tamael hatte sich voller Staunen einem Brummkreisel zugewandt, aber Atrel übersetzte der Herrin das Gespräch.

„Für immer?", mischte die Herrin sich ein.

Der Zwerg überlegte. „Mindestens für ein Jahr", entschied er dann. „Wenn er sich dann gebessert hat, kannst du ihn wieder herholen. Und jetzt geh und öffne die Verbindung, damit alle nach Hause gehen können."

„Nein!", rief Tamael und riss den Blick von dem Kreisel los. „Sie ruft Aphanes, um die Verbindung zu öffnen! Nick soll das lieber machen!"

Nick sah sich nervös um. „Ich kann sie nicht auf Befehl öffnen!", flüsterte er dem Freund zu. „Du weißt doch, dass –" Er unterbrach sich.

Mitten auf der Terrasse, zwischen den Zwergen, die in kindlicher Freude mit ihren Sachen spielten, erzitterte die Luft, und die Verbindung öffnete den Blick auf die dunkle Lagerhalle mit den schmutzigen Fensterscheiben, in die Ramesh beim letzten Mal seine Kisten geliefert hatte.

Alle verstummten und starrten staunend in diese fremde Welt hinüber. Die meisten der Anwesenden hatten die Verbindung noch nie gesehen.

„Also los", sagte der grauhaarige Zwerg endlich. „Geht schon."

„Aber unsere Sachen ... ?", wandte eine Frau ein.

„Ich schicke sie euch nach!", versprach die Herrin.

Zwei Männer ergriffen Horsts Tragbahre, und dann zog die ganze Gruppe durch die Öffnung nach Hamartin hinüber. Ramesh ging als Letzter. Er winkte traurig und warf der Herrin theatralisch eine Kusshand durch das Loch zu. Kaum war er drüben, schloss sich die Öffnung. Das Volk von Edoney brach in Jubelgeschrei aus.

Atrel

Nachdem Horst, Ramesh und ihre Getreuen in Hamartin verschwunden waren, löste die Versammlung sich allmählich auf. Die Zwerge hielten glückstrahlend ihre neuen Spielsachen in den Händen und redeten aufgeregt durcheinander. Die Ge'ergoi und Lematai packten ihre Heugabeln und Dreschflegel zusammen und wandten sich dem Heimweg zu. Nick sah sich aufmerksam um, aber jetzt konnte er keine Krize mehr entdecken. Aphanes' Macht schien zumindest für den Augenblick gebrochen zu sein.

Laimonis und Asimot traten auf die Kinder zu. Sie wirkten verlegen. Vielleicht war es ihnen unangenehm, dass auch sie sich von den Krizen hatten verleiten lassen, in diese Schlacht zu ziehen.

„Yahobai sei Dank, dass euch nichts passiert ist!", sagte Laimonis und nahm beide Jungen in den Arm.

Und euch auch nicht, dachte Nick dankbar.

Asimot räusperte sich. „Ihr müsst uns alles noch genau erzählen", sagte er. „Wie ihr die Zwerge gefunden habt ... wie ihr Atrel befreit habt ..."

„Ist gut", nickte Tamael. „Aber zuerst wollen wir uns noch von Elmaryn verabschieden. Geht nur schon voraus. Wir kommen bald."

Die Jäger hatten sich still und leise auf den Weg gemacht. Ihre Rolle bei der ganzen Sache war ja eher unrühmlich, und so gingen sie ohne Abschied einfach in Richtung ihrer Heimat davon. Auch die Niddachs, die noch geblieben waren, zogen sich nach und nach in ihre Wohnungen zurück.

Schließlich standen nur noch Atrel, die Kinder und Odly mit der Herrin auf der Terrasse. Piersek war mit den anderen Zwergen nach Hause gegangen. Elmaryn behauptete, ihn zuletzt mit einer grünen Kugel voller Luft (sie meinte wohl einen Luftballon) gesehen zu haben.

„Und Sie, Atrel?", fragte die Herrin. „Gehen Sie auch nach Hause?"

Atrel sah sie ernst und würdevoll an. „Nein", sagte er. „Ich bleiben. Erzählen noch viel von El-Schaddai und Yeshua. Wenn Herrin wollen."

Sie lächelte. „Es hat mir immer Spaß gemacht, mich mit Ihnen zu unterhalten", meinte sie. „So paradiesisch schön es hier ja sonst ist – aber es gibt nicht viele Leute, mit denen man vernünftig reden kann. Und jetzt, wo Ramesh fort ist ..." Sie beendete den Satz nicht.

„Also ich bleiben hier", bestätigte Atrel. „Kommen morgen. Jetzt müssen sprechen mit Tochter." Er deutete mit dem Kinn auf Elmaryn. Die verstand zwar nicht, was er sagte, weil er Englisch sprach, aber sie senkte den Kopf und betrachtete betreten ihre nackten, überhautlosen Zehen.

„Also, dann bis morgen, Atrel!", grüßte die Herrin und ging zu ihrer Blockhütte.

Atrel musterte die Kinder. „Ihr wart tapfer und klug", sagte er würdevoll. (Edoneysisch ging ihm bedeutend flüssiger von den Lippen als Englisch.) „Wie kann ich euch danken?"

„Ist doch nicht nötig", murmelte Tamael bescheiden.

„Erlaubt, dass ich euch wenigstens zum Essen einlade", bat Atrel. „Ihr müsst doch sicher sehr hungrig sein."

Das stimmte. Außer ein paar Früchten hatten sie heute noch nicht viel gegessen.

„Du bist natürlich auch eingeladen, Odly", fügte Atrel hinzu.

Woher kennt Atrel den Namen des Drachen?, schoss es Nick durch den Kopf. Er hatte zwar das Gefühl, in den letzten drei Tagen eine ganze Menge Geheimnisse aufgedeckt zu haben, aber anscheinend gab es immer noch einige Dinge, die er nicht wusste.

Sie folgten Atrel zu seiner Hütte. Elmaryn war auffallend still, und Nick kannte den Grund dafür.

Atrel legte mehrere geflochtene Matten auf den Waldboden vor seinem Haus. Sie ließen sich im Kreis darauf nieder, und Atrel brachte Teller und Schüsseln voller Köstlichkeiten herbei. Brot, Früchte, Kuchen, eine Art Brei oder Pudding, Honig und frische Milch. Nick wollte gleich hungrig zugreifen, aber Tamael hielt ihn zurück. Atrel hob die Arme und begann ein Loblied auf El-Schaddai, den Retter aus aller Gefahr, zu singen. Elmaryn stimmte mit dünner Stimme ein.

Während die beiden sangen, wanderte Nicks Blick zu dem Baum, unter dem sie den Sonnenstein vergraben und dann Vikonns Schnitzmesser gefunden hatten. Wo mochten der Sonnen- und der Mondstein jetzt wohl sein? Ob die Niddachs aus dem Bergwerk sie wohl noch hatten? Irgendwie hoffte Nick, dass die verzauberten Steine in den dunklen Gängen des Höhlenlabyrinths verloren gegangen waren. In den Händen eines Niddachs, der nichts von Yahobai oder Aphanes wusste, konnten sie großes Unheil anrichten!

Das Gebet war zu Ende, und Atrel forderte die Kinder auf zuzugreifen. Auch Odly bediente sich großzügig und schimmerte bläulich vor Zufriedenheit.

Um zu verhindern, dass Atrel gleich das peinliche Thema „Überhaut" anschnitt, sagte Nick: „Erzählt doch von Eurer Gefangennahme! Was wollten die Zwerge von Euch?"

Atrel blickte würdevoll drein. Das tat er eigentlich immer. „Soweit ich informiert bin", dozierte er, „beruhte meine Entführung eigentlich auf einem Missverständnis. Der Händler, Set-Ammon, ließ den Zwergen irgendeine falsche Information zukommen, oder die Zwerge fassten seine Worte falsch auf. Jedenfalls gelangten sie zu der irrigen Ansicht, dass ich etwas mit dem Verschwinden der vermissten Zwerge zu tun hätte. Sie überfielen mich, fesselten mich und brachten mich zu einer dieser Inseln. Dort versuchten sie, mit unrechten Mitteln ein Geständnis von mir zu erzwingen, wo ich die Zwerge versteckt hielte."

„Mit was für unrechten Mitteln?", fragte Nick.

Elmaryn kicherte verstohlen in ihre Wassermelone. Tamael grinste breit.

„Was gibt's da zu kichern?" Nick schaute verwundert von einem zum anderen.

„Sie haben ihn gefesselt hingelegt", gluckste Tamael, „ihm die Sandalen ausgezogen und die Fußsohlen mit Salz eingerieben!"

„Na und?"

„Sie hatten ein Bumuk mit", ergänzte Elmaryn mit einem scheuen Blick auf Atrels steinerne Miene, „das hat dann das Salz abgeleckt!"

„Das kitzelt entsetzlich!", erklärte Tamael.

„Ich habe Vater noch nie so lachen gehört! Er war schon ganz erschöpft vor Lachen, als wir kamen!"

„Eine unerhörte Grausamkeit ist das!", bemerkte Atrel, ohne das Gesicht zu verziehen.

Es mochte ja tatsächlich schrecklich gewesen sein, aber die Vorstellung, wie der würdevolle Atrel sich vor Lachen auf dem Boden wälzte, hatte trotzdem etwas Komisches. Nick beugte sich tief über seine Puddingschüssel, um sein Grinsen zu verbergen.

„So viel Salz ist zudem sehr ungesund für das arme Bumuk!", setzte Atrel hinzu. „So eine Tierquälerei!"

Jetzt platzten alle laut heraus. Odly spuckte sogar versehentlich ein paar Flammen auf sein Honigbrot und erfand so den Toast. Nur Atrels Gesicht blieb unbewegt.

„Aber jetzt zu etwas anderem", sagte er. „Sage mir, o Tochter: Wie siehst du aus? Was ist denn mit deiner Haut passiert?"

Elmaryn zuckte zusammen, als ob er sie geschlagen hätte, und wurde rot – was, wie Nick fand, ziemlich süß aussah. Das war auch etwas, was man unter ihrer Überhaut gar nicht gesehen hätte.

„Es war meine Schuld", sagte Nick schnell. „Ich habe ihr gesagt, dass sie sie abnehmen muss."

„Wir Lematai", belehrte ihn Atrel, „sind der Ansicht, dass El-

Schaddai keinen Gefallen findet an Unvollkommenheit, Schmutz und Sünde. Darum bemühen wir uns, selbst so makellos, sauber und unversehrt zu sein wie nur möglich. Die Überhaut ist ein wichtiger Bestandteil dieser Entwicklung."

„Aber sie hatte sich verletzt!", ereiferte sich Nick. „Die Überhaut hat die Heilung behindert!"

„Unsinn!", wies Atrel ihn zurecht. „Die Überhaut verhindert Verletzungen. Sie schützt uns."

„Das stimmt nicht ganz", piepste Elmaryn schüchtern. „Sie schützt vor kleinen Kratzern oder Stichen, das ist wahr. Aber größere Verletzungen wie der Schnitt hier an meiner Hand dringen durch, und dann stört die Haut ... Sie erstickt die Wunde und macht sie eitrig und alles wird nur noch schlimmer!" Sie wickelte die Heilkräuter ab, die sie über den Schnitt gebunden hatte. „Da, schau! Jetzt sieht das schon besser aus. Gestern war alles entzündet und geschwollen, stimmt's?"

Die Jungen nickten beflissen zu ihren Worten. Atrel legte die Stirn in Falten. „Aber ... was wird El-Schaddai von dir denken ...?"

„Er weiß es doch sowieso!", beeilte sich Tamael zu versichern. „Er kennt unsere Unvollkommenheit, unseren Schmerz und unsere Sünde. Wir können nichts vor ihm geheim halten. Er will uns doch heilen! Deswegen ist ja auch Yeshua zu den Menschen nach Hamartin gekommen!"

Da hatte er anscheinend das Richtige gesagt. Atrel zog eine Augenbraue hoch und sah Tamael überrascht an. „Yeshua ... Ja, tatsächlich ..."

Odly klatschte vor Aufregung in seine kleinen Vorderpfoten. „O ja, das passt doch auch zu dem, was du Odly vorgelesen hast, aus diesem verbotenen –"

Atrel warf ihm einen vernichtenden Blick zu. Odly schlug erschrocken die Pfoten vors Maul und sagte nichts mehr. *Das verbotene Buch, das Atrel angeblich besitzen sollte? Was wusste Odly denn davon?*

„Und, Vater!" Elmaryn wurde jetzt kühner. „Ich *fühle* jetzt viel mehr!" Sie strich sich über ihr üppiges Kraushaar. „Ich spüre jedes einzelne Haar!" Jetzt tippte sie ihrem Vater zart auf die Wange. „Und jetzt spüre ich viel mehr von dir als du von mir! Die Haut, die mich schützen sollte, hat mich gefühllos gemacht!"

Atrels Gesicht blieb immer noch unbewegt, würdevoll wie immer. Mit seinem durchdringenden Blick musterte er die Kinder und den Drachen, einen nach dem anderen. Nick fühlte sich genauso, wie wenn Frau Müller durch die Reihen ging und überlegte, wen sie als Nächstes prüfen wollte. Er zog ein wenig den Kopf ein.

Plötzlich löste sich Atrels steinerne Miene auf, wurde zu einem breiten Grinsen und schließlich – sie konnten es kaum fassen – zu einem schallenden Lachen! Ja, Atrel legte den Kopf in den Nacken und lachte aus vollem Hals, als hätte Elmaryn eben einen großartigen Witz gemacht.

„Die Überhaut abnehmen!", lachte er. „Was für eine Idee! Dass ich noch nicht daran gedacht habe!" Er fing sich ein wenig und klopfte Elmaryn anerkennend auf die Schulter. „Also wirklich, Tochter – manchmal bist du mir einen Schritt voraus!"

*

Es war schon spät am Nachmittag, als Nick, Tamael und Odly sich von Elmaryn und Atrel verabschiedeten, um nach Hause zu gehen. Nicks Erdenzeit-Uhr zeigte drei, aber er wusste, dass es auf der Erde drei Uhr nachts war. Er hoffte, dass Angela gut schlief.

Odly ließ die beiden Jungen um den See herum bis zum Dorf der Ge'ergoi auf seinem Rücken reiten. Während sie sich noch verabschiedeten, kam vom Dorf her Gullub angetrabt, Tamaels treues Bumuk. Es schaute verwirrt zwischen den beiden fast gleich aussehenden Jungen hin und her, dann drängte es sich einfach zwischen sie und rieb den Kopf mal an dem einen, mal an dem anderen.

„Mach's gut, Odly!", sagte Nick. „Grüß Onkel Maldek von uns!"

„Komm bald wieder!", grunzte Odly und sah ein wenig rötlich aus – dabei versuchte er, seine Rührung zu verbergen. „Dann kocht Odly dir was Feines – zum Beispiel Kürbiseintopf!"

Nick musste lachen, obwohl er traurig war. Wer konnte schon wissen, ob er jemals wieder nach Edoney kommen würde? Vielleicht sah er Odly gerade zum letzten Mal ...

Gullub stupste die Kinder zum Dorf hin. Sie winkten Odly noch einmal nach, dann gingen sie zu Tamaels Haus.

Über der Feuerstelle vor dem Haus hing ein Kessel, in dem köstlich duftend eine Suppe brodelte. Asimot und Laimonis hatten einen großen Tisch aufgestellt und reichlich mit Leckerbissen gedeckt. Nick erkannte, dass er es nicht übers Herz bringen würde, dieses Festessen abzulehnen. Er machte dem Freund ein Zeichen, nichts davon zu sagen, dass sie gerade bei Atrel bis zum Umfallen gefuttert hatten.

Abschied

Tamaels Eltern wollten alles ganz genau wissen: über die Niddach-Siedlung, über das Bergwerk, über die Vorhaben und Absichten der Niddachs. Nick hatte eine ganze Menge zu tun, ihnen Begriffe wie „Kraftwerk", „Revolver", „Bombe" und dergleichen zu erklären. Seltsamerweise hatten Asimot, Laimonis und auch Tamael große Probleme damit zu verstehen, warum Ramesh mit diesen gefährlichen Dingen Handel trieb. Dass jemand den Wunsch hatte, reich zu werden – und das möglichst schnell und mit wenig Arbeit –, lag außerhalb ihres Vorstellungsvermögens. Nick versuchte es ihnen begreiflich zu machen, aber das Wort für „Geld" wollte ihm einfach nicht einfallen.

„Was gibst du Set-Ammon, wenn du einen Kochtopf bei ihm kaufst?", fragte er schließlich.

„Einen Topf Honig", antwortete Laimonis. „Oder ein Hemd aus feiner Wolle. Oder etwas süßes Gebäck. Was ich gerade habe."

Nick stieß hörbar die Luft aus. Konnte es sein, dass die hier gar kein Geld kannten?

„Bei uns", erklärte er, „gibt es etwas, das heißt ‚Geld', das kann man gegen alles eintauschen. Jeder nimmt es. Jeder möchte möglichst viel davon haben, weil man ja wieder alles dafür kaufen kann."

„Was ist es?", fragte Tamael.

„Es sind kleine Papierstücke, auf denen eine Zahl steht. Die Zahl sagt, wieviel das Papier wert ist."

„Ihr tauscht gute Sachen gegen wertloses Papier?", staunte Asimot. „Das kann doch nicht funktionieren! Niemand würde sich auf so einen Tausch einlassen!"

„Es funktioniert aber sehr gut", bemerkte Nick achselzuckend. „Und zurück zu Ramesh ... für manche Sachen bekommt man besonders viel von diesem Papier. Für Sachen, die gefährlich sind, zum Beispiel. Oder verboten. Denn die kann man nicht überall kaufen. Darum hat Ramesh diese giftigen Sachen hergestellt: weil er dafür besonders viel Geld bekommt. Und das kann er dann gegen alles eintauschen, was ihm gefällt. Dann ist er reich."

Laimonis schüttelte den Kopf. „Ich verstehe das trotzdem nicht. Wozu will Ramesh so ‚reich' sein? Er kann doch auch nur essen, bis er satt ist. Wozu sollte er sich mehr kaufen? Er kann auch nur in einem Bett schlafen und in einem Haus wohnen, selbst wenn er zwei hätte. Wozu braucht er mehr? Was nützt es ihm, wenn er mehr von diesem Geldpapier hat?"

Sie begriffen es wirklich nicht. Nick sah verwirrt von einem zum anderen. Drei Gesichter schauten ihn erwartungsvoll an. Sogar Semuil, Tamaels kleine Schwester, lugte verstohlen hinter ihrer Mutter hervor, wo sie sich vorsichtshalber versteckt hatte, und in ihren dunklen Augen blitzte die Neugier.

„Na ja", stotterte Nick, „er kann sich aber feineres Essen kaufen, wenn er reich ist ... ein weicheres Bett ... ein größeres Haus ... versteht ihr?"

„Die Leute in Hamartin sind wirklich merkwürdig", sagte Asimot mit sorgenvollem Blick. „Ich fürchte, dass doch viel mehr hinter der ganzen Sache steckt."

Beunruhigt sah Nick auf.

„Was denn?"

„Hm." Asimot und Laimonis tauschten einen schnellen Blick.

„Wir glauben", sagte Laimonis sanft, „dass Aphanes versucht, seinen Einfluss in dieser Welt zu vergrößern. Nach allem, was du uns von den Niddachs erzählt hast, ist seine Macht in Hamartin schon sehr stark, und darum kann es sein, dass er diese Niddachs benutzt, um auch hier in Edoney an Macht zu gewinnen."

Nick schwieg. Er hatte einen Krieg gegen zwei größenwahnsinnige Männer und ihre Gehilfen geführt, und das war schon nervenaufreibend genug gewesen. Konnte es stimmen, dass er in Wahrheit gegen den mächtigen, unsichtbaren Herrn des Bösen gekämpft hatte? Dass er hier an etwas viel Größerem beteiligt war als bloß einem kleinen Nachbarschaftsstreit? Er schluckte. Das überstieg seine Vorstellungskraft.

*

Das viele Reden und Erzählen hatte den Vorteil, dass niemand bemerkte, wie wenig die beiden Jungen aßen. Nick probierte nur ein bisschen von der Getreide-Gemüsesuppe und von den kleinen, süßen Kuchen, die die Form von Sternen hatten. Dazu gab es ein würzig-süßes Getränk, das irgendwie entfernt an Malzkakao erinnerte. Besonders der Kakao weckte wieder dieses seltsame heimweh-ähnliche Gefühl in Nick, das er schon öfter verspürt hatte. Aber er konnte beim besten Willen nicht mehr davon zu sich nehmen, sonst wäre er geplatzt.

Sie saßen vor dem Haus auf den Holzschemeln um den runden Tisch. Gullub hatte es sich zwischen Tamael und Nick bequem gemacht und verzehrte so manchen Leckerbissen, den die beiden ihm unauffällig zusteckten. Es schien sich rundherum wohl zu fühlen, jetzt da es sein Herrchen gleich doppelt zurückhatte.

Nick hätte auch gern ein Haustier gehabt, aber ein Schaf mitten in der Stadt – das würde Mummy nie erlauben! Vor Jahren hatte er mal ein Meerschweinchen besessen. Nach kaum einer Woche biss es Nick in den Finger, und natürlich wurde eine Blutvergiftung draus. Da musste das Tierchen wieder weg. Tamael, der hatte es gut! Ein eigenes Bumuk, einen Rennvogel, Ochsen, und überhaupt – so ein Leben in freier Natur, das könnte Nick gefallen! Er seufzte. Bei seinem Glück wäre er wahrscheinlich innerhalb eines Monats tot.

„Ich bitte um Vergebung, wenn ich störe", ertönte eine Stimme, die wie das Knarren einer rostigen Türe klang. Nick sah auf. Vor ihnen stand Zwergenkönig Theron höchstpersönlich, mit seinem langen Bart, den er um den Hals gewickelt trug, und einem Umhang aus nachtblauem Samt. Ein wenig hinter ihm folgte ihr Freund Piersek.

„König Theron!" Asimot stand auf und verneigte sich. „Welche Ehre!"

Nick dachte flüchtig bei sich, dass er das Wort „Ehre" in den letzten drei Tagen öfter gehört hatte als in den drei Jahren davor.

„Ich möchte Euch allen danken", knarrte Theron und verbeugte sich ebenfalls, „weil Ihr meinen Leuten bereitwillig zu Seite gestanden habt. Ich habe versucht, den Kampf zu verhindern, doch die", – er räusperte sich, was seine rostige Stimme jedoch nicht verbesserte –, „ähem, die dunklen Kräfte waren stärker."

Laimonis und Asimot senkten die Köpfe. Auch ihnen war klar,

dass diese Schlacht nicht unbedingt eine besonders kluge Idee gewesen war.

„Ich habe die ganze Zeit in meiner Kammer im Gebet verbracht", fuhr Theron fort, „und El-Schaddai gebeten, die Macht des Bösen zu brechen. Das hat er ja dann auch getan, gepriesen sei sein Name!" Er lächelte. „Aber eigentlich bin ich hergekommen, um dem ehrwürdigen Gesandten El-Schaddais und seinem Freund zu danken." Er sah die beiden Jungen an, und Nick dachte, wenn er noch einmal das Wort „ehrwürdig" hören musste, würde er laut zu schreien beginnen.

„Was ihr für unser Volk getan habt", knarrte Theron, „habt ihr durch El-Schaddais Kraft vollbracht. Aber nur weil ihr so mutig und tapfer wart, hat El-Schaddai euch dazu senden können. Dafür möchte ich euch danken."

Nick trat verlegen von einem Fuß auf den anderen. In seiner ausgedachten Anderwelt hatte es sich immer so gut angefühlt, als gefeierter Held im Mittelpunkt zu stehen. In Wirklichkeit war es ihm hauptsächlich peinlich.

„Ich habe euch ein Geschenk mitgebracht", sagte Theron. Piersek trat vor und überreichte Nick und Tamael je einen kleinen dunkelroten Gegenstand. Nicks Geschenk war ein geschnitzter Rubin, der ein Kind auf einem Drachen darstellte. Nick staunte. Noch nie hatte er etwas so Zauberhaftes gesehen. Der Drache sah wirklich wie Odly aus, und der winzige Junge auf seinem Rücken hatte Locken wie Nick.

Tamael hatte eine durchbrochene Kugel erhalten, in deren Innerem noch eine zweite und eine dritte Kugel lose herumrollten. Alle drei waren aus einem Stück geschnitten. Auch das kam Nick sehr kunstvoll und schwierig vor.

„Die Kugel habe ich geschnitzt", murmelte Piersek und errötete verlegen.

„Danke!", stammelte Nick. „So was Schönes ... vielen Dank!"

„Außerdem möchte ich euch beide zu unserem Spielefest einladen", fügte Theron hinzu. Er überreichte beiden ein Stück Pergament, das mit prachtvollen Ornamenten in Blau, Rot und Gold bemalt war. Winzige Schriftzeichen, die Nick nicht lesen konnte, bedeckten die Rückseite. Er wunderte sich. Wenn er die edoneysische Sprache verstand, warum konnte er dann nicht auch die Schrift lesen?

„Das ist eine Einladung", erläuterte Theron mit seiner rostigen Stimme. „Ich hoffe, ihr werdet uns mit eurer Anwesenheit beehren."

„Klar doch", strahlte Nick und sah sogar über das schreckliche Wort „beehren" hinweg. „Wir freuen uns!"

„Habt Dank. Wir sehen dem Fest mit Freude und Spannung entgegen und wissen diese große Ehre zu schätzen!", sagte Tamael salbungsvoll.

Nick knirschte unauffällig mit den Zähnen. Es gab Dinge in Edoney, an die er sich wohl nie gewöhnen würde!

*

Nach dem Essen gingen sie noch ein wenig zum See hinunter. Die kleine Semuil hängte sich an Tamaels Hand und kam mit ihnen, wobei sie allerdings darauf achtete, sich von Nick immer möglichst fern zu halten. Gullub trabte hinter ihnen her und schnüffelte an ihren Händen, ob es nicht noch ein Stück Sternenkuchen bekommen könnte. Ein paar kleinere Kinder spielten am Seeufer Fangen, und Semuil lief hin und spielte mit.

Nick und Tamael ließen sich auf den Schottersteinen am Ufer nieder. Gullub lief unschlüssig hin und her und entschied sich schließlich dafür, im See zu schwimmen.

„Ich muss bald gehen", sagte Nick und ließ seinen Blick über den See schweifen. „Bei mir zu Hause wird die Nacht bald vorbei sein."

Tamael verschränkte die Arme auf den angezogenen Knien

und stützte das Kinn darauf. „Ich hoffe, die Verbindung bringt dich rechtzeitig wieder her, damit du zum Zwergen-Spielefest gehen kannst", meinte er.

„Mhm." Das hoffte Nick auch.

Gullub trottete patschnass aus dem Wasser und schüttelte sich heftig. Tausend Tropfen spritzten aus seinem dichten Fell. Die Kinder, die am Ufer spielten, kreischten und zogen die Köpfe ein.

„Glaubst du auch, was deine Eltern sagen? Dass Aphanes einen Plan mit den Niddachs hat?"

„Hm." Tamael zuckte die Achseln. „Warum nicht? Aphanes hat in Hamartin so viel Macht – warum sollte er nicht versuchen, auch Edoney zu beherrschen?"

„Beherrscht er denn die Erde?", fragte Nick zurück.

Auf diese Frage schwieg Tamael so lange, dass Nick schon glaubte, er hätte sie nicht gehört. Endlich sagte er: „Ich denke, er hat schon sehr viel Böses und Schmutziges nach Hamartin gebracht. Das müsstest du ja eigentlich besser wissen. Aber trotzdem gibt es vielleicht noch Menschen, die sich an Yahobai und Yeshua erinnern und ihnen treu sind ... über die er keine Macht hat."

Nick starrte nachdenklich in die Ferne. Er selbst hatte bis vor kurzem nichts von Yahobai und Yeshua gewusst. Nun ja, gewusst schon – doch, er hatte von Gott und von Jesus gehört. Aber war er ihnen treu? Oder hatte Aphanes ihn beherrscht? Wer war denn Aphanes überhaupt? Der Teufel? Wenn er wieder zu Hause war, wollte er sich genauer darüber informieren. Und auf jeden Fall wollte er ab jetzt zu Yahobai gehören!

„Na, ihr zwei Helden!", rief plötzlich eine Stimme hinter ihnen. „Was ist los mit euch? Ist euch euer Heldentum so schwer geworden, dass ihr jetzt hier herumsitzt wie die Nebel-Liboks im Winter?"

Tamael drehte sich um.

„Ramion!", rief er, anscheinend erfreut. „Setz dich zu uns! Nick hat erzählt, wie du als Erster die Villa der Niddachs gestürmt und mit Steinen beschossen hast! Ganz schön mutig!"

„Ach, na ja ..." Der größere Junge lächelte verlegen und setzte sich neben Tamael auf die Steine. „Du hast sicher auch gehört, dass bei dieser Sache eine Menge Krize beteiligt waren ..."

„Nimm's nicht schwer!" Tamael tätschelte beruhigend Ramions Schulter. „Das kann jedem mal passieren, dass ein Kriz ihm was einflüstert. Sogar Nick ist nicht davor sicher, und er ist immerhin von Yahobai gesandt!"

„Was, Nick ist auch von einem Kriz – ah, oh, was ist das?" Ramion unterbrach sich abrupt und fuhr mit der Hand zu der Schulter, die Tamael berührt hatte. „Tamael, du krummbeiniger Selumak! Was hast du-?! Ah!" Jetzt kratzte er sich und verrenkte sich heftig, um die Stelle zwischen den Schulterblättern zu erreichen. „Du ... du ... Na warte! Das schreit nach Rache!"

Tamael kicherte und rückte vorsichtshalber ein Stück ab. „Falsch! Das *ist* Rache! Dafür, dass du mein Bumuk mit Juckpulver beschossen hast! Hast du vielleicht geglaubt, ich hab' das vergessen?"

Ramion schnaubte etwas Unverständliches, kratzte sich wild und sprang auf. Schimpfend rannte er auf den See zu und lief in voller Bekleidung hinein, so dass das Wasser hoch aufspritzte. Gullub, das in der Nähe graste, hob den Kopf und äugte höchst interessiert herüber.

„So ist's recht, Ramion!", rief Tamael lachend. „Ab und zu ein Bad hält sauber, dann bekommt man keine Flöhe und muss sich nicht so viel kratzen!"

Ramion prustete, spuckte und schimpfte, aber letztendlich lachte er auch.

*

Es dämmerte, und die ersten Sterne erschienen, als die Verbindung sich endlich öffnete. Alle anderen Kinder, auch Semuil, waren längst nach Hause gegangen. Erst jetzt erinnerte Nick sich, dass er ja noch immer Elmaryns Kleider trug. Er holte seine Jeans, das blaue Pikachu-T-Shirt und die müffelnden Turnschuhe aus seinem Rucksack und zog die edoneysischen Sachen aus. Diesmal trug er keine Teddybären-Unterhose, sondern eine Boxershort mit Rennautos; für die musste er sich nicht genieren, und außerdem war es ja eh schon dunkel. Er zog sich um und reichte Tamael Elmaryns Gewand.

„Ich bringe es ihr", sagte Tamael.

„Ja." Nick wusste nicht, was er sagen sollte. Abschiede – vor allem, wenn man nicht wusste, ob sie endgültig waren – gefielen ihm nicht.

„Wir sehen uns beim Spielefest", murmelte Tamael und grinste schief.

„Ja."

„Yahobai sei mit dir."

Nick stieg durch die Verbindung. Auf der Erde graute schon der Morgen, aber in seinem Zimmer war es noch fast dunkel. Das Bücherregal mit dem Globus, der Fußball, die Legosteine unterm Bett, das ferngesteuerte Auto ... alles war so normal und vertraut und doch gleichzeitig so *absurd* ... so als wäre Edoney die richtige Welt und das hier ein Irrtum, eine Verwechslung ...

„Yahobai sei auch mit dir", murmelte er mit einem letzten Blick auf Tamael, den See und die Berge. Dann schloss sich das Loch und Nick saß allein auf seinem Bett.

*

Die restliche Zeit des langen Wochenendes brachte Nick damit zu, mit Angela Schach zu spielen (wobei er häufiger verlor als sonst), fernzusehen und sehr viel zu schlafen. Sein Tag-Nacht-Rhythmus war durch die Zeitverschiebung in Edoney ganz schön durcheinander gekommen. Aber vielleicht lag es auch einfach nur daran, dass Heldentum eben müde machte.

Mummy, Dad und Samantha kamen aus München zurück. Sie brachten ihm ein Computerspiel mit, das er schon kannte, und ein paar Weißwürste, und stellten erfreut und verwundert fest, dass Nick sich diesmal gar nichts gebrochen hatte.

„Vielleicht hast du dein schreckliches Karma endlich besiegt", meinte Mummy froh. Nick wusste nicht, was das war, aber er wusste, dass er in diesen Ferien einige Siege über schreckliche Sachen errungen hatte.

Schade, dass er es niemandem erzählen konnte!

Die Schule fing wieder an. Angelas Fuß wurde so weit gesund, dass sie Nick wieder auf dem Schulweg begleiten konnte. Albert lieh sich Nicks neues Computerspiel aus, und im Turnsaal brach eine Sprosse aus der Sprossenwand und Nick fiel runter und verstauchte sich zwei Finger. Alles war wieder wie früher.

Wenn da nicht der kleine Drachenreiter aus Rubin gewesen wäre, das Geschenk von Zwergenkönig Theron, dann hätte Nick vielleicht irgendwann selbst geglaubt, er hätte die ganze Sache nur geträumt.

Aber dann passierte noch etwas Seltsames.

Ein paar Tage nach den Ferien gab Frau Müller die Biologietests zurück. Bei diesem Test hatte Nick zum allerersten Mal die Macht des Mondsteins ausprobiert! Schon als Frau Müller die Zettel auszuteilen begann, sträubten sich die kleinen Haare in Nicks Nacken. Der Mondstein hatte seine Wünsche wörtlich erfüllt und doch immer nur Aphanes gedient ... Oder?

Albert hatte wie immer volle Punktzahl. Kassandras Arbeit war auch ganz gut. Alle bekamen ihre Tests zurück, nur Nick nicht. Das kam ihm schon verdächtig vor. Schließlich hielt Frau Müller nur noch einen Zettel in der Hand.

„Nick Fischer!"

Beim eisigen Klang ihrer Stimme überlief Nick eine Gänsehaut. Sie sah ihn über den Rand ihrer Brillengläser hinweg durchdringend an.

„Wie erklärst du mir", – ihre Stimme klang jetzt wie dünnes Glas –, „dass alle deine Antworten haargenau mit denen von Albert übereinstimmen? Hm?"

Nick spürte, wie er abwechselnd rot und blass wurde. Alle Augen waren jetzt auf ihn gerichtet, das liebte er nicht besonders.

„A ... aber ... Sie haben mich doch extra vom Albert weggesetzt ...", stotterte er schwach. „Ich konnte doch gar nicht von ihm abschreiben!"

„Eben!" Frau Müllers Stimme war ein scharfes Schwert. „Trotzdem hast du Wort für Wort dasselbe geschrieben wie er! Ich möchte zu gerne wissen, wie ihr zwei das angestellt habt!" Sie funkelte Nick drohend an. „Jedenfalls ist dein Test natürlich ungültig! Du wirst nächste Woche eine Prüfung nachholen – und glaub nicht, dass ich irgendwelche Antworten über Bumuckels oder fliegende Drachen gelten lasse!"

Die Klasse lachte, aber unter Frau Müllers wütendem Blick verstummte sie sehr schnell wieder. „Und du", – sie heftete ihren Blick auf Albert, der immer kleiner zu werden schien –, „sei gewarnt! Noch einmal kommst du nicht ungeschoren davon!"

Nick hätte den Freund gern in Schutz genommen. Aber wie sollte er Frau Müller begreiflich machen, dass dunkle Mächte ihm die richtigen Antworten eingeflüstert hatten und Albert nichts dafür konnte?

„Entschuldigung, Frau Müller", murmelte er daher mit glühend rotem Kopf.

Er steckte die Hand mit den einbandagierten Fingern in die Hosentasche und schloss die Faust um den Rubin-Drachen. Das schenkte ihm Trost und Mut. Nun, dann musste er dieses ganze Zeug über Gebisse und Skelette von Dinosauriern eben lernen. Aber wenigstens wusste er jetzt, dass ihm dieses Wissen nützlich sein konnte!

Und er wusste noch etwas anderes: Der Mondstein war tatsächlich von Aphanes zu ihm gekommen, um seinen Auftrag in

Edoney zu stören. Hier ging es wirklich um etwas Großes – um den Kampf zwischen dem Guten und dem Bösen selbst!

Ein Kampf, der schon seit Jahrtausenden wogte.

Aber für Nick hatte er gerade erst begonnen.

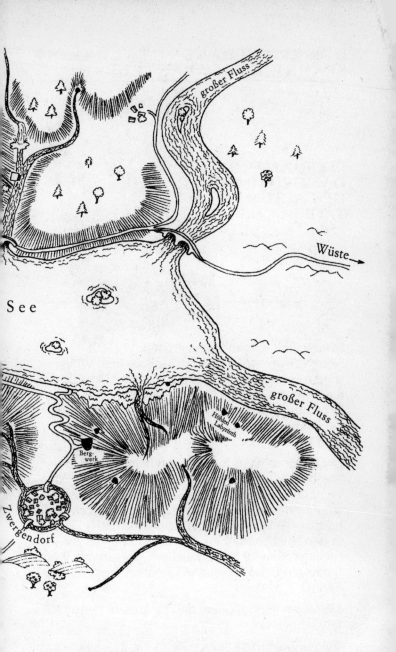

DER ERSTE BAND MIT FLORIANS SPANNENDEN ABENTEUERN!

Eva Breunig:

FLORIAN UND DAS GEHEIMNIS DES ALTEN TAGEBUCHS

Florian fühlt sich im Stich gelassen.
Seine verwitwete Mutter hat gegen seinen Willen wieder geheiratet und Florian zu seiner Oma in das Kuhkaff Oberrothnersbach abgeschoben, um in Ruhe ihre Flitterwochen genießen zu können! Florian ist stinksauer und total angeödet. Hier auf dem Dorf ist aber auch gar nichts los! Oder ...?

Doch plötzlich entdeckt Florian beim Spielen das Tagebuch eines Mädchens aus der Zeit des Zweiten Weltkriegs. Es enthält ein biblisches Rätsel, das zu einem geheimnisvollen Schatz führt. Natürlich ist die Langeweile jetzt vergessen! Und bald findet Florian in den Nachbarskindern Martin und Marieli zwei seelenverwandte „Schatzsucher", die genauso wild darauf sind, das Geheimnis des alten Tagebuchs zu lüften.

Mit vielen Illustrationen, die die Autorin persönlich gezeichnet hat!

Taschenbuch, 144 Seiten, Best.- Nr. 815 694

DER ZWEITE BAND MIT FLORIANS SPANNENDEN ABENTEUERN!

Eva Breunig:

FLORIAN UND DIE RÄTSELHAFTE SPUR

Endlich kann Florian mal wieder die Ferien mit seinen Freunden Martin und Marieli in Oberrothnersbach verbringen. Eigentlich ist das ja eher ein beschauliches Dorf – aber nur auf den ersten Blick! Kaum ist Florian angekommen, zeichnet sich nämlich schon ein neues Abenteuer ab: Auf dem Friedhof sollen nachts seltsame Gestalten beobachtet worden sein und man hörte ein unheimliches Heulen ... dabei gibt es doch in der Gegend schon seit Jahrhunderten keine Wölfe mehr!

Florian, Martin und Marieli beschließen, der Sache auf den Grund zu gehen. Doch als sie sich um Mitternacht auf den Friedhof schleichen, scheint das alles plötzlich doch nicht mehr so eine gute Idee zu sein. Denn die drei werden Zeugen eines ziemlich finsteren Rituals. Und ehe sie sich´s versehen, geraten sie selbst in Gefahr ...

Taschenbuch, 128 Seiten, Best.- Nr. 815 771

EIN SCHWUNGVOLLER FAMILIEN-ROMAN

Eva Breunig:

LUCIES VÄTER
oder:
Drei sind keiner zuviel

Die junge Lehrerin Susanne muß sich nach der Trennung von ihrem Mann mit der dreizehnjährigen Lucie und dem dreijährigen Wirbelwind Flitzi allein durchs Leben schlagen – und das ist gar nicht mal so witzig! Vor allem Lucie hat an dem Verlust ihres geliebten Vaters schwer zu knabbern.

Doch dann tritt ein neuer Mann in Susannes Leben: Jean-Marie aus Ruanda. Und der ist nicht nur rabenschwarz, sondern hat auch höchst interessante Ansichten über Gott und die Welt. Ehe sich´s Lucie versieht, hat sie nicht mehr keinen, sondern gleich drei „Väter" – und drei sind keiner zuviel!

Ein Lesevergnügen, für das es wirklich höchste Zeit wurde!

Taschenbuch, 280 Seiten, Bestell-Nr. 815 737